U0567058

时习文库

楚辞选

袁梅 译注

齊鲁書社
·济南·

图书在版编目（CIP）数据

楚辞选 / 袁梅译注. -- 济南 : 齐鲁书社, 2025.
3. -- ISBN 978-7-5333-5132-8

Ⅰ. I222.3

中国国家版本馆CIP数据核字第2025W68G86号

出品人：王　路
项目统筹：张　丽
责任编辑：李　珂
装帧设计：亓旭欣

楚辞选

CHUCI XUAN

袁梅　译注

主管单位	山东出版传媒股份有限公司
出版发行	齊魯書社
社　　址	济南市市中区舜耕路517号
邮　　编	250003
网　　址	www.qlss.cn
电子邮箱	qilupress@126.com
营销中心	（0531）82098521　82098519　82098517
印　　刷	山东华立印务有限公司
开　　本	710mm × 1000mm　1/16
印　　张	18.75
插　　页	2
字　　数	203千
版　　次	2025年3月第1版
印　　次	2025年3月第1次印刷
标准书号	ISBN 978-7-5333-5132-8
定　　价	88.00元

《时习文库》
专家委员会

《时习文库》出版委员会

出版说明

文化乃国本所系，国运所依；文化兴盛则国家昌盛，民族强大。在源远流长的中华文化长河中，经典古籍宛如熠熠星辰，承载着先辈们的智慧、思想与情感，是中华民族精神内核的深厚积淀。

2017 年以来，中共中央办公厅、国务院办公厅相继出台《关于实施中华优秀传统文化传承发展工程的意见》及《关于推进新时代古籍工作的意见》等重要文件，有力推动了大众对中华优秀传统文化的关注与重视，古籍事业亦借此良好契机，迎来了前所未有的跨越发展，步入了一个崭新的黄金时代。齐鲁书社作为文化传承的重要阵地，始终秉持对中华优秀传统文化的敬畏之心，肩负守正创新之使命，积建社四十余年之精华，汇国内学界群贤之伟力，隆重推出中华经典名著普及丛书——《时习文库》。

“学而时习之，不亦说乎？”文库之名，正是源自《论语》的这句经典语录。“时习”不仅是对知识的反复学习与实践，更是一种对中华优秀传统文化持续探索、深入理解的态度。文库共分为文化类和文学类两大辑，囊括了经史子集、诗词歌赋、戏曲小说等诸多经典，旨在为读者搭建一座通往中国古代文化瑰宝的坚实桥梁。文库的编纂宗旨在于，引导读者在阅读经典著作的过程中，将学习与思考深度融合，不断从古人的智慧海洋中汲取营养，从而得到心灵的润泽与智慧的启迪。通过对经史子集、诗词歌赋、戏曲小说等多元内容的系统整理与精良审校，让中华古籍真正成为可亲、可读、可传的“活的文化”。

为了确保文库的品质，我们除升级广受好评的原有经典版本作为开发基础外，亦精选其他优质底本，以确保版本选择的卓越性；文库会聚文史学界权威，如高亨、陆侃如、王仲荦、来新夏等学界大家，群贤毕至，各方咸集；文库延聘名家成立专家委员会，严格把控丛书质量，确保学术水准；文库针对不同层次读者，精心设计文化类与文学类品种：前者左原文右译文下注释，后者文中加简注评析，实用性强；文库采用纸面布脊精装，正文小四号字，双色印刷，装帧精美，版面舒朗，典雅大方，方便易读。

在习近平文化思想指导下，《时习文库》的出版是对中华优秀传统文化“两创”“两个结合”的一次重要尝试。我们希望通过这套文库，让更多的人了解和喜爱中国古代典籍，让中华优秀传统文化在新时代焕发出新的生机与活力。同时，我们也期待广大读者在阅读文库的过程中，能够与古圣先贤进行跨越时空的对话，汲取智慧，启迪心灵，不断提升自我的文化素养和精神境界。让我们一起在经典的海洋中遨游，感受中华文化的博大精深，共同书写中华优秀传统文化传承与发展的新篇章。

齐鲁书社

2025 年 3 月

序

庄维石

袁梅同志著《屈原赋译注》成，他和齐鲁书社的同志让我写一篇序。我想，屈原是我国文学史上出现的第一个大诗人，他大名鼎鼎，为古人和今人所称道，为我国人和外国人所称道。对于他的生平、思想和作品，近人著作如郭沫若的《屈原研究》、何其芳的《屈原和他的作品》，都有较全面的论述，袁梅同志的这本书，也有较全面的论述。这样，我在这里还有什么可说的呢？经过反复筹思，我只说一说我阅读屈原作品后的一点儿感想吧。

孟子说："颂其诗，读其书，不知其人，可乎？是以论其世也。"结合《史记·屈原列传》来阅读屈原作品，我认识到：

一、屈原首先是个有清醒的政治头脑，并能"守死善道"的人，然后才是一个诗人。

在屈原的时代，列国之中，秦楚最强：秦据关中之固，一出关门，亦有居高临下之势；楚疆域辽阔，物产富足；两国都有统一中国的可能。究竟谁统一中国？问题的关键，在于政治的好坏。秦自商鞅变法之后，废除了贵族领主在经济上、政治上的特权，缓和了阶级矛盾，物产日增，国势日强。而楚自吴起变法失败后，政权操于旧贵族之手，剥削残酷，政治腐败，加深了阶级矛盾。[①] 屈原看到这种情形，认为变法图强是楚国的急务。所以他在二十余岁做楚怀王的左徒、得到楚怀王的信任的时候，就锐意变法。在屈原的时代，齐国也是一个强国。联合齐国以抵抗秦国应该是楚国正确的外交政策。特别在公元前 318 年（楚怀王十一年、秦惠文王更元七年）楚、魏、韩、赵、燕五国联合攻秦失败后，秦国开始加紧侵略楚国；在公元前 316 年（楚怀王十三年、秦惠文王更元九年）秦遣张仪、司马错吞灭巴、蜀之后，秦国在军事上给楚国以严重的威胁；在这样的局势之下，联合齐国以抵抗秦国，对楚国来说就更为必要了。因此，屈原坚持联齐抗秦的外交政策是很有眼光的。司马徽说："识时务者在乎俊杰。"像屈原这样的人，可说是"识时务者"了。有人说："当中国走向统一的时代，秦将统一，而屈原抗秦，这是拒绝统一，是违反社会发展的进程的。"这话说得很好笑。应该弄清楚：问题不是统一和反统一的问题，而是由谁来统一的问题。屈原是楚国人，是楚国的世臣，是楚国的爱国志士，自应要求楚国来统一，而要求楚国来统一，自然要抗秦了，此其一。其次，楚国和秦国原来都是文化比较落后的国家，但到春秋时期，中原的思想和文化渐为楚国所吸收：楚庄王曾对潘党谈到《周颂·时迈》（见《左传·宣公十二年》），屈巫曾对楚庄王谈到《周书·康诰》（见《左传·成公二年》），薳罢曾在晋平公的宴会中朗诵《大雅·既醉》（见《左传·襄公二十七年》），"孔子西行不到秦"，但他到过楚国，受到楚王的重视（虽然因为他是外来人没有得到重任），都可说明这一点。自从公元前 473 年吴为越所灭之后，楚国势力逐

① 苏秦曾对楚王说："今王之大臣父兄……厚赋敛诸臣、百姓，使王见疾于民。"见《战国策·楚策》。白起也曾说楚王"不恤其政"，"谄谀用事，良臣斥疏，百姓心离"。见《战国策·中山策》。

渐向北伸展：公元前431年，楚简王灭了莒国，鲁国渐为楚所控制(到屈原死后不久，鲁卒为楚所灭)。齐威、宣之时，竟筑长城以拒楚。这样，齐鲁文化就易为楚人所吸收。陈良被孟子称为“豪杰之士”，曾经“北学于中国”。屈原也曾到过齐国。他说：“彼尧舜之耿介兮，既遵道而得路；何桀纣之猖披兮，夫唯捷径以窘步!”(《离骚》)“尧舜之抗行兮，瞭杳杳而薄天；众谗人之嫉妒兮，被以不慈之伪名。”(《哀郢》)先秦诸子中，道、法两家都不重视尧舜，庄子、韩非子甚至认为关于尧舜的传说是后人伪造的。重视尧舜的，莫过于儒家，而屈原对于尧舜如此推崇，可见他受到了儒家思想的影响。由于楚国能够吸收先进的思想文化，它的思想文化就有了提高。秦国则不然，它专讲霸道，不重文化，所以它虽变法致强，当时各国却称它为“虎狼之国”，屈原也是这样称它的。[①] 因此我们说屈原的抗秦是拯救文化的斗争，也无不可。从屈原坚持变法、坚持联齐抗秦看，他是个有清醒的政治头脑的人，是毫无疑问的了。屈原要变法，必然遭受旧贵族的阻挠和破坏，因为变法将削减他们的权益。所以屈原做左徒时“造为宪令”，草稿尚未写定，上官大夫就想抢走，没有达到目的，就在楚怀王面前说屈原的坏话。楚怀王听信上官大夫这般人，于是疏远了屈原，不让屈原继续做左徒，而给他一个闲散的差事——三闾大夫，叫他去管教楚国公族屈、昭、景三氏的子弟去了。屈原变法的意图就失败了。屈原要联齐抗秦，也必然遭受到旧贵族的破坏和反对。因为旧贵族们惯于以私害公，又养尊处优，只需保住自己的既得利益，不愿冒着风险与秦国对抗。所以上官大夫、靳尚、楚怀王幼子子兰、楚怀王宠姬郑袖都要走亲秦投降的路线。楚怀王是个昏庸的国君，根本没有一

① 见《史记·屈原列传》。

定的外交政策，经过上官大夫等人的包围，他就依违于抗秦、亲秦两种主张之间。到了楚顷襄王时，子兰做了令尹，亲秦投降派的势力更大了，因而屈原抗秦的外交政策也失败了。在变法与反变法的斗争中，在抗秦与亲秦的斗争中，屈原都失败了，他先后被流放于汉北、江南。倘若他“变心从俗”，向对方妥协，是可以改变他的命运的，但是他坚决不这样做。在屈原的时代，一个有特长的人如果在本国失意，是可以到别国去找出路的。屈原是楚国世臣，虽被放逐，但也可以到别国去找出路[①]，而他非常热爱自己的祖国，坚决不肯这样做。既不能“变心从俗”，又不肯到别的国家去，他只好留在国内被放逐的地方，“负杖行吟，则百忧俱至；块然独坐，则哀愤两集”，他受到了长时间的折磨。忧愤郁结，何以排遣？于是发为诗歌。直到楚顷襄王二十一年（前 278），秦将白起率兵攻下郢都，烧了楚国王陵，取了洞庭五渚江南，楚国君臣逃到陈城（今河南淮阳）去，他认为楚国没有前途了，于是投汨罗江自杀了。“謇吾法夫前修兮，非世俗之所服；虽不周于今之人兮，愿依彭咸之遗则。”（《离骚》）他是这样说的，也是这样做的。可谓“守死善道”的人了。屈原要变法，限制贵族特权，减轻人民负担，自系人民的愿望；屈原要抗秦，根据古籍记载，更符合人民的要求。在这里，我们可以举出三点依据：第一，“怀王卒于秦，秦归其丧于楚，楚人皆怜之，如悲亲戚”（《史记·楚世家》）。第二，白起攻下郢都，不乘势灭楚，反而退兵，这是因为“白起所击溃的是楚国的正规军队”，而当时蜂起的民间武力却与白起为难。[②]《史记·六国年表》说楚顷襄王二十三年，“秦所拔我江旁反秦”，《楚世家》说这

① 何休解诂、徐彦疏：《春秋公羊传注疏》：“古者放臣，任其所去。”俞正燮：《癸巳类稿·书鲁语后》：“世臣非被逐不得弃宗庙从孔子外游。”

② 参考郭沫若《屈原考》，载《蒲剑集》。

一年“襄王乃收东地兵，得十余万，复西取秦所拔我江旁十五邑以为郡，距秦”。可见白起攻下郢都两年之后，楚顷襄王就利用人民反秦的力量，收集残兵，收复了一些失地。第三，楚“为秦所灭，百姓哀之，为之语曰‘楚虽三户，亡秦必楚’”。(《风俗通义》)从这三点看，屈原要抗秦，虽为旧贵族、亲秦投降派所反对，却是符合人民的要求的。屈原在白起攻下郢都之后，就认为楚国没有前途了，这是因为他只把希望寄托在国君、统治阶级的身上，没有认识到人民的力量。这是他的时代的和阶级的局限。但我们对古代作家及其作品，不能要求其超越这种局限，而应当汲取其中好的东西，有益于今的东西，例如屈原有清醒的政治头脑，并能“守死善道”，决不向腐朽势力妥协，这不是我们应该引以为鉴的吗？

二、屈原的作品，是紧密结合他的身世、具有强烈的艺术感染力、既有继承又有创新的作品。

屈原的作品紧密地结合着他的一生和他的时代、环境，这一点在《离骚》和《九章》里的屈作[①]中是显而易见的。现在只摘录其中的一些句子来看看：

> 已矣哉！国无人，莫我知兮，又何怀乎故都？既莫足与为美政兮，吾将从彭咸之所居！
>
> ——《离骚》

所谓“美政”，显系指变法而言。后人所作的《惜往日》云：“惜往日之曾信兮，受命诏以昭时。奉先功以照下兮，明法度之嫌

---

① 我认为《九章》里的作品，不尽是屈原所作。如《惜往日》云：“临沅湘之玄渊兮，遂自忍而沉流。卒没身而绝名兮，惜壅君之不昭。”显系后人口吻。

疑。国富强而法立兮，属贞臣而日娭。”正可为“美政”的注脚。

惟夫党人之偷乐兮，路幽昧以险隘。岂余身之惮殃兮，恐皇舆之败绩。

民生各有所乐兮，余独好修以为常。虽体解吾犹未变兮，岂余心之可惩？

——《离骚》

这正是屈原热爱楚国、坚决斗争、“守死善道”的说明。

受命不迁，生南国兮。深固难徙，更壹志兮。

——《九章·橘颂》

这表面是赞美橘树，实际是以橘自比，说自己虽被放逐，而决不背离楚国。

《九歌》是经过屈原更定的楚人的祭歌，从表面看，好像与屈原的身世无关，细读深探，就会感到其中透露着一种不可掩抑的更定者的情绪。例如《东君》：

青云衣兮白霓裳，举长矢兮射天狼。操余弧兮反沦降，援北斗兮酌桂浆。

俞平伯先生解释说：

穿着云霞的衣裳，举起天上的弓箭，射倒那变幻的天狼星，然后功成身退，拿北斗的勺子大喝其酒；这何等的

> 痛快淋漓，兴高采烈。
>
> 他说，“举长矢兮射天狼”，表明东方的太阳星用天上的弓箭来讨伐魔鬼。魔鬼很多，什么不好说，定要用这天狼。原来古代天文地理学者说天狼星属东井，正照秦地，代表秦国的呵。①

由此可见，屈原的抗秦是坚决的，他渴望着抗秦的胜利。明人陈第自言读屈作，最喜《九歌》，因为《九歌》“虚以寓实”，“词藻之妙，操觚摘采者既模拟而莫之及”。当于此等处见之。

屈原的作品既是紧密地结合着他的身世的，则其中自必洋溢着作者的真实的情感，对读者自必具有强烈的艺术魅力。王逸《离骚经序》中说：“《离骚》之文依《诗》取兴，引类譬谕。故善鸟香草以配忠贞，恶禽臭物以比谗佞，灵修美人以媲于君，宓妃佚女以譬贤臣，虬龙鸾凤以托君子，飘风云霓以为小人。其词温而雅，其义皎而朗。凡百君子莫不慕其清高，嘉其文采，哀其不遇而愍其志焉。”王逸的话正道出屈作有所继承和它强烈的艺术感染力。

关于屈原作品的继承和创新，袁梅同志的这本书颇有所论列。我在这里只就三个方面提出一些看法：

第一个方面是创作冲动。这里所谓创作冲动，指诗之所由作而言。《毛诗序》说：“情动于中而形于言。”可见写诗必先有真挚的情感。而人之情感，必“感于物而动”（《礼记·乐记》），可见写诗必是“感物吟志”，出于自然。古代民歌，“饥者歌其食，劳者歌其事”（宣公十五年《公羊解诂》），都出于自然。屈原继承了这

---

① 见俞作《屈原作品选述》，载于1953年6月15日《文汇报》，作家出版社编辑部编的《楚辞研究论文集》收入。

个传统，其诗紧密地结合身世，所以言之真切，富有感人魅力。

第二个方面是创作方法。古代民歌多用比兴，比兴基本是形象语言。写诗不一定用形象语言，但感人之深者，形象语言为多，所以诗家多重比兴。用比兴，可使形象鲜明，可使诗情蕴藉，耐人寻味，且能显示作者“感物吟志”，不得已而写诗，并非无真情实感而硬要写诗。屈原吸收了民歌用比兴这一特点，而且他的诗是浪漫主义的诗，要虚构，要写很多超现实的事物，他用比兴比较他以前的诗歌有所发展，使读者感到突出。唐人诗宗风骚，也多用比兴。胡应麟特别欣赏《湘夫人》“沅有茝兮澧有兰，思公子兮未敢言。荒忽兮远望，观流水兮潺湲”。他说：“唐人绝句千万，不能出此范围，亦不能入此阃域。”（《诗薮》）这几句就是用比兴手法写的，“兴发于此，义归于彼”，故使读者感到很有意味。

第三个方面是诗的体裁。在上古，文学作品就有两种：其一是诗歌，如《诗经》；其二是散文，如《尚书》。这两种文学作品，虽被区分成两种文体，但未尝不可以相互通流，相互渗透。例如《诗经》是诗歌，而“参差荇菜，左右流之”（《周南·关雎》）“已焉哉！天实为之，谓之何哉”（《邶风·北门》）“期我乎桑中，要我乎上宫，送我乎淇之上矣”（《鄘风·桑中》）“仲可怀也，父母之言亦可畏也”（《郑风·将仲子》）等句用了一些散文句法。出于战国时期的《老子》《庄子》是诸子散文中的名作，而《老子》八十一章颇有诗歌的韵味，《庄子》亦每用韵语，如：“子独不见狸狌乎？卑身而伏，以候敖者（读堵）；东西跳梁，不避高下（读虎）；中于机辟，死于罔罟……”（《逍遥游》）“无入而藏，无出而阳，柴立其中央。”（《达生》）“巧者劳而知者忧，无能者无所求，饱食而敖游，泛若不系之舟。”（《列御寇》）这种诗文相互通流、渗透的情况，发展到战国末期，被屈原继承并加以扩充，就形成了他不朽的糅合诗文句法的浪漫主义诗篇。我们可以说这种诗篇是散文诗，在中国文学史上，散文诗是由屈原开创的。历代诗论家，常称屈原的这种诗为“骚”，因他的代表作《离骚》抒写作者忧愤的情感，“如怨如慕，如泣如诉”，洋洋洒洒，“忽起忽伏，忽断忽续”(王邦采《离骚汇订·序》语)，独具一种风格。屈原的“骚”，对后世很有影响，就体裁而言，它不独是古代诗歌的扩展，而且是宋玉以后的“赋”的前驱。《汉书》称之为“赋”是有道理的。后人如胡应麟、刘师培等，只知赋是要铺张的，而不知“骚”也有铺张。[①] 铺张不铺张，要从比较中看：“赋”之铺张固过于“骚”，“骚”之铺张亦过于“诗三百”。从发展上看，诗、骚、赋三者是一脉相通的。所以刘勰著《文心雕龙》，其《辨骚》一篇，专论屈作，而《明诗》《诠赋》两篇亦涉及屈作。《辨骚》中的话：“固知楚辞者，体宪于三代，而风杂于战国，乃《雅》《颂》之博徒，而词赋之英杰也。”[②] 说得多么切当啊！

严羽论学诗，说：“学其上仅得其中，学其中斯为下矣。”又说：“工夫须从上做下，不可从下做上。先须熟读《楚辞》，朝夕讽咏，以为之本……”（《沧浪诗话·诗辩》)元稹说杜甫的诗“上薄《风》《骚》”(《唐故工部员外郎杜君墓系铭并序》)，杜甫亦自言：“窃攀屈宋宜方驾。”（《戏为六绝句》之五）可见学诗，就要读屈作，细加揣摩。我看，我上面所提屈原及其作品的特点，是值得借鉴的。

袁梅同志的书，为初学屈原作品的人提供了很好的读物，对屈

---

① 胡应麟《诗薮》说：“骚以含蓄深婉为尚，赋以夸张宏巨为工。”刘师培《论文杂记》说：“循名责实，惟记事析理之文可锡赋名，自战国之时，楚骚有作，词咸比兴，亦冒赋名，而赋体始淆。”

② 博徒多取，故以言铺张。

原研究者来说，也是值得参考的。严复译西文，提出三个标准：信、达、雅。我看，译文只要做到信、达就可以了。苏轼说："辞至于能达，则文不可胜用矣。"这话说得很好。辞至于达，则"文理自然，姿态横生"（见《答谢民师书》）。不求"雅"而实已"雅"了。袁梅同志的译文，在"信"字上很下功夫，做得也较好；在"达"字上似犹有未尽，希望能够做进一步的探索、琢磨。

目　录

CONTENTS

离骚

解题

司马迁《史记·屈原贾生列传》称引刘安之说，云：“‘离骚’者，犹离忧也。”班固《离骚赞序》曰：“离，犹遭也；骚，忧也，明己遭忧作辞也。”又据当代学者游国恩、郭沫若诸先生考证，“离骚”即“劳商”，本是楚曲之名。马茂元先生则主张标题的音乐意义和思想内容是统一的。准此，我们对《离骚》之篇名，姑且认为：由于屈原遭罹忧患，幽思长愁，于是，袭用楚曲旧题，创作新词，以抒发自己悲愤交集、抑郁不平之情。

全诗可分为前后两大部分：

前一部分（自篇首至“岂余心之可惩”）：

主要是写对已往经历的追溯和由此而产生的愤慨。

首先，诗人追述世系、出身，自幼独具优异才能，为实现远大理想而勉力自修；接着写他如何立志辅助楚王改革政治，谋国图强，但是这些为国为民的主张和措施，却横遭旧贵族势力、谗谄群小的诽谤打击；楚王妄信谗言，罢黜疏放了他；他为振兴楚国而苦心培育的人才也蜕化变质；诗人回顾因直言谏君、精忠谋国而身罹忧患，引起无限愤慨，一方面怨恨楚王昏聩不明，一方面痛斥党人群小之邪曲害公，断然表示：一定坚持美好的政治理想和高洁志行，与邪恶势力斗争到底，为了真理和正义，虽九死而不悔。

后一部分（自“女媭之婵媛兮”至篇末）：

主要是写对未来道路、政治理想的求索、憧憬与选择。

这一部分，为了表现诗人在屡遭挫折之后的思想矛盾和斗争过程，运用了幻想和想象的方法。首先，描述女媭劝诫他在险恶的社会环境中要“明哲保身”、放弃斗争；他听后不以为然，就到古帝虞舜那里去陈词，纵论往古治乱兴衰之理，不但否定了女媭的见解，而且自以为掌握了正道，于是意气风发地周流于天，下游于地，探索实现美好理想的道路，结果，天宫闭门不纳，四方也无可诒之女，天上、人间同样“混浊而嫉贤，蔽美而称恶”，因此，想实现宏伟的抱负是极端困难的；诗人在濒于绝望之时，心情十分矛盾，于是便向“灵氛”问卜，以决行止，“灵氛”劝他不要留恋这混乱黑暗的楚国，应该到远方去寻求出路；但诗人却瞻顾迟疑，心情十分矛盾，便又去请教“巫咸”，“巫咸”则劝他及时努力，寻求志同道合的理想人物，并列举古代明君举贤授能的旧例，说明贤才终究会被明君所赏识重用，君臣遇合，共图大业；诗人经过深思熟虑，感到时不待人，而且在日益恶化的楚国社会环境中是无甚希望的，于是他就决定听从“灵氛”的劝告，远逝自疏；当他乘龙御凤、周流上下、浮游求女之际，神志飞扬，自慰自娱，一时解脱了无限苦痛；他正在光明灿烂的天宇自由飞腾时，忽然俯瞰到下方的故乡，于是，仆夫悲怆，神驹怀伤踟蹰，使他又从美幻的境界跌落到无情的现实之中，又投入了楚国的怀抱，他不忍离开多灾多难的父母之邦而远行，最终，决心以死殉志。

伟大的诗人屈原，在那“举世混浊”“众人皆醉”的恶劣社会环境中，“信而见疑”“忠而被谤”，一再遭受谗人陷害打击，被楚王疏远、罢黜、放逐，身罹忧患，愤懑填膺，于是就运用“离骚”这种楚曲形式，宣泄勃郁不平之气与壮志难酬的慨叹。

这篇广博深沉、震古烁今的长篇抒情诗，是屈原的代表作，是“楚辞”的极峰。它集中反映了诗人对楚国和人民的无限忠诚、无比热爱以及勇于为楚国贡献一切的精神；也表现了诗人高尚的情操：他对美好的政治理想热烈追求，至死不渝；对楚国统治集团中的邪恶势力坚决斗争，永不妥协；始终坚持修身洁行而不同流合污。

作品以现实主义与积极浪漫主义相结合的创作方法，成功地塑造了一个忧国忧民、疾恶如仇、追求真理、向往光明的高尚完美的艺术典型。

本篇的写作年代，很可能在屈原被放逐江南的前期，即顷襄王初年。

【原 文】

帝高阳之苗裔兮，朕皇考曰伯庸。①

摄提贞于孟陬兮，惟庚寅吾以降。②

皇览揆余初度兮，肇锡余以嘉名。③

名余曰正则兮，字余曰灵均。④

【译 文】

我是古帝高阳氏的苗裔子孙，我先父的尊名叫作伯庸。

正当阴历寅年的孟春正月，又在庚寅之日我便降生。

生父观察我初生的器宇容度，始将美名赐予儿身。

我的美名叫作“正则”，我的表字称为“灵均”。

注 释

❶ 帝：古帝王。高阳：远古帝王颛顼有天下时的称号。苗裔：后代子孙。兮：古读若“啊”“噢”“嚎”。犹“侯”“也”“乎”“猗”，语气词。朕：古代无论尊卑，均称“我”为“朕”，自秦始皇始定为天子自我的专称。皇考：这是对先父的尊称。皇，大；美；光明。考，指亡父。伯庸：屈原先父的字。

❷ 摄提：摄提格的简称。古人将天宫划为子、丑、寅、卯、辰、巳、午、未、申、酉、戌、亥十二等分，谓之十二宫。以岁星（木星）在天空运转所指向的方位来纪年。岁星指向寅宫（斗、牛之间）的那一年，叫作摄提格，即寅年的别称。贞：正；当。孟陬（zōu）：一年之始的正月。陬：正月。惟：语助词。庚寅：庚寅日（纪日的干支）。降：降生。

❸ 皇：皇考之省文。览：当作“鉴”，观察。揆：衡量；测度。一本“揆余”下有“于”字。初度：初生时的器宇、容度。肇：始。锡：赐。嘉：美善。

❹ 正则：屈原名平，“正则”，指公正而有法则，这是隐括“平”的含义，以美其名有法天之义。灵均：屈原字原，“灵均”，指灵善而平均，这是隐括“原”的含义，以美其名有法地之义。

【原 文】

纷吾既有此内美兮，又重之以修能。①

扈江蓠与辟芷兮，纫秋兰以为佩。②

汩余若将不及兮，恐年岁之不吾与。③

朝搴阰之木兰兮，夕揽洲之宿莽。④

【译 文】

我既有华盛的内在美质，并有清秀的外貌丰姿。

披佩那连接缉续的江蓠、白芷，又将秋兰连缀成串作为佩饰。

我勤勉修行，匆匆若将不及，唯恐时不我待，人生易老。

我在清晨攀折冈上的木兰花枝，薄暮又去采摘洲中的紫苏香草。

注 释

❶ 纷：众盛貌；美盛貌。内美：固有的内在的美好品质。重（chóng）：复；再；加。修能：修，与“秀”音近而通。又训“长”“高”“高明”。能（tài）：“態（态）”之省借，容态；外在的风格，或兼谓姿容与才艺。

❷ 扈：犹“覆”。楚语谓“披”曰“扈”，指披佩在身上。江蓠：生长于水湿之地的一种香草。又作“江离”。辟：缉续。读为《孟子》“妻辟”之辟，刘熙注云：“缉续其麻曰辟。”扈、辟，二动词，分别与下面的名词江蓠、芷构成两个动宾词组。一说，辟芷连读，谓生于幽僻之地的白芷。芷：白芷，也是一种香草。纫（rèn）：贯串连缀。秋兰：此指秋季开花的一种兰草。兰，香草名，品种很多。佩：指佩于身上的饰物。

❸ 汩（yù）：《方言》：“汩，疾行也，南楚之外曰汩。”本为水流迅疾貌，此谓疾行貌。或喻流年如逝水。若将不及：指勤勉自修，若恐不及。年岁：年华，时光。不吾与：“不与吾”之倒文。与：待。

❹ 搴（qiān）：拔取。引申为攀折义。阰（pí）：大土冈。木兰：香木辛夷之一种。据说木兰去皮而不死。揽：采集；摘取。洲：沙洲；水中可居之地。宿莽：此指经冬不枯死的紫苏草。宿：隔时；旧时。莽：《方言》：“苏，芥草

也。……南楚江湘之间谓之莽。”言“莽”在楚语中是指一种叫紫苏的香草。

【原 文】

日月忽其不淹兮，春与秋其代序。①

惟草木之零落兮，恐美人之迟暮。②

不抚壮而弃秽兮，何不改乎此度？③

乘骐骥以驰骋兮，来吾道夫先路！④

【译 文】

日月匆迫而不久留，春去秋来而依次更代。

感念草木的飘零陨落，只恐美人又年迈色衰。

何不趁此少壮而抛弃邪秽，何不改变这不善的态度？

驾着骐骥而自由驰骋吧，请来啊，我在前面为你引路！

注 释

❶ 日月：指时光。忽：倏忽，迅疾貌。淹：久。序：读为“谢”。代谢，指轮换，更替。李详《文选拾渖》：代序，代谢也。古人读序为谢。又，序，次也。代序，指更次，也是轮换义。

❷ 惟：思。零落：飘零，衰落（陨落）。美人：此处似喻楚怀王。或自喻。迟暮：晚暮，此指年老。

❸ 不：犹“何不”。抚壮：抚，持；凭借；趁着；掌握（时机）。一说，训“循”。壮：壮盛之年。又通“庄”，训“美”，“美盛”，指美盛之年。弃秽：抛弃秽恶，或指远斥邪佞；或指抛弃秽政。度：指美人的气度或态度。或指治国的法度。

❹ 骐骥：良马之名，此处是以良马喻贤才。乘骐骥，喻任用贤才。驰骋：以纵马疾驰喻奋发有为。来：犹言“请来”，是召“美人”之词。王夫之《楚辞通释》：来，相召告戒之辞。道：同“导”，为前导。夫：语词。先路：前路；前驱。

【原 文】

昔三后之纯粹兮，固众芳之所在。①

杂申椒与菌桂兮，岂维纫夫蕙茝？②

彼尧舜之耿介兮，既遵道而得路。③

何桀纣之猖披兮，夫唯捷径以窘步。④

【译 文】

古昔的三王德行纯粹，当时原有众芳荟萃一堂。

交杂地佩用申椒与菌桂，难道只将香蕙、白芷缀饰身上？

那尧、舜何其光明正大，遵循正道而得大路畅通。

那桀、纣何其狂悖不羁，只贪走便道而寸步难行。

注释

❶ 昔：往古。后：君。三后，指夏禹、商汤、周文王。又，戴震曰：三后，谓楚之先君，贤而昭显者，故径省其词，以国人共知之也。今未闻。在楚言楚，其熊绎、若敖、蚡冒三后乎？又，王夫之曰：三后，旧说以为三王，或鬻熊、熊绎、庄王也。备考。纯粹：素丝纯白不杂叫“纯”；精米净齐不杂叫“粹”。又，王逸曰：至美曰纯，齐同曰粹。此处喻品德至美至善，毫无瑕疵。固：本。众芳：比喻群贤。在：此指荟萃、聚集。

❷ 杂：交杂并集。申椒：一种果实较大的花椒。申，大。一说为申地所产之花椒。菌桂：应作“箘桂”，即肉桂，是一种香木。岂维：这是反诘之词，犹言“难道唯独”。纫：见前注。蕙：兰之一种，一茎而多花。茝：此处读作“芷”，即香草白芷。

❸ 尧：古唐帝，为帝喾次子，史称唐尧。继其兄挚为天子，相传有德政。舜：古虞帝，姚姓，初居畎亩之中，有美誉，尧举之使摄政，大有治绩。三十年，受禅即帝位，史称虞舜。耿介：光明正大。耿，光明。介，大。遵：循，顺着。道：此谓正道。得路：得到康庄大道。

❹ 猖披：一作“昌被”，本为衣不结带之貌。此处借喻桀骜狂悖品行不正之

貌。夫：犹“彼”。唯：但；独。捷：邪出；直急。捷径：邪出的小路。窘步：步履迫促难进，犹言“寸步难行”。

【原 文】

惟夫党人之偷乐兮，路幽昧以险隘。①

岂余身之惮殃兮，恐皇舆之败绩。②

忽奔走以先后兮，及前王之踵武。③

荃不察余之中情兮，反信谗而齌怒。④

【译 文】

那结党营私之辈，但知苟且偷安，使其所导之路幽暗而险隘。

难道我畏惮己身获罪遭殃吗？我只担心君王之车倾覆败坏。

我匆遽黾勉地在前后效劳奔走，但愿能追及先王的步武。

君王不谅察我内心的一片赤情，反而轻信谗言而对我勃然暴怒。

注 释

❶ 惟：语首助词。夫：犹“彼”。党人：此指结党营私、垄断朝政的楚国贵族集团。偷乐：苟且偷安。偷，即《说文》“媮”字，有巧黠苟且之意。张衡《东京赋》：今公子苟好剿民以媮乐，忘民怨之为仇也。薛综注曰：媮，犹侥幸也。侥幸，亦巧黠苟且义。幽昧：幽暗。险隘：危险狭隘。

❷ 惮殃：畏惧灾祸。皇舆：皇，君王。皇舆，犹“王舆”，国君所乘之车，以此喻君王所统御的国家。败绩：本指军队大崩，兵车倾覆，在此喻国家覆灭之祸。

❸ 忽：迅疾貌，犹言“匆匆地”“匆遽地”。以：犹“于”，或“而”。及：此指从后追及。前王：指前代的贤君，如尧、舜及三王等。踵武：足迹，步武。以喻所行之道，所创之业。

❹ 荃（quán）：即“荪”，香草名，此处以之喻楚怀王。中情：犹“衷情”，

内心的真情，即上文“恐美人迟暮”之心情。齌：读 jì 或 qī。本指以急火烧饭，此处形容怒气如烈火急燃。

【原 文】

余固知謇謇之为患兮，忍而不能舍也。[①]

指九天以为正兮，夫唯灵修之故也。[②]

初既与余成言兮，后悔遁而有他。[③]

余既不难夫离别兮，伤灵修之数化。[④]

【译 文】

我本知忠直谏诤会招来祸患，但宁受苦难也不舍弃正途。

我指苍天起誓，让天作证，我的忠忱只是为了君王。

当初既和我订有盟约，但又变卦反悔而有他心。

我已不怕和你离别，唯有感伤君王是多变之人。

注 释

❶ 謇謇（jiǎn）：或作“蹇蹇”，本训步履艰难之貌，在此引申为忠贞敢谏貌。忍：指忍受所遭之患。或指忍耐于心而不言。不能舍：不能舍弃、中止。

❷ 九天：古代传说天有九重，九天，犹言“苍天”。正：同“证”。为正，作证，此言指天为誓，以证己之忠贞。或读为“征”，征验之意。灵修：犹言“神圣”，此喻楚怀王。刘永济《屈赋通笺》：灵修者，神明广远之义。盖托名于天神，而寓意于国君也。又，王夫之《楚辞通释》则云：灵，善也。修，长也。称君为灵修者，祝其所为善而国祚长也。可备一说。

❸ 按，此二句前本有“曰黄昏以为期兮，羌中道而改路”之句，宋人洪兴祖以为衍文。至确，当删。成言：成其诺言；有成约。又可训“善言”。悔遁：因反悔而变了卦。遁：移；迁；变化。此指改变心意。又，王逸训“遁”为“隐”，谓隐匿其情。他：读 tuō。他心；二心。

❹ 难（nàn）：畏惮。离别：指被国君疏远而离去。数（shuò）：屡次。化：变化无常。

【原 文】

余既滋兰之九畹兮，又树蕙之百亩。①

畦留夷与揭车兮，杂杜衡与芳芷。②

冀枝叶之峻茂兮，愿俟时乎吾将刈。③

虽萎绝其亦何伤兮，哀众芳之芜秽。④

【译 文】

我已栽种了春兰九畹，又种植了香蕙百亩。

我一畦畦地栽种那留夷、揭车，又杂植那杜蘅与芳芷无数。

希望它们枝叶繁茂，长得高大，待其长成之时，我将收获而归。

虽则枯萎零落又有何妨，哀伤的是众芳竟然荒芜杂秽。

注 释

❶ 滋："兹"之借，《说文》："兹，草木多益也。"引申为"莳"义，指栽种；移栽。九畹（wǎn）：九，多数之称。畹：十二亩为畹（王逸说）。又，《说文》云：田三十亩曰畹。又，《玉篇》云：三十步为畹。时代不同，制度各异，不必拘泥。九畹，言其田亩之多。树：种植。

❷ 畦：本指菜圃间分隔的长陇，此处转化为动词，指"成畦地种植"。留夷：香草名，或谓即芍药。揭车：香草名，一名乞舆，味辛，花白。杂：掺杂栽植。杜衡：香草名，似葵而香，俗名马蹄香。衡，一作"蘅"。芳芷：即"白芷"。按，以上是以香草喻众贤，诗人在此说明自己大力培植贤才。

❸ 峻茂：高大茂盛。俟（sì）时：俟，等待。时，指众芳长成之时，喻群贤成才之时。刈（yì）：收割，收获。喻任用贤才。

❹ 萎绝：本指草木枯萎零落。此处喻所培育的贤才因洁身修行而受到困厄摧

折；或自喻受到摧折。伤：妨碍。又见《论语》：何伤乎？亦各言其志也。芜秽：本指草木荒芜杂乱，此处喻贤才腐朽变节。

【原 文】

众皆竞进以贪婪兮，凭不厌乎求索。①

羌内恕己以量人兮，各兴心而嫉妒。②

忽驰骛以追逐兮，非余心之所急。③

老冉冉其将至兮，恐修名之不立。④

【译 文】

群小都争逐利禄而无比贪婪，获致极多，却仍然无餍地求索。

他们宽恕自己，而以私心揣度别人，各人都生歹心，而嫉妒贤者。

人们如同群马交驰，追逐势利，我对这些从不急于贪求。

暮年渐渐来到眼前，我担忧的是美名未就。

注释

❶ 众：此指结党营私的群小。竞进：争先恐后地追逐利禄权势。贪婪：指群小贪得无厌。凭：众盛貌；盛满貌。此指群小所贪求的已很多。厌：通“餍”，满足。求索：贪求索取不已。

❷ 羌：楚地方言的发语词。又，训“乃”。又，王泗原考证“羌”字有“怎样”“为什么”之义。内恕己：内心宽恕自己。以：以己之心。量人：以小人之心衡量揣度别人。兴心：生不良之心，指嫉妒贤良。

❸ 忽：匆急。驰骛：犹言四处奔走。此指马乱驰貌。追逐：此指群小追逐权势财利。急：急于追求者。或谋求，贪求。

❹ 冉冉：渐渐。修名：令闻；美名。立：树立。

【原 文】

朝饮木兰之坠露兮，夕餐秋菊之落英。[1]

苟余情其信姱以练要兮，长颇颔亦何伤？[2]

揽木根以结茝兮，贯薜荔之落蕊。[3]

矫菌桂以纫蕙兮，索胡绳之缅缅。[4]

【译 文】

清早，我畅饮木兰上晶莹的坠露，黄昏，我摘那秋菊之花细细品尝。

如果我的衷情是信美而又精诚，即便长饥枯瘦，又有何伤？

揽取香木之根，而将白芷束起，又摘薜荔之蕊，系成花串。

我佩用肉桂，而又连缀香蕙，以胡绳捻索，美好相连。

注 释

❶ 坠：此指滴落。落英：落花。此“落”字与上文“坠”字相对成文，勿论“自落”抑或“摘落”，“自坠”抑或“采坠”。英：花，花瓣。“英”也是花的别名。王逸注：英，华也。按，此二句是以饮坠露、餐落英表示自己洁身自好，不随流俗。

❷ 情：内心的感情。信姱：信，真诚。或训“诚然”。姱，美好。信姱，真诚而美好。以：而。练要：练，精。要，约束，指操守坚定专一。练要，精诚坚定。颇颔（kǎnhàn）：由于饥饿而面黄肌瘦。

❸ 揽：撮取；摘取；采集。木根：此处泛指香木（或香草）之根。结：束起来；系起来。茝：通“芷”，白芷，香草名。贯：贯串起来；系成串。薜荔（bìlì）：常绿藤本植物，又名木莲，古人视为香草。落蕊：摘落的花蕊。蕊，花心。

❹ 矫：举；取用。又，王夫之《楚辞通释》：矫，反剥之也。菌桂：应作“箘桂”，见前注。纫：见前注。又，王夫之云：纫，纽而揉之也。蕙：见前注。索：本训绳索，此处作动词用，指搓制绳索。胡绳：香草名，其茎叶可制绳索。缅缅（xǐ）：形容绳索相联缀而美好之貌。

【原 文】

謇吾法夫前修兮，非世俗之所服。[①]

虽不周于今之人兮，愿依彭咸之遗则。[②]

【译 文】

我由衷地仰慕效法前贤，而不为世俗小人所用。

虽然不合于今世之人，却愿以彭咸之遗则是从。

注 释

❶謇（jiǎn）：楚语中的发语词。法：效法。前修：前代的贤者。修，美善。服：用。

❷周：相合；相容。依：依从；按照。彭咸：据王逸注：殷贤大夫，谏其君，不听，自投水而死。又，谭介甫《屈赋新编》考订，彭咸是殷时巫彭、巫咸两个贤人。遗则：传下来的法则，有典范、榜样的含义。

【原 文】

长太息以掩涕兮，哀民生之多艰。[①]

余虽好修姱以鞿羁兮，謇朝谇而夕替。[②]

既替余以蕙纕兮，又申之以揽茝。[③]

亦余心之所善兮，虽九死其犹未悔。[④]

【译 文】

长长地叹息而掩面流泪，惋伤人生的多灾多难。

我唯有崇尚信美而洁身自持，早上被谗，而傍晚即遭斥贬。

既因佩戴香蕙而将我废斥，又对我复加采集芳芷之罪。

这也是我衷心的崇尚，纵然身罹九死，也决不后悔。

注释

❶ 太息：叹息。掩涕：掩面拭泪。哀：哀伤。民生：人生。民，人。多艰：多难。

❷ 虽：古与“唯”通。王念孙《读书杂志》：虽（雖）与唯同，言余唯有此修姱之行，以致为人所系累也。好（hào）：爱慕；崇尚。按，臧氏用中《拜经日记》云：修上不宜有好字。王注云……旧本好字，因下文好修而衍。录以备考。修姱：此指美好的德行。鞿（jī）羁：鞿，马缰绳。羁，马络头。此处转化为动词，指约束自己，不放纵，洁身自好。朱熹说：言自绳束不放纵也。謇：见前注。谇（suì）：《说文》：谇，让也。让，责备，此谓责备之谗言。替：废弃。

❸ 替：见前注。以：因。蕙纕：纕蕙之倒文，言佩戴香蕙。纕（xiāng），佩戴，本为名词，这里转化为动词。申：重复；复加。揽茝：采集芳芷。按，诗人以“纕蕙”“揽茝”比喻自己的志行高洁忠贞。

❹ 善：爱好；崇尚。九死：九，代称多数。九死，夸张强调之词。未悔：不悔，这是说明自己操守不易，有决心，有信心，不妥协。九死未悔：犹言“万死不辞”“死而无憾”。

【原文】

怨灵修之浩荡兮，终不察夫民心。①

众女嫉余之蛾眉兮，谣诼谓余以善淫。②

固时俗之工巧兮，偭规矩而改错。③

背绳墨以追曲兮，竞周容以为度。④

【译文】

怨恨君王放纵自恣，始终不知体察人的一番苦心。

众多女子嫉妒我有秀美的蛾眉，造谣毁谤，说我善为邪淫。

时俗小人诚然善于作伪取巧，放弃规矩而任意改变措施。

违背绳墨而追求邪曲之道，争相苟合取容，当作法度宗旨。

注释

❶灵修：见前注。浩荡：本训水大貌，此处引申为放纵自恣，反复无常，不知深思熟虑。又，姜亮夫谓：浩荡，犹今言荒唐耳，一声之转也，今言胡涂，即王注无思虑之义。终：始终。察：体察。民心：人心，这是诗人指自己的一番苦心。按，这是说楚王不辨忠奸善恶。

❷ 众女：此喻群小，群丑，众奸佞。蛾眉：本指女子像蚕蛾须那样又弯曲又秀美的眉毛，在此，喻美德懿行和卓异的才能。谣诼：造谣毁谤。诼，谗诬。善淫：善为邪淫之事。淫，淫荡；邪恶无度，这是"众女"诋毁之言。按，二句寓意是，群小嫉妒我的美德懿行和卓越才能，造谣毁谤，说我善于蛊惑，邪恶恣肆。

❸ 固：诚然；本来是。时俗：世俗，社会风气；时俗之人。工巧：善于作伪取巧。偭（miǎn）：背弃。规矩：规，定圆形的仪器。矩，定方形的仪器。在此借指法度、法则。改错：错，同"措"，措置；安排；措施。改错，改变措施。一说，错，读为凿。按，此言群小竞为巧佞，背弃法度，改变措施，反常妄行。

❹ 背：违反。绳墨：工匠取直线用的引绳弹墨的工具，俗称墨斗。此处比喻直道、正道。追：追随；追求。曲：邪曲之道。竞：争相为之。周容：犹言"令色"，巧佞之貌。或云，苟合于世以求容于人（取悦于人）。度：法度；准则。按，此斥责众佞臣枉道苟合以从时悦世。

【原文】

忳郁邑余侘傺兮，吾独穷困乎此时也！①

宁溘死以流亡兮，余不忍为此态也！②

鸷鸟之不群兮，自前世而固然。③

【译文】

忧愁烦闷，怫郁失意而徘徊伫立，唯独我穷途困顿于此时此境。

宁肯溘然死去，而随清流长逝，也不许自己效此苟合谄媚之容。

刚猛的鹰隼不屑与凡鸟为群，此种道理自古已然。

何方圜之能周兮，夫孰异道而相安？④

方枘圆凿怎能相合？人不同道何能相安？

注 释

❶ 忳（tún）：忧闷貌。郁邑：即“郁悒”，忧思郁结，烦恼苦闷。又，王夫之云：郁邑，与於邑通，读如呜咽。侘傺（chàchì）：抑郁不得志而踟蹰伫立貌。王夫之云：失志无聊而迟立貌。

❷ 宁：宁愿，甘心。溘（kè）：忽然。流亡：亡，去。流亡，随水流而逝去。又见《九章》注：意欲淹没，随水去也。或指辗转漂泊四方。忍：容忍。态：此指苟合取容的邪淫之态。

❸ 鸷鸟：此指鹰隼一类的猛禽。不群：不与凡鸟为群。喻刚正高尚的人独立不倚，不屑与邪恶小人为伍而同流合污。固然：本来如此。

❹ 何：如何。方圜：方圆，方枘圆凿。方，指贤人之行方正不阿。圜，同“圆”，指谗佞小人圆滑猥琐。周：相合；相同。孰：义同“何”。异道：不同道。相安：互相安处；相容。按，此言“忠佞不相为谋”。

【原 文】

屈心而抑志兮，忍尤而攘诟。①

伏清白以死直兮，固前圣之所厚。②

悔相道之不察兮，延伫乎吾将反。③

回朕车以复路兮，及行迷之未远。④

【译 文】

内心委屈而意志受到压抑，忍受妄加之罪而含诟蒙耻。

保持清白之志而为直道献身，本是古圣先贤嘉许之旨。

深悔自己选择道路未看仔细，我低徊踌躇而想回返。

调转我的车子折向旧路，趁着误入迷途还不甚远。

注释

❶ 屈心抑志：指心志受委屈压抑。屈：委屈。抑：压抑。忍尤：忍受小人妄加的罪咎。尤：罪过。攘诟：攘，借作“囊”，有包容义。囊诟：犹包羞。诟：耻辱。

❷ 伏：保持。清白：此指清白的操守。死直：坚守正直之道而死。前圣：犹言“先贤”。厚：嘉许；重视。

❸ 悔：悔恨。相道：观看道路。一说，相，择也。一说，相道，犹“辅导”。不察：未考察明白，此指“择道未明”。延伫：延，久久地。又谓“伸长颈项”。伫，久立等待；又，翘足而望。延伫，在此有低徊踌躇之意。按，此处表现了诗人心情上的矛盾，欲留不可，欲去不忍。

❹ 回：转回来。朕：我。复路：回复旧路；走回头路。及：趁着。行迷：迷路。

【原 文】

步余马于兰皋兮，驰椒丘且焉止息。①

进不入以离尤兮，退将复修吾初服。②

制芰荷以为衣兮，集芙蓉以为裳。③

不吾知其亦已兮，苟余情其信芳。④

【译 文】

我让马儿缓缓漫步于兰皋，又驰马椒丘而暂且休息。

进身不纳反而无辜获罪，我将退离王朝而重整旧衣。

裁剪荷叶作为上衣，缀集莲瓣作为下装。

世人不了解我，也就算了吧，只要我的本性真正高洁芬芳。

注释

❶ 步：此指马徐行。兰皋：生有兰草的水边高地。皋，泽畔高地。驰：纵马疾行。椒丘：生有椒树的山丘。且焉：且，暂且，姑且。焉，犹言“于是”“在那里”。且焉，暂且在彼处。

❷ 进：进仕，进身于朝廷之上。不入：不纳；不为所用。以：犹“而”。离尤：离，同“罹”，遭。尤，罪愆。罹尤，获罪。退：谓不得已而退离朝廷。复：恢复；重新；再。修：自修。初服：当初未进仕前的服饰。语意双关，又喻“夙志”“初衷”。

❸ 制：裁制。芰（jì）荷：此指荷叶。芰：菱之别称。此处“芰荷”当为一物，即荷叶。马茂元《楚辞选》考证颇详。衣：上衣。集：缀集。芙蓉：此指荷花。裳：下衣。

❹ 不吾知：不知吾，不了解我。亦已兮：也就算了吧。情：内心的性情（本性）。信芳：真正的芳洁。按，二句为倒装句法。

【原 文】

高余冠之岌岌兮，长余佩之陆离。①

芳与泽其杂糅兮，唯昭质其犹未亏。②

忽反顾以游目兮，将往观乎四荒。③

佩缤纷其繁饰兮，芳菲菲其弥章。④

【译 文】

华冠岌岌高耸，戴在头上，佩带陆离曼长，挂在我身。

芳香与垢腻杂糅交混，唯独我的明洁本质未损半分。

倏忽地回顾而纵目远望，将去游览那荒远的四方。

我的佩带、服饰缤纷繁盛，菲菲浓郁的芳香愈加远扬。

注释

❶ 岌岌：高耸貌。陆离：曼长貌。一说，美好分散貌。又，参差貌。按，王夫之云：高冠长佩，可自旌异。

❷ 芳：香草的芬芳。泽：垢腻。又，佩玉的光泽。糅（róu）：义犹“杂”。昭质：光明纯洁的本质，亦即前文所称之“内美”。未亏：未受亏损，言清浊杂处，昭质自全。

❸ 忽：倏忽地，不着意之貌。又训“忽然”“疾速地”。反顾：回顾。游目：纵目远望。四荒：四方荒远之地。按，朱熹《集注》云：言虽已回车反服，而犹未能顿忘此世，故复反顾而将往观乎四方绝远之国，庶几一遇贤君，以行其道。此说可从。

❹ 佩：服佩。缤纷：盛多貌。繁饰：众多的饰物。芳：饰物之芳香。菲菲：形容香气浓烈。弥章：愈加显著。章，同“彰”。昭著；明显。

【原 文】

民生各有所乐兮，余独好修以为常。①

虽体解吾犹未变兮，岂余心之可惩？②

【译 文】

人生各有所好，我独爱修身而习以为常。

虽然粉身碎骨，还是不变夙志，难道我的丹心可以惩创？

注释

❶ 民生：人生。乐：爱好。好修：本义“好为修饰”，寓意为“爱好修身洁行”，或“修洁自好”。以为常：以为常道；习以为常。（一说，常，本作“恒”，汉人因避文帝讳所改。）

❷ 体解：肢解，是古代的一种酷刑。此处犹云“粉身碎骨”。未变：不变心。惩：惩创；惩治。又训“艾”“胁”（威胁）。

【原 文】

女媭之婵媛兮，申申其詈予。[1]

曰：鲧婞直以亡身兮，终然夭乎羽之野。[2]

汝何博謇而好修兮，纷独有此姱节。[3]

薋菉葹以盈室兮，判独离而不服。[4]

众不可户说兮，孰云察余之中情？[5]

世并举而好朋兮，夫何茕独而不予听？[6]

【译 文】

贤姊对我眷恋护持，她和舒宛转地一再将我申诫。

她说：那鲧秉性刚直而忘却自身，终于早早被杀于羽山之野。

你为何广博忠直而好修洁，独独保有这盛多的美好节操？

将菉葹恶草积满一屋，你却不肯服用，而将其全抛。

不可向众人普遍说明，谁能体察我们的衷情拳拳？

世人都互相抬举而朋比结党，你为何孤芳自赏而不听我劝？

注 释

❶ 女媭：王逸说，女媭是屈原之姊。又，《说文》引贾逵曰：楚人谓姊为媭。可从。一说，女媭，“女之贱者”。一说，“有才智之称”。另说，“女巫之名”。录以备考。婵媛：此处是“眷恋牵持”“婉而相爱”之意。申申：和舒宛转貌。又，王夫之云：申申，重言也。意为“一再地说”。詈（lì）：从侧面斥责劝诫。《韵会》：正斥曰骂，旁及曰詈。

❷ 曰：此“曰”字以下为屈原姊说的话，下至“夫何茕独而不予听”。鲧（gǔn）：古代传说中奉尧命治水的人，九年未治平洪水，被舜处死于羽山之野。或云鲧为禹之父。婞直：婞（xìng），同“悻”。悻直，刚直。亡身：义同“忘身”，忘掉自身的生死利害，犹云“忘我”。终然：终于这样。夭（yāo）：不以寿终，短命早死。羽：羽山，相传在极北苦寒之地。《尚书·舜典》：“殛鲧于羽山。”野：郊野。

❸ 汝：女媭谓屈原。何：为何。博謇：广博而忠直。好修：见前注。纷：众

盛貌。姱节：美好的志行节操。又，朱骏声以为“节”是“饰”之。古节、饰二字可互借。

❹ 薋（cí）：本为草多貌，引申为积聚众多义。菉葹（lùshī）：二者均为恶草之名，以喻谗佞之人。盈室：堆满其室。判：分别，区别。独离：独独与众不同；或，独独离弃菉葹等恶草。不服：不以之为服饰。

❺ 众：众人，指一般人而言。户说：义为“户说人告”（从王逸说）。一户一户地解说，使人们理解。孰：谁。云：语助词。察：体察。余：犹言“我们”，屈原姊的口吻，为了表示同情，而将自己包括在内。

❻ 世：世俗之人。并举：互相抬举标榜。好朋：喜欢朋比为奸，结党营私。茕独：孤独。不予听：不听从我。余：女媭自谓。（女媭之言止于此。）

【原 文】

依前圣以节中兮，喟凭心而历兹。①

济沅、湘以南征兮，就重华而陈词。②

启《九辩》与《九歌》兮，夏康娱以自纵。③

不顾难以图后兮，五子用失乎家巷。④

【译 文】

依照前圣之德作为公正的准则，悲叹我心情愤懑，至今如故。

渡涉沅水、湘水而踽踽南行，我到重华面前娓娓陈诉。

夏启从天上得到《九辩》《九歌》，他用来安逸娱乐而自我放纵。

他不顾危难而又不虑后果，五子因而对启发动内讧。

注 释

❶ 依：依照。前圣：见前注。节中：节，读为“折”。折中，此指公正判断事物的标准。喟（kuì）：叹。凭心：凭，训“懑”，“懑心”，心情愤懑。历兹：至此；至今。

❷ 济：渡过。沅、湘：二水名，均在湖南省境。征：行。重华：舜之名。陈：陈述，陈诉。

❸ 启：人名，即夏启，禹之子。此“启”字与下文“夏”字互文见义。《九辩》《九歌》：皆为乐章名，据传说，二者都是天帝之乐章，夏启从天上窃得而用于人间。康娱：安逸娱乐。自纵：放纵自己。

❹ 不顾难：不顾危难。图后：考虑后果。五子：即“武观”，启之幼子。一说，五子指启的五个儿子，贬在观地，称为“五观”。五，通“武”。用：因。“用乎”，犹言“因而”“于是乎”。“失”，据王引之考订，为衍文。家巷：家哄，内乱。巷，同“哄”。

【原 文】

羿淫游以佚畋兮，又好射夫封狐。①

固乱流其鲜终兮，浞又贪夫厥家。②

浇身被服强圉兮，纵欲而不忍。③

日康娱以自忘兮，厥首用夫颠陨。④

【译 文】

后羿纵欲淫乐而耽于畋猎，喜好在山林射那大狐为戏。

本来那淫乱之流难得善终，宰相寒浞便贪占了羿的美妻。

过浇披服坚甲，自恃强梁，放纵嗜欲而不制约自己。

天天沉湎于逸乐而忘记危难，他的头颅因而坠落在地。

注释

❶ 羿：人名，相传为夏代有穷国的君主，即后羿。淫游：过度纵情地四处游乐。佚畋：放肆无度地耽于畋猎。封狐：大狐，又泛称大的野兽。或云，狐乃豨字之误，豨是野猪或家猪。

❷ 固：本来。乱流：淫乱之流（辈）。鲜终：少有得好结果的。浞（zhuó）：

人名，即寒浞，曾为羿相。贪：贪恋，贪淫。厥：其，指羿。家：此指家室、妻室。据传说，寒浞贪羿妻美色，使逄蒙把羿射死，而浞便夺羿妻，故云“浞又贪夫厥家”。

❸ 浇（ào）：“奡”之借字。人名，即过浇，寒浞之子。被服：被，同“披”，披服，即穿着。强圉：坚甲。忍：自止：自制。

❹ 日：日日。康娱：见前注。自忘：忘记自身的安危。厥：其，代称浇。首：首级，头颅。颠陨：坠落下来。按，相传浇被夏帝少康所杀。

【原 文】

夏桀之常违兮，乃遂焉而逢殃。①

后辛之菹醢兮，殷宗用而不长。②

汤、禹俨而祗敬兮，周论道而莫差。③

举贤而授能兮，循绳墨而不颇。④

【译 文】

夏桀违背正理而妄行不义，于是终究身遭祸殃。

纣王肆虐而把忠臣剁成肉酱，殷王朝因而不能久长。

汤、禹自知戒惧而敬肃执礼，周密选择有道之人而无差错。

选举贤能，知人善任，遵循正直之道而无偏颇。

注 释

❶ 常违：即“违常”，违反常道，违反常理。遂焉：犹“终然”。

❷ 后辛：即纣王。菹醢（zūhǎi）：将人剁成肉酱。据《史记·殷本纪》载：纣王杀比干，醢梅伯，多用酷刑。殷宗：犹言“殷朝”。宗，在此指帝王的宗支世系。古代世袭天下，故“殷宗”即“殷王朝”之谓。一说，宗，谓“宗祀”。

❸ 俨：畏，自知戒惧。祗敬：祗（zhī），与“敬”义同。祗敬，自知敬肃。周：指周代的文王、武王。一说，训周密。论道：讲论礼法治国之道。论，又

可读为《齐语》“论比协材”之“论”，是选择之意。如此，“周论道”连读，言“周密地选择有道之人”。莫差：无差失。

❹ 举：选拔推举。授：古同“受”，训“用”，“授能”犹“用能”。王逸注曰：举贤用能。又，《吕氏春秋·赞能》：舜得皋陶而舜受之。高注曰：受，用也。（参用闻一多说。）绳墨：见前注。颇：偏颇。

【原 文】

皇天无私阿兮，览民德焉错辅。①

夫维圣哲以茂行兮，苟得用此下土。②

瞻前而顾后兮，相观民之计极。③

夫孰非义而可用兮，孰非善而可服？④

【译 文】

皇天浩荡，不偏不倚，他看谁有贤德就加以辅助。

只有那圣明睿智之君黾勉其事，庶几得以享此天下国土。

瞻望前路而回顾旧迹，观察人们虑事的准绳。

谁个不义而可行其事？谁个不善而其事可行？

注 释

❶ 皇天：犹云“昊天”“苍天”。私阿：指偏私、偏袒。览：观。民德：人的德行。错：同“措”，措置，此指采取措施。辅：助；佐；导。

❷ 维：唯。圣哲：指有圣德而明智的帝王。茂行：美好的德行，此指良好的政治措施。一说，茂行，是勉其行之意。《尔雅》：茂，勉也。苟得：庶几得以。用：犹“享”。或训“有”。下土：犹“天下”。

❸ 瞻前：此指瞻望未来。顾后：此指回顾已往朝代的历史。相：相观；观察。民：人们。计极：计，虑事。极，准则。又，朱骏声读计为“既”，犹“终”也，谓兴亡之究竟。

❹ 孰：谁。义：仁义。善：良善。用、服：均指“施行”。

【原 文】

阽余身而危死兮，览余初其犹未悔。[1]

不量凿而正枘兮，固前修以菹醢。[2]

曾歔欷余郁邑兮，哀朕时之不当。[3]

揽茹蕙以掩涕兮，沾余襟之浪浪。[4]

【译 文】

虽然我身临险境而濒于死亡，但是，回顾初衷，还是毫不悔恨。

不度量所凿之孔，而就削好木柄，这正是先贤横遭菹醢之因。

我抑郁苦闷，抽泣叹息，哀伤自己生不逢辰。

手持柔弱的香蕙而对之拭泪，浪浪不止的泪珠沾我衣襟。

注 释

❶ 阽（diàn）：近于危险的边缘。危死：濒死。览：观，此指回顾。初：初衷；夙志。

❷ 凿：器物上所凿的插柄之孔。正：削正，削好。枘（ruì）：木柄入凿的一端。按，这是说明前贤不苟合取容，而致杀身之祸。

❸ 曾：同“增”，此指“一再地”“重复地”。歔欷：叹息声；抽泣声。郁邑：见前注。时：指生时。不当：不适当。时不当，言生不逢辰。

❹ 揽：手持；或，采集。茹蕙：柔弱的香蕙。掩涕：见前注。沾：浸湿。浪浪：此指泪流貌。

【原 文】

跪敷衽以陈辞兮，耿吾既得此中正。①

驷玉虬以乘鹥兮，溘埃风余上征。②

朝发轫于苍梧兮，夕余至乎悬圃。③

欲少留此灵琐兮，日忽忽其将暮。④

【译 文】

跪在地上，铺开衣襟而申诉，我内心明亮，已得此中正。

驾着白龙，乘着凤凰，但等大风助我，向天上迅疾飞行。

早上从苍梧启程，傍晚我便到达神山悬圃。

我本想在此仙宫少事逗留，奈何时光匆匆，不觉已将日暮。

注释

❶ 敷：铺开。衽（rèn）：衣襟。或谓袖口。耿：明，此指心中明亮。中正：正确的道理。

❷ 驷：本指驾车之四马，此指以四马驾车。驷，犹“驾”。玉虬：身白如玉的无角龙。虬（qiú），传说中的无角龙。鹥（yì），鸟名，相传为凤凰之一种。溘：奄忽，迅疾貌。埃：“竢”之讹，竢（俟），等待。上征：上行，向天上飞行。按，此处是诗人表示要继续追求实现自己的理想。

❸ 发轫：轫（rèn），止车轮之木。发轫，将轫抽出，车即行。犹云“启程”。苍梧：即九嶷山。悬圃：古代传说中的神山名，在昆仑之上。

❹ 灵琐：琐，宫门上形如连环的镂纹，以代称宫门。灵琐，神灵的宫门，犹言“仙宫”，此指悬圃之地而言。又，蒋骥《山带阁注楚辞》：《山海经》，昆仑山帝之下都。面有九门，百神之所在，故曰灵琐。忽忽：形容时光过得很快。

【原 文】

吾令羲和弭节兮，望崦嵫而勿迫。①

路曼曼其修远兮，吾将上下而求索。②

饮余马于咸池兮，总余辔乎扶桑。③

折若木以拂日兮，聊逍遥以相羊。④

【译 文】

我命令羲和停住太阳车，望见崦嵫山也不要立即靠近。

路途是那样遥远漫漫，我将上天下地求索理想之人。

在浴日的咸池饮我的神马玉虬，又在出日的扶桑系住我的马缰。

折取若木，用它拂拭太阳，姑且自由自在地逍遥徜徉。

注释

❶ 羲和：古代神话传说中驾太阳车的神。弭节：弭（mǐ），止；按；抑。节，行车之节度。弭节，驻车。或，按节徐行（缓缓行进）。崦嵫（yānzī）：传说中的神山名，日所入处。迫：迫近。

❷ 曼曼：长远貌。修：长。求索：寻求；求取。

❸ 饮（yìn）：以水饮马。咸池：神话传说中太阳洗浴的水名，即天池。总：系，束。辔：马之辔缰。总辔，系住马缰，犹言“驻马”。扶桑：神话传说中的树名，日出之处。又训地名。《淮南子·地形训》：旸谷榑桑，在东方。注：在登保之山，东北方也。

❹ 若木：神话传说中的树名，在昆仑西极。一说，若木即扶木（或称扶桑）。拂：拂拭。聊：暂且；姑且。相羊：即“徜徉”，与上“逍遥”为近义词连用，均为自由自在地往来徘徊之义。

【原 文】

前望舒使先驱兮，后飞廉使奔属。[1]

鸾皇为余先戒兮，雷师告余以未具。[2]

吾令凤鸟飞腾兮，继之以日夜。[3]

飘风屯其相离兮，帅云霓而来御。[4]

【译 文】

使望舒在前面先行开路，遣飞廉在后面奔走相随。

鸾凤做我的前卫，雷师却告诉我：行装尚未齐备。

我指令凤鸟展翅飞腾，日夜相继，兼程前行。

旋风相附，聚结不散，率领着云霓而来将我欢迎。

注 释

❶ 望舒：神话传说中驾月车的神。先驱：先行开道。飞廉：神话传说中的风神。奔属：奔走相随。属：连属，引申为“随从”。

❷ 鸾、皇：都是凤一类的异鸟。先戒：先行而警戒，如云“前卫”。雷师：神话传说中的雷神，名丰隆。丰隆，正状雷声。《淮南子·天文训》：季春三月，丰隆乃出。注：丰隆，雷也。未具：此指行装尚未备齐。

❸ 继之以日夜：日夜相继。

❹ 飘风：旋风。屯：聚。相离（lì）：离，附着。相离，相依附而不散。帅：率领。云霓（ní）：双虹之中，外圈的叫霓，或叫雌虹。御（yà）：同“迓”，迎接。

【原 文】

纷总总其离合兮，斑陆离其上下。[1]

吾令帝阍开关兮，倚阊

【译 文】

云霓总总盛多，忽离忽合，它斑斓陆离而时下时上。

我叫上帝的守门人拉开门闩，他却

阖而望予。②

时暧暧其将罢兮，结幽兰而延伫。③

世溷浊而不分兮，好蔽美而嫉妒。④

倚着天门对我漠然相望。

日色渐渐昏暗而余光将尽，我束系幽兰，久久低徊踟蹰。

世俗混浊而善恶不分，人们总爱障蔽美质而加以嫉妒。

注释

❶ 纷：见前注。总总：形容云霓盛多而聚集貌。离合：忽离忽合。斑：色彩斑斓。陆离：参差交错貌；或，光辉灿烂貌。按，这是诗人叙述自己在彩云、飘风的簇拥中行近天国。

❷ 帝阍（hūn）：上帝的守门人。阍：守门人，关：门闩。阊阖（chānghé）：传说中的天门。

❸ 时：此指日光。暧暧：日光渐昏暗貌。罢：尽；终。一说，读作“疲”，指人疲乏。结：束系。结幽兰：将幽兰束结起来，是为了遗赠所爱的人，表达钦慕之忱，是“结言于幽兰”之意。闻一多《离骚解诂》曰：兰，谓兰佩，结，犹结绳之结。……本篇屡言兰佩……又言以佩结言，“解佩以结言兮”。盖楚俗男女相慕，欲致其意，则解其所佩之芳草，束结为记，以诒之其人。结佩以寄意，盖上世结绳以记事之遗。己所欲言，皆寓其中，故谓之结言。《九章·思美人篇》曰：“言不可结而诒兮”，谓言多不胜结，非真不可结也。《惜诵》曰：“固烦言不可结诒兮”，是其义矣。……以琼佩诒下女，亦结言以诒之也，故下文曰：“解佩以结言。”《九歌·大司命篇》曰：“结桂枝兮延伫”，亦犹此类。又，姜亮夫云：“结幽兰”句，言以幽兰之佩，以为结好之物，与下文“解佩以结言兮”意同，此盖意有所求也。按，闻、姜二先生之说，得其真义。延伫：见前注。

❹ 世：世俗。溷（hùn）浊：混乱污浊。不分：善恶不分。蔽美：障蔽别人的美好品质。

【原　文】

朝吾将济于白水兮，登阆风而绁马。①

忽反顾以流涕兮，哀高丘之无女。②

溘吾游此春宫兮，折琼枝以继佩。③

及荣华之未落兮，相下女之可诒。④

【译　文】

早晨我将渡过白水，登上阆风山而系住神驹。

我忽然回首顾盼而涕泪交流，哀叹这高高的仙山也没有可意美女。

我匆匆地游览这青帝的春宫，折下玉树枝条加续我的玉佩。

趁着我的美好容颜尚未衰老，看看下界有无可赠信物的美女。

注释

❶ 济：渡水。白水：神话中的水名，相传出于昆仑山。阆（làng）风：神话中昆仑山的一座山峰名。绁（xiè）：拴系。

❷ 反顾：回顾。高丘：高山，指“阆风”。一说，楚山名。按，本诗多借求美女以喻慕贤士。王夫之云：冀遇卓然超逸之士，与相匹合，同心效国。而在位者杳无其人，虽欲与同而不得也。

❸ 溘：见前注。春宫：神话中东方青帝所居之宫。琼（qióng）枝：琼，赤色玉；亦泛指美玉。琼枝，玉树之枝。继佩：加续在玉佩上。

❹ 及：趁着。荣华：本指盛开的花朵，此喻美好的容颜。落：衰落；凋谢。相：看。下女：下界之女子，指下文的宓妃、简狄、二姚诸人神。闻一多《离骚解诂》云：下女者，谓宓妃、简狄及有虞二姚，此皆人神，对帝宫高丘二天神言之，故曰下女耳。一说，下女，指神女之侍女。诒（yí）：“贻”之借，赠送。

【原 文】

吾令丰隆乘云兮，求宓妃之所在。①

解佩纕以结言兮，吾令蹇修以为理。②

纷总总其离合兮，忽纬繣其难迁。③

夕归次于穷石兮，朝濯发乎洧盘。④

【译 文】

我指令雷神丰隆驾起祥云，我要寻觅宓妃洛神的居室。

解下佩带相赠以订盟结誓，我又让蹇修做媒妁之使。

侍从总总盛多而若即若离，忽又乖戾相拒而心意难迁。

宓妃黄昏归宿于穷石山上，清晨洗濯秀发在那洧盘河边。

注 释

❶ 丰隆：见前注。乘云：驾云。宓（fú）妃：又作“伏妃”，相传为伏羲氏之女，溺于洛水，遂化为洛水女神。

❷ 佩纕（xiāng）：佩带。结言：犹云“订盟结誓”。参见“结幽兰”注引。蹇修：人名，旧说为伏羲氏之臣。理：此指做媒的使者，如云“媒人”。

❸ 纷总总：见前注。状宓妃侍从仪仗之美盛。又，王夫之云：纷总总，来去无定之貌。离合：又离又合；若即若离。言宓妃之态度。纬繣（huà）：乖戾。迁：迁就；或训“转移”“改变”。纬：“韦”之借字。姜亮夫云：纬难迁，言宓妃意不相属，乖戾难就也。

❹ 归次：次，止宿。归次，回去止宿。穷石：山名，在今甘肃张掖，朱熹以为羿之国土。濯（zhuó）：洗沐。洧盘：神话传说中的水名，相传源于崦嵫山。

【原 文】

保厥美以骄傲兮，日康

【译 文】

宓妃自恃美丽而骄傲凌人，天天娱

娱以淫游。[1]

乐而纵情冶游。

虽信美而无礼兮，来违弃而改求。[2]

虽则诚然貌美，但轻慢无礼，我就抛弃她而另作他求。

览相观于四极兮，周流乎天余乃下。[3]

纵目观望四方极远之处，我遍行于天而又下降于地。

望瑶台之偃蹇兮，见有娀之佚女。[4]

仰视那高高偃蹇的瑶台，看到了有娀氏的美女简狄。

注释

❶ 保：恃。厥：其，称代宓妃。日：日日。康娱：安逸欢乐。淫：放荡无度。

❷ 信：诚然；的确。来：乃。违弃：放弃。改求：另求他女。

❸ 览相观：三个同义词连用，观望之意。四极：四方极远之地。周流：犹云"周游"，遍行。

❹ 瑶台：本指以美玉砌成的楼台，此状台之美，不一定是美玉所砌，"瑶台"之称，类后世之"琼楼""玉宇"。沈祖绵《屈原赋证辨》：古之贵族，女子不出门，筑台使之观四方耳。偃蹇（yǎnjiǎn）：高耸貌。有娀（sōng）：古国名。佚女：美女。佚，《释文》佚作"妷"，美。佚女，又可训"游女"。"有娀之佚女"，指简狄，相传为帝喾（高辛）之妃，契之母。

【原 文】

吾令鸩为媒兮，鸩告余以不好。[1]

雄鸠之鸣逝兮，余犹恶其佻巧。[2]

【译 文】

我让鸩鸟做媒人，它却告诉我："那女子不好。"

雄斑鸠鸣叫飞翔，我又厌恶它轻佻诈巧。

心犹豫而狐疑兮，欲自适而不可。[3]

凤皇既受诒兮，恐高辛之先我。[4]

我心中犹豫而狐疑不定，想自去寻她而又不合礼仪。

凤凰已受委托前去做媒行聘，唯恐高辛氏先我而娶得简狄。

注释

❶ 鸩（zhèn）：传说中的一种毒鸟，羽毛之毒能杀人，在此比喻奸险小人。不好：此指女子不美。

❷ 雄鸠：雄斑鸠。鸣逝：鸣叫着飞去。佻巧：轻佻巧诈。

❸ 犹豫、狐疑：均指迟疑不决。自适：适，往。自适，自己前去寻找简狄。不可：此指不合礼法。

❹ 诒：通“贻”，赠给。受诒：受天帝委托去做媒行聘。传说帝喾妃简狄因吞玄鸟卵而生契。乃此句所本。（玄鸟即凤凰。）高辛：高辛氏，即帝喾。

【原文】

欲远集而无所止兮，聊浮游以逍遥。[1]

及少康之未家兮，留有虞之二姚。[2]

理弱而媒拙兮，恐导言之不固。[3]

世溷浊而嫉贤兮，好蔽美而称恶。[4]

【译文】

想去远方安居而无处栖身，姑且漂泊四海，逍遥自逸。

趁着少康还没有妻室，且聘定留下姚氏的两位少女。

媒人才能薄弱，口舌笨拙，恐怕他向双方说合也难成功。

举世混浊而妒忌贤能，喜欢掩人美质而扬人恶名。

注释

❶ 远集：集，本指鸟栖于木，此处比喻安居。远集，到远方去安居。无所止：无处栖身。止，居处。

❷ 少康、二姚：少康是夏后相之子。相传寒浞派其子浇杀死了相，少康便逃到有虞国，国君将两个女儿许配他，因国君姓姚，所以他的两个女儿被称作二姚。后来，少康消灭了浇，恢复了夏朝，成为一代中兴之主。未家：未有家室（没有娶妻）。

❸ 理、媒：同指媒人。弱：才能差。拙：口才拙。导言：此指媒人向双方疏通关系的话语。不固：不成。固，成。

❹ 称：宣扬；传播。恶：丑恶之事。

【原 文】

闺中既以邃远兮，哲王又不寤。①

怀朕情而不发兮，余焉能忍与此终古？②

索藑茅以筳篿兮，命灵氛为余占之。③

曰：两美其必合兮，孰信修而慕之？④

思九州之博大兮，岂唯是其有女？⑤

【译 文】

闺中美女都已深远难求，明哲之王却又不知觉醒。

我怀抱挚情而难以抒发，怎能永远忍受此种苦痛？

采取藑茅而用来占卜，吩咐灵氛为我贞问吉凶。

卦辞说：美男美女必然互相配合，谁个真诚姱美而无人恋慕钟情？

想想九州是多么辽阔广大，难道唯独此地才有可求之女？

注释

❶ 闺中：闺中美女，总称上述诸美女。邃远：深远，言美女不可求。哲王：指楚怀王。寤：觉醒。按，此喻求贤不得，君王又昏聩不明，预知危亡将至而无救。

❷ 怀：心中怀着。情：忠贞之情。发：抒发。焉：安，何。与：助词。见《左传·僖公二十三年》：夫有大功而无贵仕，其人能靖者与有几？又见《国语·周语》：若壅其口，其与能几何？“与”字皆语助。此：言“这种现状”。终古：永远；久远。

❸ 索：取。藑（qióng）茅：草名，古人以为是一种灵草，可用来占卜。筳篿（tíngzhuān）：以草占卜或以竹占卜均得曰筳篿。闻一多先生以为应作“莛蒪”，是动词，本作“挺抟”（见所著《楚辞校补》）。灵氛：古代一位善卜之巫。王逸注：灵氛，古明占吉凶者。“灵”：本义为神，巫能降神并占卜吉凶，故又称巫为灵。闻一多《离骚解诂》：然则灵氛亦巫也。《山海经·大荒西经》曰：“大荒之中……有灵山、巫咸、巫即、巫朌……十巫，从此升降，百药爰在。”灵巫义同，氛朌音同，灵氛殆即巫朌欤？巫咸、巫朌并在灵山十巫之列，故《离骚》以灵氛与巫咸并称。

❹ 曰：此“曰”字以下四句，为灵氛贞问之繇词。两美：本指男女两美，此喻贤者两美，或喻君臣两美。必合：本指男女两美必能配合，此喻贤者必能同气相求相合。慕：可能是“莫念”二字古人连写之误（从郭沫若、闻一多说）。

❺ 九州：犹云“天下”。博大：广大。是：此地，指上文所述众美女所居之地。按，此处以婚姻譬喻君臣相遇或贤者相求。

【原 文】

曰：勉远逝而无狐疑兮，孰求美而释女？[①]

何所独无芳草兮，尔何怀乎故宇？[②]

【译 文】

你要自勉远去而莫狐疑不定，谁个追慕美才而又将你放弃？

人间何处独独没有芳草，你又何必只是眷恋故国？

注 释

❶ 曰：此“曰”字以下四句，为灵氛申释所占繇词之义。勉：灵氛劝屈原自勉。远逝：远去；远行。释：放弃；放过。女：汝，指屈原。

❷ 何所：何处。芳草：此处以之喻贤君。故宇：犹言“故国”。

【原 文】

世幽昧以眩曜兮，孰云察余之善恶？[1]

民好恶其不同兮，惟此党人其独异。[2]

【译 文】

世俗昏暗幽昧而又纷乱迷惑，谁能明察我是善是恶？

人们的爱憎各有不同，结党营私之辈则独异于众。

注 释

❶ 幽昧：昏暗。以：而。眩曜：本为光焰强烈貌，引申为纷乱迷惑貌。恶：邪恶。

❷ 民：人，人们。恶：憎恶。其：称代之词。一说，应读作“岂”。党人：见前注。独异：独独更加特殊（更甚）。

【原 文】

户服艾以盈要兮，谓幽兰其不可佩。[1]

苏粪壤以充帏兮，谓申椒其不芳。[2]

【译 文】

家家户户佩戴艾草满腰，却都说幽兰不可佩用。

群小取那粪土装满香囊，反说申地的香椒并不芬芳。

览察草木其犹未得兮，岂珵美之能当？[3]

群小观察草木尚且不辨优劣，岂能对宝玉之美尽知其详？

注释

❶ 户：户户，指党人。一说，读为“扈”，被带。服艾：佩戴艾草。艾，恶草名。要：同“腰”。

❷ 按，据谭介甫先生考订，此“苏粪壤以充帏兮”二句原错简在下。今从之，前移。苏：取。粪壤，秽土。充：装满。帏：佩在身上的香囊。申椒：见前注。

❸ 得：此指得到正确的理解，即能辨别草木之香臭。珵（chéng）：美玉，宝玉。当：知。朱季海《楚辞解故》：当，知也，读与党同（皆从尚声）。《方言》：党、晓、哲，知也。楚谓之党。此言岂珵美之能知也。

【原文】

欲从灵氛之吉占兮，心犹豫而狐疑。[1]

巫咸将夕降兮，怀椒糈而要之。[2]

百神翳其备降兮，九疑缤其并迎。[3]

皇剡剡其扬灵兮，告余以吉故。[4]

【译文】

我想听从灵氛所占的吉卦而远去他方，但又恋念故园而狐疑徘徊。

巫咸将于傍晚降神，备好香椒、精米而迎候他来。

百神遮天蔽空地齐降下界，九嶷山的神祇都纷纷相迎。

煌焰焰地显扬灵光，巫咸将前代吉善之事对我称颂。

注释

❶ 从：听从。灵氛：见前注。吉占：占得的吉利卦词。

❷ 巫咸：见前注。夕降：于夕暮降神。怀：藏，储备。糈（xǔ）：此指祭神用的精米。要（yāo）：此训“迎迓”。

❸ 百神：众神灵。翳（yì）：遮蔽，此言蔽空。备：全。九疑：楚地山名，在此为“九疑之神”的省称。缤：众盛貌，犹言“纷纷”。并：此有“竞”义。又见《汉书·贾谊传》：高皇帝与诸公并起。（并，竞也。）又可训“齐”“同”。迎：据戴震《屈原赋注》所考订，“迎”，应作“迓”。

❹ 皇剡剡：犹“煌焰焰”。皇，“煌”之省借。又见《诗·小雅·采芑》“朱芾斯皇”，《毛传》：皇，犹煌煌也。剡，通“焰”。又见《国语·晋语二》：大丧大乱之剡也，不可犯也。朱骏声《说文通训定声·谦部》：剡，假借为焰。按，“剡剡”即“焰焰”，光炽貌。扬灵：显扬光灵。吉故：吉善的往事（史实），即指前代明君贤臣互相遇合诸事。

【原 文】

曰：勉升降以上下兮，求矩矱之所同。①

汤、禹严而求合兮，挚、咎繇而能调。②

苟中情其好修兮，又何必用夫行媒？③

说操筑于傅岩兮，武丁用而不疑。④

【译 文】

他说：勉力到那上天下地去吧，前去寻求政见一致的同道。

汤、禹谦恭地慕求志同道合之人，伊尹、皋陶便和他们齐心协调。

如果内心都能修洁自好，又何必凭借媒介而使君臣相遇？

傅说手持木杵而在傅岩劳作，武丁用他为相而信任不疑。

注释

❶ 曰：此“曰”字以下至“使夫百草为之不芳”，为巫咸传告百神之言于人。勉：勉力为之。升降、上下：升而上至天，降而下至地。亦犹前文“上下求索”之义，是说要到各处寻求志同道合的贤者。矩矱（huò）：矩，画方形的仪器。矱，量长短的尺度。矩矱，犹言“法度”，此处似指“政治主张”。同：相同；一致。

❷ 严：王逸注：“严，敬也。”“严”，一作俨。二字可通。此言“敬贤”，“礼贤下士”。又指“真心诚意”。或谓律己敬肃谨饬。求合：慕求志同道合的贤臣。挚：即伊尹，是商汤的贤相。咎繇：即皋陶（GāoYáo），夏禹的贤臣。调：此指君臣协调和谐，共治天下。又，沈祖绵《屈原赋证辨》云：……或曰，调者调之形误，存疑。”按，调，训“共”，于义亦通。

❸ 中情：内心。好修：见前注。用：因；凭借。行媒：媒介。

❹ 说（yuè）：人名，即殷代武丁时的贤相傅说。操筑：操，持，拿着。筑，古代版筑时用以捣土的木杵。操筑，言“持筑劳作”。相传傅说德行高尚，却一度遭受刑罚，在傅岩那地方干筑墙的苦役，后来武丁（高宗）遇傅说，举为相，殷大治。傅岩：地名。武丁：殷高宗之名，相传为殷代颇有文治武功的名王。

【原 文】

吕望之鼓刀兮，遭周文而得举。①

宁戚之讴歌兮，齐桓闻以该辅。②

及年岁之未晏兮，时亦犹其未央。③

恐鹈鴂之先鸣兮，使夫百草为之不芳。④

【译 文】

吕望曾是操刀的屠夫，受文王恩遇，将他奉为太师之尊。

由于宁戚唱歌言志，齐桓公便重用他为辅佐之臣。

趁着年华未晚，春光也还未尽。

唯恐杜鹃早早鸣叫，使百草因之花落香殒。

注释

❶ 吕望：即太公姜尚，曾在朝歌为屠夫，后被周文王赏识，举为太师，辅佐朝政。鼓刀：指操着屠刀宰杀牲畜。鼓，操。或训“敲击”。遭：遇。周文：周文王。举：起用。

❷ 宁戚：春秋时卫国人，曾到齐国经商，后为齐桓公之卿。讴歌：徒歌，无乐器伴奏的歌吟。此指宁戚未仕前，曾在喂牛时叩击牛角而歌。齐桓：齐桓公，春秋前期，曾为诸侯之霸主。闻：指齐桓公听到宁戚的歌声，发现他是贤才。该辅：备为辅佐。该，备。

❸ 及：趁着。年岁：岁华；岁月。晏：晚。时：时光。犹其：“其犹”之误倒。未央：未尽。

❹ 鹈鴂（tíjué）：即子规，杜鹃。相传它于立夏时鸣叫，则众芳皆谢。先鸣：早鸣。百草：各种花草。不芳：言花草都摧落凋谢，不再吐扬芬芳。按，此喻岁月不待人，应趁年事未老而奋发努力，切莫蹉跎光阴，老大徒悲。

【原 文】

何琼佩之偃蹇兮，众薆然而蔽之。①

惟此党人之不谅兮，恐嫉妒而折之。②

时缤纷其变易兮，又何可以淹留？③

兰芷变而不芳兮，荃蕙化而为茅。④

【译 文】

琼玉之佩何其美盛，群小却然将它壅蔽阻遏。

这些结党小人很不信实，恐因嫉妒而将琼佩摧折。

时世纷乱而变化无常，我又怎能久久留在故地？

幽兰、白芷都变得没有馨香，香荪、芳蕙也都化为茅萸。

注释

❶ 琼佩：琼玉之佩，此喻德行高洁之人，即诗人自喻。偃蹇：此处是众盛貌。薆：隐蔽貌。按，林云铭说：言有美德，被群人争壅，使君不得闻。可从。

❷ 党人：即上文之“众”，结党营私之小人。谅：信实。折：摧折。之：代称“琼佩”。按，此乃屈原自喻为琼佩，谓党人摧折他这有美德的贤士。

❸ 缤纷：纷乱貌。变易：变化无常，难以逆料。淹留：此指久留故国。

❹ 兰、芷、荃、蕙：均为香草名，详见前注。茅：恶草名，以喻恶人。按，此喻原来的贤士也都变成了坏人，只有诗人自己操守不易。

【原文】

何昔日之芳草兮，今直为此萧艾也？①

岂其有他故兮？莫好修之害也！②

余以兰为恃兮，羌无实而容长。③

委厥美以从俗兮，苟得列乎众芳。④

【译文】

为何昔日的芳草，今天简直成了萧艾？

难道还有别的缘故吗？这就是不肯修洁自好之害。

我本以幽兰作为依靠，但它无实德而徒有美容。

委弃其固有美德而随从世俗，苟得忝列于众芳之中。

注释

❶ 直：简直。萧、艾：均为恶草名，以喻小人。按，此喻昔之贤才、君子今已退化为小人。

❷ 岂：难道。其：在此是表示测度、拟议语气的副词，相当于“殆”字。莫：不。好：自好。

❸ 恃：依靠；信赖。按，一本“恃”前有“可”字。无实：无实德。容长：外表美好。容，指外表。长，犹云“美好”，古以颀长、硕大为美。

❹ 委：委弃。厥：其，代称“兰”。美：固有的美质。苟得：苟且而得，不义而得。列乎众芳：忝列于众芳之中，言其有辱于众芳。

【原 文】

椒专佞以慢慆兮，樧又欲充夫佩帏。①

既干进而务入兮，又何芳之能祗？②

固时俗之流从兮，又孰能无变化？③

览椒、兰其若兹兮，又况揭车与江离！④

【译 文】

香椒专擅谄媚而傲慢恣肆，茱萸又想装满那佩饰的香囊。

既是百般钻营，谋求升迁，又何能自励奋发而慕求洁芳？

本来世俗是随波逐流，谁又能择善固执而永不变易？

看到那香椒、幽兰都是如此，何况那揭车、江蓠？

注 释

❶ 专佞：专擅谄媚。慢慆（tāo）：傲慢恣肆。樧（shā）：茱萸之一种，又叫食茱萸。充：装满。佩帏：佩戴于身上的香囊。

❷ 干进：营求进身升迁。务入：义同上。务，趋赴。祗：义犹“振”。刘永济《屈赋通笺》称引王念孙曰：祗之言振也。言干进务入之人，委蛇从俗，必不能自振其芬芳，非不能敬贤之意也。……《逸周书·文政篇》“祗民之死”，谓振民之死也。祗与振声近而义同，故字或相通。按，振，又有自励奋发义。

❸ 时俗：世俗。流从：“从流”之误倒。从流，犹云“随波逐流”。

❹ 览：看。若兹：如此。椒、兰、揭车、江蓠：均见前注。

【原 文】

惟兹佩之可贵兮，委厥美而历兹。[①]

芳菲菲而难亏兮，芬至今犹未沬。[②]

和调度以自娱兮，聊浮游而求女。[③]

及余饰之方壮兮，周流观乎上下。[④]

【译 文】

我这佩饰十分可贵，但这美质被委弃而直到如今。

菲菲的芳香难以减损，这芬芳至今尚未消散净尽。

玉佩节奏协调而自赏自娱，姑且漫游四方而将美女寻觅。

趁着我的佩饰正美盛繁华，我要周游观察上天下地。

注释

❶ 兹：此。佩：美好的佩饰。委：此指见弃于世人。美：美善的本质。历兹：见前注。按，此处是诗人自伤之词。

❷ 芳菲菲、芬：均为馨香义。亏：亏损；减少。沬：消散；泯灭；止息。一作“沫”，通“昧”，幽暗；暗淡。

❸ 和：和谐。调：此指玉佩叮咚作响，节奏协调。度：此指行走时步履疾徐有节。聊：姑且。浮游：到远方漂泊漫游。

❹ 饰：佩饰。方壮：正美盛。周流：犹“周游”，见前注。

【原 文】

灵氛既告余以吉占兮，历吉日乎吾将行。[①]

折琼枝以为羞兮，精琼爢以为粻。[②]

【译 文】

灵氛既告诉我吉利的繇词，择定吉日，我将独行远方。

攀折玉树枝叶作为菜肴，又将美玉捣为碎屑充作干粮。

为余驾飞龙兮，杂瑶象以为车。③

何离心之可同兮，吾将远逝以自疏。④

遣使飞龙为我驾车，美玉、象牙交杂镶嵌以为车饰。

上下众人离我之心怎能相合，我将毅然远行而主动离异。

注释

❶ 吉占：见前注。历：选择。

❷ 羞：犹“脯”，干肉，引申为菜肴之通名。精：此为动词，捣米使细。靡（mí）：同“糜”，细末。粻（zhāng）：粮。

❸ 驾：驾车。飞龙：此处是以飞龙为马。杂：交杂使用。瑶：美玉名。象：象牙。车：此指车饰。

❹ 离心：言上下众人皆与己心离异。同：义犹“合”。自疏：主动与世俗之人疏远。

【原 文】

邅吾道夫昆仑兮，路修远以周流。①

扬云霓之晻蔼兮，鸣玉鸾之啾啾。②

【译 文】

我转道于昆仑山间，路途遥远而周游不停。

云霓为旗，迎风飘扬而遮蔽日影，美玉銮铃鸣响叮咚。

注释

❶ 邅（zhān）：转。迂回。夫：语助词。周流：见前注。

❷ 扬：扬起；飘扬。云霓：此处是以云霓为旌旗。晻蔼：云影蔽日貌。晻（yǎn）：日昏貌。玉鸾：古代车乘所佩的马铃。美称玉鸾，实际不一定是玉制之铃。啾啾：铃声。

【原 文】

朝发轫于天津兮，夕余至乎西极。①

凤皇翼其承旂兮，高翱翔之翼翼。②

忽吾行此流沙兮，遵赤水而容与。③

麾蛟龙使梁津兮，诏西皇使涉予。④

【译 文】

早上我从天河启程，薄暮便到达辽远的西方边极。

凤凰展翼，擎着交龙之旗，高高地自由翻飞而协调翼翼。

我忽然走到这西方的流沙地带，沿着赤水而缓步徐徐。

我指挥蛟龙，使它们搭成桥梁，命令西皇将我渡过河去。

注 释

❶ 发轫：见前注。天津：天河。西极：西方的极边之地。极；尽头。

❷ 翼：展翼。承：举；擎。旂（qí）：绘饰交龙之旗。翱翔：鸟上下自由翻飞貌。翼翼：指凤凰飞得协调而有节奏。

❸ 流沙：指西北沙漠地带。一说，西方大泽。遵：沿着。赤水：神话传说中的水名，或谓源出于昆仑。容与：从容缓行貌。

❹ 麾：此处作动词用，指挥。梁：本义为桥梁，此处转化为动词“做桥梁”之意。津：水。梁津：言横架在水上做桥梁。诏：指令。西皇：相传即古帝少昊，死后为西方之神。涉予：将我渡过水去。

【原 文】

路修远以多艰兮，腾众车使径侍。[①]

路不周以左转兮，指西海以为期。[②]

屯余车其千乘兮，齐玉轪而并驰。[③]

驾八龙之婉婉兮，载云旗之委蛇。[④]

【译 文】

路途漫远而又艰险，我吩咐众车骑，径相服侍卫护。

取道不周山而向左转弯，直指西海作为投奔的归宿。

聚集我的车子有千辆之多，玉饰车轪，排列整齐而并驾齐行。

驾车的八龙蜿蜒行进，插着云霓之旗随风拂动。

注释

❶ 腾：传语。闻一多《离骚解诂》：……案《说文·马部》曰：“腾，传也。”传，当读如《仪礼·士相见礼》“妥而后传言”之传。……《汉书·礼乐志》“腾雨师，洒路陂”，谓传言于雨师使洒路陂也。……本书腾字多用此义。如本篇“腾众车使径侍”，《远游》“腾告鸾鸟迎宓妃”，《九歌·湘夫人篇》“将腾驾兮偕逝”，《大招》“腾驾步游”，皆是。径：径直。侍：侍卫。一本作“待”。

❷ 路：此处作动词，“路经”之义。不周：不周山，据传说在昆仑山西北。西海：神话传说中的海，在最西方。期：目的地；极限。

❸ 屯：聚集。千乘：千辆。齐：排列整齐。玉轪：轪（dài），车毂端的冒盖。玉轪，以玉为饰之轪。并驰：并驾齐驱。

❹ 八龙：指飞龙有八条。婉婉：《释文》作蜿蜿，犹言“蜿蜒”，曲折而行貌。载：树立，此云树旗于车上。云旗：云霓之旌旗。委蛇：此处形容云旗随风飘扬之状。

【原 文】

抑志而弭节兮，神高驰之邈邈。①

奏《九歌》而舞《韶》兮，聊假日以媮乐。②

陟升皇之赫戏兮，忽临睨夫旧乡。③

仆夫悲余马怀兮，蜷局顾而不行。④

【译 文】

放倒旗子而停住大车，让心灵高高飞驰在邈邈广宇。

演奏《九歌》而齐舞《九韶》，且借此良辰而自慰自娱。

我正向光明灿烂的天宇飞升，居高临下，忽见故乡在我视野中。

我的仆从悲怆，我的神驹怀伤，它蜷曲身体，低徊反顾而不前行。

注释

❶ 抑志：犹“抑帜”。张渡说：……与“屈心而抑志”义别；“志”当读作“帜”。《汉书·高帝纪》：“旗帜皆赤。”师古曰：“史家或作识，或作志，音义皆同。”是其声通之证。“抑志”承“云旗”句，“弭节”承“八龙”句。按，抑，训“抑下”“按下”“放倒”诸义，“抑帜”犹“偃旗”。弭节：见前注。神：精神；心灵。高驰：指飞驰高远。神高驰，言神游物外，自由驰骋。邈邈：遥远无际貌。

❷《九歌》《韶》：相传为夏启时代的乐、舞之名。郭沫若说：……《九歌》乃启乐。《韶》即《九韶》，乃启舞。《大荒西经》天穆之野高二千仞，开（即启）焉（爰）得始歌《九招》，郭璞注引《纪年》“夏后开舞《九招》”。按，《九招》即《九韶》。聊：聊且；姑且。假日：借此时日。媮（yú）：义同“乐”。

❸ 陟（zhì）：升。一本无“陟”字。皇：“皇天”之省文。戏：同“曦”。赫戏，光明灿烂貌。临：居高临下。睨（nì）：斜视。旧乡：故乡。

❹ 仆夫：随从的仆人，即驾驶车马的人。怀：怀伤。此处用拟人法，表示不仅诗人自己有无限乡愁，仆从有无限悲酸，连马匹也怀伤不已。蜷局：即拳曲，屈曲不申貌。蜷（quán）：顾：反顾，引申为“流连”“低徊”义。

【原文】

乱曰：

已矣哉！国无人，莫我知兮，又何怀乎故都？①

既莫足与为美政兮，吾将从彭咸之所居！②

【译文】

乱辞：

算了吧，算了吧！国中没有贤人，都不了解我的苦心，我又为何对故国怀恋深深？

既然不能与君王共行美善之政，彭咸所居，我将相从，效其亮节高风！

注释

❶ 乱：终篇之结语，乐歌之卒章，即尾声。王逸说：乱，理也。所以发理词指，总撮其要也。屈原舒肆愤懑，极意陈词。或去或留，文采纷华。然后结括一言以明所趣之意也。又，《国语·鲁语》韦昭注曰：篇义既成，撮其大要，为乱辞。其说可从。已矣哉：这是极度愤慨之词。“已”是“完毕”“停止”之意，引申为“算完”“算了”之意。矣、哉，两个叹词连言，起叠句作用，能加强语势。析言之，则为“已矣”“已哉”，这种句式又见《诗·卫风·氓》“亦已焉哉”，犹云“亦已焉”“亦已哉”。国无人：国中统治集团无贤良之人。莫我知：都不了解我。何：为何。这是诗人反复思忖，自问自嘲之词。何怀乎故都，言“为何怀恋故国”。这就透露出他在去留之际的矛盾心理，究其内心，“怀”字还是始终占主导地位，这正是诗人的悲愤之源。“故都”使诗人失望，但他又实难忘怀“故都”，他是至死也不能忘怀的。质言之，如果他能忘怀“故都”的话，就不会有这样困顿的遭遇，不会有这样的悲愤填膺，也就不会有最终的自投汨罗殉志。因此，“又何怀乎故都”，是反语成义，并非决绝之词。

❷ 莫足：不足；不值得。与为：与其共同实现（为，指实行，做）。美政：美好的政治理想。吾将从彭咸之所居：相从（追随）先贤彭咸于其所居止之处，以作为我的归宿。这主要是表白自己愿意服膺先贤舍生取义之志，还不是具体地设想要立即像彭咸那样投水自杀。（钱杲之云：“从彭咸之所居”，犹言相从古人于地下耳。这是说明诗人钦慕彭咸杀身成仁的精神而欲相从于地下。）

九歌

解题

《九歌》，本为古籍相传的上古乐歌之名。大概古时的歌、乐、舞是综合进行表演的，这种依歌词演唱的歌曲是《九歌》，依乐谱演奏的舞乐是《九韶》，以《九歌》伴唱、以《九韶》伴奏的舞蹈也叫《九韶》（或称《九招》《韶》）。关于古《九歌》，《离骚》《天问》《远游》都曾提到它，而且《山海经·大荒西经》载有夏启从天上得来《九歌》的神话传说。此外，《尚书》《庄子》《吕览》也分别言及《韶》《大招》《九招》。尽管神话传说不足为据，但依古籍记载，可推知《九歌》本是夏启时期（或更早）的古乐歌。

至于我们现在读到的《九歌》，则是屈原在楚国南部民间礼神乐歌的基础上加工再创作的一组歌词。虽然也采用了《九歌》之名，但与古乐《九歌》并非一事。

战国时代，在巫风盛行的楚国南方沅、湘一带流传过的《九歌》，是在当时民间的迎神赛会上用来礼神、娱神的歌词。它与乐曲、舞蹈相配合，有比较简单的剧情，近似歌舞剧的萌芽，由巫觋化妆表演，有主演（装扮受享之神祇），有配角（化妆次要角色，伴唱、伴奏、伴舞），用的是普通乐器（竽、瑟、篪、鼓、钟）。它是歌词、乐调、舞容的统一结合。由此可以体认到当时楚国巫风故俗和民间乐舞之消息。

《九歌》这种娱神兼娱人的歌词，在屈原润色加工之前，本是民间诗人（很可能就是巫觋）创作的，其初，它的情感是自由奔放的，言词是活泼、率真、朴实的；但是，在涉及神与神、神与人之间男女燕昵之情时，也有些“亵慢淫荒之杂”；又有些“鄙俚”的方言土音（或巫音）。于是，屈原对这楚地民间礼神乐歌的素坯进行加工修饰，使其言词更加文雅清丽，使其乐调更加和谐铿锵，使其情志更加刚健质朴，使其结构更加严密完整。经过伟大诗人精思傅会、独出匠心地再创作，写定了今传的情文并茂的《九歌》。不难想见，在屈原进行这种艺术再创作时，也是交织糅杂着自己的思想感情的。他那爱国忧民的耿耿情怀、壮志难酬的孤愤幽怨、对光明理想的热烈追求，闪闪烁烁地、若隐若现地从《九歌》的字里行间透露出来，使人时有意会而难以言传（其中尤以《国殇》《少司命》《东君》之意蕴为厚）。在形式方面，也每每表现出诗人运用斧斤之妙，既保持了固有的民间艺术特色，又天衣无缝地渗透着诗人那富于个性的语言风格，与他的另外的作品比较，互有异同。所异者，《九歌》是能演唱的民间礼神乐歌，故篇制短小精悍、句式参差灵活、用韵变化多端，遣词造句多见民谣印迹，与《离骚》等诵读之诗有别。所同者，习惯用语（多用联绵词）、所举名物（美人、香草之喻等）、语言的形象性，与屈原的其他诗歌颇为一致。由此可见，《九歌》的确是屈原在民间祭歌的基础上进行艺术再创作的硕果。

《九歌》共十一章，“九”字只是“多数”之谓，并非实指。从其结构来看，可分两大部分：一、礼神乐歌之主体（《东皇太一》、《东君》与《云中君》、《湘君》与《湘夫人》、《大司命》与《少司命》、《河伯》与《山鬼》、《国殇》）；二、全乐歌之卒章——送神曲（《礼魂》）。

东皇太一

解题

“东皇太一”是楚人对“玉皇大帝”之称，因为在古人心目中，它是天之总神，其位至尊，所以在迎神舞乐中以此章为始。从其内容来看，它没有正面对天神形象作具体描绘，也未进颂美之言，只重点叙述祭场陈设和祭品之美盛，乐舞之丰富多彩，巫觋及与祭者服饰之华丽，并表示敬神之虔诚，邀神降临，祝神欣悦康宁。

【原文】

吉日兮辰良，穆将愉兮上皇。①

抚长剑兮玉珥，璆锵鸣兮琳琅。②

【译文】

在这吉日良辰，大好时光，恭敬地礼迎和娱乐上皇。

祭主握着长长宝剑的玉柄迎神，佩玉和鸣，璆璆锵锵。

注释

❶ 吉日：吉利的日子。古人以“甲、乙……”十干纪日；以“子、丑……”十二支纪时辰。并且在祭祀之前要占卜吉日良辰。辰良：“良辰”之倒文，这是为了叶韵。良辰，好的时辰。穆：犹“穆穆”，恭敬；恭敬地。将：将要。愉：娱乐，此处用作动词。穆将愉：是“将穆愉”之倒文。上皇：即指天神（东皇太一）。

❷ 抚：握持。长剑：长长的宝剑。古代楚国有“剑舞送酒”之俗。此处指灵巫握持长剑，歌舞迎神。珥（ěr）：剑鼻，剑柄与剑身相接处两侧突出如耳的部分。玉珥：以玉为饰之珥，此处可以概称剑柄。璆锵（qiúqiāng）：佩玉碰撞之声。琳：青碧色的美玉名。琅：即琅玕，似玉之美石。琳琅，指灵巫所佩之玉。王逸云：言己供神有道，乃使灵巫常持好剑以辟邪，要垂众佩，周旋而舞，动鸣五玉，锵锵而和，且有节度也。

【原 文】

瑶席兮玉瑱[①]，盍将把兮琼芳[②]，蕙肴蒸兮兰藉[③]，奠桂酒兮椒浆[④]，扬枹兮拊鼓[⑤]，疏缓节兮安歌[⑥]，陈竽瑟兮浩倡[⑦]。

【译 文】

光洁似玉的席子，用玉器压在神坛一方；
集来如琼的各种芳草，捧着供上；
进献香蕙熏制的祭肉，用香兰作为衬垫；
又献上芬芳可口的桂酒、椒浆；
扬起鼓槌将那大鼓敲响；
合着稀疏缓缓的节拍，安徐自然地歌唱；
摆好竽、瑟伴奏，引吭高歌，盈耳洋洋。

注 释

❶瑶：美玉名。瑶席，光洁似玉的席子。瑱（zhèn）：“镇”之借字。压。玉瑱，以玉器压着。按，自此至“陈竽瑟兮浩倡”，描述祭坛陈设、祭品、乐歌之盛美。

❷ 盍（hé）：犹“合”，集。将：拿取。把：捧持。琼：美玉名，或称赤色玉。芳：此处统指芳草香花。

❸ 蕙、兰：均为香草名。肴：祭肉。蒸：疑为“荐”字之讹，而又误倒，“蕙肴蒸”当作“荐蕙肴”，与下“奠桂酒”相列成文。荐，进献。进肴曰荐；进酒曰奠。（采姜亮夫说。）藉：衬垫之物；以物衬垫。兰藉，香兰一类的衬垫之物。或，以香兰之类衬垫在祭品之下。按，此“兰藉”与“蕙肴”“桂酒”

“椒浆”，皆举芳香之物形容祭品之美，祭礼之隆。

❹ 奠：献祭。桂：桂树；桂花。椒：香椒。浆：专指淡酒，或泛称酒。一说，“浆”为“酱”之借字。按，“桂酒”“椒浆”，虚言以香物酿制的酒，不一定实指。

❺ 扬：扬起，此有“挥动”义。枹（fú）：鼓槌。拊（fǔ）：击。按，自此以下三句言迎神鼓乐之繁盛。

❻ 疏：稀疏。缓：缓慢。节：击鼓之节拍；或谓用以节乐之鼓点。安歌：安徐自然地唱歌。

❼ 陈：列。竽：古代的一种簧管乐器，多为三十六簧，笙类。瑟：古代的一种拨弦乐器，多为二十五弦，形似古琴。陈竽瑟：指安排各种乐器为歌舞者伴奏。浩倡：犹“浩歌”，引吭高歌。浩，大；高。倡，通“唱”。按，以上三句，描述娱神之音乐由“举枹击鼓”领起；接着是灵巫配合舒缓的鼓点节奏安徐自然地唱歌；然后竽瑟等各种乐器齐声大作，灵巫也随着鼓乐引吭高歌。这是表现音乐和人们的情绪都由平静、安详逐步发展到高昂、热烈的高潮。

【原 文】

灵偃蹇兮姣服①，芳菲菲兮满堂②；五音纷兮繁会③，君欣欣兮乐康④。

【译 文】

灵巫的舞姿屈伸婉转，穿着华服艳装；
拂袖扬裾，菲菲的幽香飘溢满堂；
五音纷纷鸣奏，众乐之声错杂交响；
上皇欣欣然快乐安康！

注 释

❶灵：此指装扮天神的灵巫。偃蹇（yǎnjiǎn）：形容舞姿屈伸自如，婉转灵活。姣：美好。服：服饰。按，自此以下四句，是描述以繁盛的舞乐礼神，及向神祝颂。

❷ 菲菲：形容芳香大盛。

❸ 五音：我国古代传下来的“五声”的音阶，即宫、商、角、徵、羽。相当于今之音阶1、2、3、5、6。纷：盛大貌。繁会：形容乐声繁盛而错杂交会（交响合奏）。

❹ 君：指东皇太一。欣欣：喜悦貌。乐康：快乐安康。本句是在祭礼中人们对东皇的祝颂之词，表现其敬神之心。

东君①

解题

东君，是古代传说中的日神，本篇即祠祀颂祝日神之歌。在古代农耕之民的心目中，太阳与他们的生产和生活方面的关系至为密切，因而对日神非常崇拜与热爱。这篇乐歌，赞颂了日神的大公无私普照万物，广布德泽，除暴安良；也赞颂了日神运行不息的精神；并且生动地刻画了乐舞繁盛、人神同乐的热烈场面。（按，本篇原列《少司命》之后，今依闻一多先生之说，前移至此。详见注释。）

【原文】

暾将出兮东方，照吾槛兮扶桑。②

抚余马兮安驱，夜皎皎兮既明。③

驾龙辀兮乘雷，载云旗兮委蛇。④

【译文】

（东君：）

我是从东方初升的太阳，温暖的光辉照耀着门前的栏杆——扶桑。

抽打着我的神马龙驹缓缓行进，夜色渐明，转瞬间我又大放光芒！

乘坐着神龙拉的大车，轮声隆隆，滚滚向前；龙车上遍插着云霞之旗，舒卷自如，迎风招展。

长太息兮将上，心低佪兮顾怀。[5]

羌声色兮娱人，观者憺兮忘归。[6]

我将上升中天之际，不禁感慨长叹，我心迟疑而徘徊不进，对此繁华声色眷顾怀恋。

悦耳的歌声，美妙的舞蹈，使人快乐陶醉，观礼的众人都感到安适而流连忘返。

注释

❶ 关于篇次：闻一多《楚辞校补》：……诸娱神之曲，又各以一小神主之，而此诸小神又皆两两相偶，共为一类。今验诸篇第，《湘君》与《湘夫人》相次，《大司命》与《少司命》相次，《河伯》与《山鬼》相次，《国殇》与《礼魂》相次……都凡四类，各成一组。此其义例，皆较然易知。惟东君与云中君，皆天神之属，宜同隶一组，其歌词宜亦相次。顾今本二章部居悬绝，无义可寻。其为错简，殆无可疑。余谓古本《东君》次在《云中君》前。《史记·封禅书》《汉书·郊祀志》并云："晋巫祠五帝，东君，云中君。"《索隐》引王逸亦云："东君，云中君，见《归藏易》。"（今本注无此文。）咸以二神连称，明楚俗致祭，诗人造歌，亦当以二神相将。且惟《东君》在《云中君》前，《少司命》乃得与《河伯》首尾相衔，而《河伯》二句乃得阑入《少司命》中耳。按，此说极是，今从之，将《东君》移至《云中君》之前，使二者成为一组。

❷ 暾（tūn）：初升的太阳。一说，暾是"暾暾"之省文，指旭日之辉温暖光明。吾：此处是由灵巫代所扮的日神自称"我"。槛（jiàn）：栏杆；或训门槛。扶桑：古代传说，在东方有神木名扶桑，太阳就从那里升起。据此，"扶桑"亦可解作"有扶桑之地"。按，自此以下这一部分，是由扮日神的男巫独唱，自述旭日东升的壮美奇观。

❸ 抚：通"拊"，拍；击。余：与上文"吾"字义同。安驱：安徐地前行。皎皎（jiǎo）：同"皦皦"，光明貌。此指夜色渐渐由淡而明，夜尽而昼始。既：已。

❹ 驾：与下文之"乘"同义，乘坐。辀（zhōu）：本指车前弯曲之独辕，此处代称全车。龙辀：神龙所引之车。一说，龙形之车。雷：本谓车轮滚动之声洪大如雷；或指轮声似雷之大车，即"龙辀"。按，"驾龙辀"与"乘雷"，互文见义。载：设置。云旗：以云霞为旗；或美如云霞之旗。委蛇（wēiyí）：亦作

“逶迤”，舒卷自如貌；宛转延伸貌。

❺ 太息：犹“叹息”。将上：将上升于中天。低佪：犹“徘徊”，迟疑不进貌。顾怀：眷顾怀恋。按，太息、低佪、顾怀，是形容东升之日为下文所说的声色歌舞所感动。

❻ 羌：楚人之发语词。声色：指乐舞。娱人：乐人，使人快乐。“人”字既指在场的人们，又包括日神自我。观者：指与祭者、观礼者。憺（dàn）：安，安适，安逸。

【原 文】

缅瑟兮交鼓①，箫钟兮瑶簴②，鸣鯱兮吹竽③，思灵保兮贤姱④。

翾飞兮翠曾⑤，展诗兮会舞⑥，应律兮合节⑦，灵之来兮蔽日⑧。

【译 文】

（官属：）

繁促地弹奏锦瑟，对击的鼓声谐和交响，着力叩击金钟，钟架震动摇晃，鸣奏八孔篪管而又吹奏多簧之竽，感慕灵保美好贤良。

舞姿婀娜，宛如一群翠鸟轻捷地飞翔，呈献歌词而齐声欢唱，歌舞交作，婉转悠扬，歌曲协应着音律，舞蹈随合着节拍，众神灵前呼后拥地来了，遮天蔽日，翩翩而降。

注 释

❶ 縆（gēng）：亦作“絙”，借作“搄”。《淮南子·缪称训》：“治国譬若张瑟，大弦搄则小弦绝矣。”又，《长笛赋》：“絙（搄）瑟促柱。”縆（搄）：紧，把弦上紧。又训“急”。縆（搄）瑟：急促地弹奏瑟；或，将瑟的弦绷紧。交鼓：对击节乐之鼓；或，鼓声交响，彼此谐和。另说，“齐鼓瑟”之意。亦可通。按，自此以下这一部分，是由扮日神侍从官员的群巫齐声伴唱，表现对日神的膜拜礼赞。

❷ 箫："捕"（或作"撞"）的误字。击。撞钟：敲钟。瑶："摇"的借字。簴（jù）：悬挂钟、磬的木架。摇簴：指因敲钟使木架摇动起来。

❸ 鸣：吹奏；鸣奏。篪（chí）：同"篪"。古代的管乐器，长一尺四寸，共八孔，一孔朝上，横吹之。竽：见《东皇太一》注。

❹ 灵保：犹"神保""灵宝""灵神"，指扮日神的灵巫，亦即灵巫所扮之日神。王国维《宋元戏曲史》：古之祭也必有尸。宗庙之尸，以弟子为之。至天地百神之祀，用尸与否，虽不可考；然《晋语》载，晋祀夏郊（祭天），以董伯为尸。则非宗庙之祀，固亦用之。《楚辞》之灵，殆以巫而兼尸之用者也。其词谓巫曰灵，谓神亦曰灵，盖群巫之中，必有象神之衣服形貌动作者，而视为神之所凭依，故谓之曰灵，或谓之灵保。余疑《楚辞》之灵保，与《诗》之神保，皆尸之异名。贤：善良。姱（kuā）：美好。

❺ 翾（xuān）：鸟轻轻飞翔貌。翠：一种羽毛翠绿的鸟。曾（zēng）："翻"之借字，举翼。

❻ 展诗：陈诗（歌词）而唱。会舞：以歌曲配合舞蹈，歌舞交融。

❼ 应律：歌曲与音律相协。合节：舞蹈与音乐的节奏相协。

❽ 灵：此指扮日神之主巫及扮日神侍从官属的群巫。蔽日：由于日神及其官属众多而遮蔽天日。

【原 文】

青云衣兮白霓裳[①]，举长矢兮射天狼[②]，操余弧兮反沦降[③]，援北斗兮酌桂浆[④]。

撰余辔兮高驼翔[⑤]，杳冥冥兮以东行[⑥]。

【译 文】

（东君：）

穿着青云衣，穿着白虹裳，举起长长的神箭，射死那凶恶的天狼，大功告成，我便挟持神弓反身向西方沉降，欣然祝捷，我端起大大的北斗斟饮桂花酒浆。

我揽着马缰而向高远之路驰驱，在幽深昏暗中东行，明朝又升起灿烂的太阳！

（这篇歌词，第一部分是扮日神的主巫独唱；第二部分是扮官属的群巫齐唱；第三部分又是扮日神的主巫独唱。）

注释

❶ 青云衣：以青云为衣（上装）。白霓裳：以白虹为裳（下装）。霓（ní）：一种色彩较淡的虹，亦称副虹。按，自此以下这一部分，又是扮日神的灵巫的独唱，表达日神运行不息的精神。

❷ 矢：与下文之“弓”意思一致，星宿名，指弧矢星，又称天弓，由九颗星组成弓箭形，箭头常指向天狼星。天狼：星宿名，一颗星，位于东井之南，弧矢星之西北。古代传说，天狼星主侵掠，是恶星。弧矢星主备盗贼，是善吉之星。按，本句说明日神为民除害的意志。

❸ 操：持。弧：见前注。反：反身；回身。沦降：没落；沉落。此指太阳西沉。一说，“反沦降”是“一反其（天狼）没沦下降之灾”。一说，“反沦降”是“散坠”意。

❹ 援：引；捧起；举起。北斗：谓北斗星，由七颗星组成酒斗之形，位在正北，故名北斗。兮：此处作“以”字解。（从姜亮夫说。）酌：斟酒；饮酒。桂浆：桂花酿制的淡酒。一说，桂浆即“天浆”，谓露水。

❺ 撰：顺持；控握。辔：马之缰绳、辔头。高驼翔：高驰，向高远的境界驰驱。“驼”与“驰”通，是一字之隶变。“翔”字是后人误增之文。（从姜亮夫说。）

❻ 杳（yǎo）：幽暗；深远。冥冥：昏黑而幽深。兮：此处之作用犹“而”。以：一本无“以”字。闻一多：今本有以字……不辞甚矣。东行：向东而行。按，古人误认为日月星辰都围绕大地运行，传说太阳从东方的旸谷（即生长扶桑之地）升起，西行至蒙汜止息，当夜又向东返回，明朝又从东方升起，周而复始，运行不息。（十六世纪以前，欧洲天文学领域也曾流行过“地球中心说”，也是说太阳绕地球运行。）（按，王夫之《楚辞通释》云：破幽冥而自东徂西。亦可从。）

云中君

解 题

云中君，是楚人所祀之云神。云雨和古代农耕之民的关系也极其密切，从这篇歌词中反映出人们对云神的真挚感情。祭者斋戒沐浴，衣饰华丽，虔诚地迎迓云神，对其敬礼赞颂；在他降临时，人们无限欢欣；在他飘然离去时，又思慕忧念，长劳梦想。

【原 文】

浴兰汤兮沐芳，华采衣兮若英。①

灵连蜷兮既留，烂昭昭兮未央。②

蹇将憺兮寿宫，与日月兮齐光。③

龙驾兮帝服，聊翱游兮周章。④

【译 文】

虔敬地洁身、洗发，用那兰蕙香汤，衣饰色彩艳丽，宛如鲜花竞放。

神灵舒曲回环，已经留止天上，光彩照人，无尽无已，灿烂辉煌。

神灵安然地居息于寿宫仙乡，功德无量，与日月同光。

乘着龙车，穿着天神的彩衣，聊且自由自在地周游四方。

注 释

❶浴：洗身。兰汤：与下文之“芳”为互文，指加香料的热水，不一定是

以兰花配成，而是以兰代称香物。沐：洗发。古人在祭祀前斋戒沐浴，以示虔敬。华采：色彩华艳鲜明。英：花。按，祭者盛其衣饰，是仪礼隆重欢欣鼓舞的表现。

❷ 灵：此指扮云中君的主巫，亦即由主巫扮演的神灵。连蜷：舒曲回环貌。既留：已留止云中；或，已降留于主巫之身（附身）。烂：光明貌。昭昭：义犹“烂”。未央：未已；无尽。按，上二句，既虚写想象仿佛中云神之意态光容，又实写主巫降神时模拟云神舒曲自如的舞姿。以神拟人，以巫象神。

❸ 謇（jiǎn）：又作謇，楚方言之发语词。憺（dàn）：安；安适；安处。寿宫：本是虚拟云中君在天上的宫室，也实指精心陈设布置的祭神坛场。（在此种祭神活动中，虚幻的想象与实际的模拟，是交织融会，相得益彰的。尤其是在那战国时代，人们尚有蒙昧落后的迷信思想，将扮神的巫觋奉若神明；巫觋们也模拟神祇的形貌动作言语，以表示神已附身降临，使现实中的主巫变成想象中的神。神与巫之间的界限，天宫与祭场之间的分际，是浑然难辨的。其实，这好像是古代的神话歌舞剧，那天宫，那神仙，都是虚拟的、想象的，如欲事事明其征信，断非易行。至于祭歌中反映的神与神、人与神之间的恋爱，实际是为了表现人与人之间的恋爱，有些就是巫与巫、观众与巫的恋爱。如果将《九歌》完全神化或与人事强相比附，就会泥古不化，使文义窒碍难通，滋人疑惑。）齐光：同光。

❹ 龙驾：龙车，以龙驾驶之车。帝服：天帝穿的青黄五彩衣服。此言云神车马服饰之美盛，乘的是龙拉的车，穿的是天帝之五彩服。聊：聊且；姑且。翱游：当作“翱翔”，自由往来貌。《楚辞校补》：案王注曰：“周章犹周流也，言云神居无常处，动则翱翔，周流往来，且游戏也。”据此则王本正文“翱游”作“翱翔”。……《文选》沈休文《齐安陆昭王碑文》注，慧琳《一切经音义》二七，王观国《学林》五所引并作翱翔，与王本合，当据改。周章：犹周流，周游流览。

【原 文】

灵皇皇兮既降，猋远举兮云中。①

览冀州兮有余，横四海兮焉穷。②

思夫君兮太息，极劳心兮忡忡。③

【译 文】

神灵皇皇美好，已经姗姗降临人间，却又匆匆远扬高飞，升于碧落云天。

周览冀州中原内外，无处不至，又横绝四海漫游，行踪飘忽无定，何有极边。

恋念神君啊，使人长吁长叹，极尽劳思而愁烦不安！

注 释

❶灵：见前注。皇皇：美好貌。既降：指云神已降临人间。猋（biāo）：本为群犬疾奔貌。引申为迅捷貌。远举：远扬高飞。云中：云神之居所。按，二句形容云神来去迅捷，飘忽不定。

❷览：观览，周览。冀州：古九州之首，故地在黄河以北，今河北省一带。此处以冀州代称全中国。有余：指超过这一范围，不止全中国。横四海：横绝四海。古代人们以为中国大陆四面环海，“四海之内”就是全国，“四海”就是中国大陆的四极，在古人的认知中这是最大的范围。穷：极；尽。焉穷：安穷，何穷，此言无穷。与上句“有余”为互文。

❸夫（fú）：语首助词。君：指云中君。太息：见前注。极劳心：极尽其思慕之劳忧。忡忡（chōng）：忧思不宁貌；或，心动貌。

湘君

解题

《湘君》与《湘夫人》是古代楚人对湘江水神的祭歌。

楚国南方沅、湘一带，自古就有将湘江男女水神当作配偶之神奉祀之俗，本与虞舜、二妃之事无涉；可是，自战国以来，虞舜陟方死于苍梧，二妃（娥皇、女英）自投湘水殉情的传说渐及各地，于是楚人就将舜妃之事附益于湘江之神，以舜为湘君，以二妃为湘夫人，对古之神话民俗以人事实之；又由创作《九歌》素坯的巫人（亦即舞人、歌手、作者）加工成朴质的歌词。从此，这两个配偶之神皆有归属，神话传说的内容更丰富生动，水神也更有其性格，原来那虚无缥缈、可意想而不可形容的“神灵”，变为可感可知的“人杰”了，神祇人格化了。伟大的诗人屈原，又以他独有的思想情感与艺术技巧，对原有的传说、民俗、歌词润饰整理，去芜取菁，附会渲染，进行艺术再创作，谱成今传的乐歌。《湘君》《湘夫人》，描述了古代配偶之神悲欢离合的故事。纵然他们生死契阔，欢会难期，思而不见，但彼此恋念不忘，表现了他们对爱情贞信专注的态度和对美好生活的憧憬追求。《湘君》一篇，是湘水女神对男神的思慕之词；《湘夫人》一篇，是湘水男神对女神的思慕之词。在迎神赛会上，由扮二神的巫觋对唱，或者又有众巫的伴唱配舞。歌词对人物性格的刻画和对典型环境的描绘都很细腻生动，情景交融，和谐自然。语言清新婉丽，既有民歌气息，又富有诗人特有的个性。

【原 文】

君不行兮夷犹，蹇谁留

【译 文】

湘君犹豫不行，没来与我相会相亲，

兮中洲?[①]

美要眇兮宜修，沛吾乘兮桂舟。[②]

令沅湘兮无波，使江水兮安流。[③]

望夫君兮未来，吹参差兮谁思?[④]

您为何留在那水中洲岛而不动身?

我文静美好，服饰又很得体，乘着桂木之舟匆匆地前去会见湘君。

命令沅江、湘江勿兴波澜，指使长江流水平平稳稳。

盼着，想着，您却没来践约，吹奏排箫，声声幽怨，我心中想的何人?

注释

❶ 君：湘夫人称湘君。不行：不动身走来。夷犹：又作“夷由”“易由”，犹豫不定貌。蹇：楚人之发语词。谁留：为何淹留；或，为谁淹留。中洲：洲中。洲：水中可居之陆地。按，此篇均为扮湘夫人之主巫以女神口吻所唱的歌词。

❷ 要眇（yāomiǎo）：又作“要妙”，文雅美好的样子。宜修：修饰合宜得体。又，闻一多《楚辞校补》云：宜修是宜笑之误，修、笑声近而讹。沛：本为水流急下貌，此处指行疾貌。吾：湘夫人自称。桂：桂树。桂舟：桂木之舟。

❸ 令、使：义同。沅、湘：沅水、湘水，均为古楚南部水名，入洞庭湖。(二水都是现在湖南省境的河流，以湘江为大，因此，湖南简称湘。) 江：指长江。安：平稳，

❹ 望：慕望。夫（fú）：语中助词。未来：没有前来会面。参差（cēncī）：又作“篸差”，洞箫之名，据《风俗通》云：舜作箫，其形参差。象凤翼参差不齐之貌。按，这种洞箫，即排箫，以长短不齐的若干竹管组成。谁思：思者何；或，思者谁。

【原 文】

驾飞龙兮北征，邅吾道兮洞庭。①

薜荔柏兮蕙绸，荪桡兮兰旌。②

望涔阳兮极浦，横大江兮扬灵。③

扬灵兮未极，女婵媛兮为余太息。④

横流涕兮潺湲，隐思君兮陫侧。⑤

【译 文】

乘坐飞龙之舟，沿着沅江、湘江北行，迂回地走着邈远水路，绕道穿过洞庭。

薜荔做壁衣，香蕙做帷帐，溪荪装饰旗杆曲柄，香兰缀在旌旗之顶。

从湖上遥望着涔阳那迢迢水滨，又济渡大江，乘着舲船，扬桨奔向前程。

奋力划着舲船疾驶，却未达到目的，侍女们都对我顾恋同情，长长叹息。

我涕泪纵横，徐徐地流满双颊，心中暗暗思念您啊，无限悱恻悲凄。

注 释

❶ 驾：乘坐。飞龙：即指上文之“桂舟”，以龙引舟（或舟形似龙、舟行如龙飞），故曰“飞龙”。北征：言沿湘江北行。邅（zhān）：迂回；绕道。吾道：我（湘夫人自谓）所经行的水路（即上文所称沅、湘等）。洞庭：洞庭湖，在今湖南省境。

❷ 薜荔（bìlì）：常绿藤本植物，多附着石壁或树木而生长。柏：一作拍，王逸注云：“搏壁也。”刘成国《释名》云：“搏壁，以席搏著壁也。”亦即壁衣之谓。蕙：兰草的一种，又名佩兰。绸：当读为“帱”，又作“惆”“裯”，帷帐。蕙绸：言以蕙为帷帐；或，以蕙饰帷帐。荪（sūn）：香草名，又叫溪荪。桡（ráo）：此指旗杆上的曲柄；一说，即指船桨。兰：香草名。旌（jīng）：旗的一种，旗杆顶端饰以旄牛尾及羽毛，此处“兰旌”是指以兰草饰旗杆顶端；或，直指以兰草为旌旗。按，此处以香草品物之芳洁喻主人公内外之美。

❸ 望：遥望。涔（cén）阳：涔水北岸的地名，位于洞庭湖西北。涔：水名，在澧水之北。浦：水涯，水边。极浦：远浦，遥远的水涯。横：横绝，即

渡水。大江：长江。扬：指奋力划桨，舟行迅疾犹如飞扬。灵：当作“舲”，是“舲”之或体，有舱有窗的船。

❹ 未极：未至，指未至湘君之处。或训未已，未止。女：指湘夫人之侍女。婵媛：眷恋同情。余：湘夫人自谓。

❺ 横：纵横。横流涕，指涕泪纵横，涌流不止的样子。潺湲（chányuán）：本指水徐流貌，此处指涕泪缓缓涌流貌。隐：痛苦；感伤；或指含而不露。陫（fěi）侧：即“悱恻”，悲苦凄切。

【原 文】

桂棹兮兰枻，斫冰兮积雪。①

采薜荔兮水中，搴芙蓉兮木末。②

心不同兮媒劳，恩不甚兮轻绝。③

石濑兮浅浅，飞龙兮翩翩。④

交不忠兮怨长，期不信兮告余以不闲。⑤

【译 文】

桂木做船桨，木兰做船舷，无比芳洁，凌波行舟，激起浪花飞溅，犹如斫冰、积雪。

山上有薜荔，却向水中采取，水中有荷花，却到树梢采撷。

两人如不同心相爱，媒妁徒劳无益，恩情不深不厚，就会轻易离绝。

石上急湍，清流溅溅，轻快的飞龙之舟，宛然鸟隼翱翔翩翩。

不以忠诚相交，使人产生深长之怨，约会不守信言，却对我说“没有空闲”。

注 释

❶ 桂棹：桂木船桨。棹（zhào）：长桨。兰：此指木兰木。枻（yì）：船舷（船旁板）；一说，短桨。斫（zhuó）：砍；削；斩。此处有“凿开”义。积雪：堆积白雪。“冰积雪”，是形容船行迅速，破浪前进，船头、船桨、船舷激起浪花翻腾，如破冰，如积雪。按，从下文“采薜荔”“搴芙蓉”等事来看，断非隆

冬盛寒季节，亦无实际凿冰堆雪之行为，所以“冰积雪”只是比喻，以表现船行之速，也透露女神寻求男神之急切情绪。

❷ 薜荔：见前注。搴（qiān）：摘取。芙蓉：荷花。木末：树梢。按，此处是比喻求见湘君而不得。

❸ 媒劳：媒妁虽劳于说合也难成婚媾。言媒妁徒劳无益。恩：恩爱。不甚：不甚笃诚；或，不甚深厚。甚，极。轻绝：轻易疏远离绝。

❹ 濑（lài）：沙石上的湍急清浅的水流。浅浅（jiān）：读如“溅溅”，又作“戋戋”，水流疾速貌。飞龙：见前注。翩翩：此以鸟疾飞貌比喻舟行轻快。

❺ 交：相交。不忠：不忠诚。怨长：怨深。期：约会。不信：不守信约；失约。余：湘夫人自称。按，此为斥责对方之言。

【原 文】

鼌骋骛兮江皋，夕弭节兮北渚。①

鸟次兮屋上，水周兮堂下。②

【译 文】

从清晨就沿着江滨乘舟疾行，黄昏时在北面沙洲缓缓而停。

此地鸟雀常在屋上栖息，碧水在堂下静静环流，一派凄清。

注 释

❶ 鼌（zhāo）：通“朝”。骋（chěng）：直驰。骛：交驰。骋骛，此指急行舟。江皋（gāo）：江边；江湾；江水之中。皋：沼泽；岸。弭（mǐ）：停止。节：舟行之节度。弭节：停止行舟；缓缓行舟。渚（zhǔ）：水中的小洲岛。

❷ 次：经常止宿。周：环流。按，此处是形容湘夫人到期约之处所看到的凄清荒凉景象。

【原 文】

捐余玦兮江中，遗余佩兮澧浦。①

采芳洲兮杜若，将以遗兮下女。②

时不可兮再得，聊逍遥兮容与！③

【译 文】

把您赠我的玉玦投弃大江波心，把您赠我的玉佩抛在澧水之滨——

我却又到芳草丛生的沙洲采来杜若，且赠给您的侍女，请她代我表白赤忱。

时光不能再来，良缘不可复得，万般无奈：我姑且逍遥漫游，以排遣悲愁苦闷！

注 释

❶ 捐、遗：均有抛弃之意。余：湘夫人自谓。玦（jué）：环形而有缺口的玉器。余玦：是以湘夫人的口吻说“湘君原先赠给我的玉玦”。佩：玉佩，古代男子所佩之玉饰，即琼琚之属。余佩：参见“余玦”含义。澧（lǐ）：又作“醴”。湖南省河流名，注入洞庭湖。澧浦，澧水之滨。按，这是表现女神心理活动的，她怨恨湘君爽约不来相会，所以赌气之下，便将他先前馈赠之信物抛入江中、澧浦，以示决绝之意。这两句话也许只是说说而已，也许真的做了。即使见诸行动也并不能证明她确已与钟爱之人决绝，她抛却的是使她望而生怨的信物；可是这怨恨又由于钟爱伊人而生，缱绻缠绵，总是不能抛却她对湘君的一片赤心。她这时的心情交织着爱与恨，失望与切盼，落寞与追求，是“剪不断、理还乱”的。于是，接着便又道出了自己的心声（即下文“采芳洲兮杜若”四句）。

❷ 采：采取。芳洲：生长着芳草鲜花的洲岛。杜若：香草名。遗（wèi）：赠与。下女：此指湘君之侍女。

❸ 时：欢会的时机。聊：聊且；姑且。逍遥：优游自得貌。容与：悠闲自适貌。按，此处连言“逍遥”“容与”，并不能认为湘夫人果真能那样逍遥悠闲，实际这是自慰自遣之词，她对湘君的恋慕之情是割舍不了的，对他是始终不忘的。

湘夫人

【原 文】

帝子降兮北渚，目眇眇兮愁予。[①]

袅袅兮秋风，洞庭波兮木叶下。[②]

登白薠兮骋望，与佳期兮夕张。[③]

鸟何萃兮蘋中，罾何为兮木上？[④]

【译 文】

湘夫人降临在北面的洲岛，望眼欲穿，不见伊人，使我愁绪如潮。

袅袅地、徐徐地吹拂着萧瑟的秋风，洞庭湖扬起微波，万木落叶飘飘。

我站在草芊芊的地方纵目遥望，我与佳人约会在黄昏，已及早准备周到。

唉！鸟雀为何群集在泽之中？渔网又为何张挂在高高的树梢？

注 释

❶ 帝子：此指湘夫人，古代传说她们（娥皇、女英）是古帝唐尧的女儿，故称“帝子”，犹后世（汉代以后）皇帝之女称“公主”。一说，湘夫人是天帝的女儿。见《山海经·中山经》郭璞注：天帝之二女而处江为神。按，此“天帝之二女”即“尧之二女”，因为，古代神话传说，尧也是天帝。降：降临。北渚：北面的水中小洲。即《湘君》篇中所言之“北渚”。眇眇（miǎo）：瞻望弗及、望眼欲穿之貌。愁予：予愁，因望而不见使我（湘君自谓）愁苦。按，此篇为扮湘君之主巫以男神口吻唱的歌词。

❷ 袅袅（niǎo）：本为柔弱曼长貌，此指微风徐徐吹拂貌。洞庭波：洞庭湖扬波。波，在此为“扬波”义。木叶下：树叶落下来。下，在此为“落下”义。

❸ 登：登上。一本无“登”字。按，以有“登”字为是。白薠（fán）：又

名青薠，叶似莎草，生于陆上。骋望：纵目远望。佳："佳人"之省文。一本"佳"下有"人"字。佳人，指湘夫人，古代多以"佳人"称私爱之人。期：期约；约会。夕：黄昏。张：陈设布置。

❹ 萃（cuì）：集聚。蘋（pín）：水草名，生于浅水，又称"四叶菜"。罾（zēng）：用竿撑起的一种渔网。何为：为何。木上：树梢上。按，二句以求非其所比喻心愿不可能实现，也含有责望对方之意。参见《湘君》。

【原 文】

沅有茝兮澧有兰，思公子兮未敢言。①

荒忽兮远望，观流水兮潺湲。②

【译 文】

沅水有白芷啊，澧水有幽兰，怀恋湘夫人啊，未敢直言！

心思恍惚迷惘啊，放眼远眺，失魂落魄地静观那流水潺湲。

注 释

❶ 茝（zhǐ）：同"芷"，即白芷，香草名。澧：又作"醴"。公子：犹言"帝子"，此指湘夫人，古人有时亦称女子为"子"或"公子"。按，"沅有茝兮澧有兰"以下四句，曹述敬先生以为：这四句千古绝唱，原来是《湘君》之文，或者就是紧接着"隐思君兮陫侧"，以后窜入《湘夫人》的。言之近理，录以备考。

❷ 荒忽：同"恍惚"，若有若无、隐约不清貌；或，神思迷惘貌。潺湲（chányuán）：此指水流缓缓流泻不断貌；有时形容缓缓的流水声。按，这一节的首句"沅有茝兮澧有兰"是起兴之词，朱熹说：其起兴之例，正犹越人之歌，所谓"山有木兮木有枝，心悦君兮君不知"。朱说是极。

【原 文】

麋何食兮庭中，蛟何为兮水裔？①

朝驰余马兮江皋，夕济兮西澨。②

闻佳人兮召予，将腾驾兮偕逝。③

【译 文】

麋鹿觅食，为何来到庭院？蛟龙又为何困在水际浅滩？

清早，我策马驰骋在江边高地，薄暮，却又渡过西面的水湾。

听说佳人召唤我来相聚，我要吩咐车骑，与她同行远去。

注 释

❶ 麋（mí）：鹿的一种，体型较大，又叫驼鹿。食：此指吃草。庭：庭院。蛟（jiāo）：传说中的一种无角的龙。水裔：水边。按，这两句也是比喻，含义似“鸟何萃兮蘋中，罾何为兮木上”，参看前注。

❷ 江皋（gāo）：江边的高地。济：渡。澨（shì）：水涯。按，此处描述湘君到各处追求湘夫人的情景。

❸ 佳人：指湘夫人。腾驾：传语车驾。参见《离骚》注。偕逝：一同前去。

【原 文】

筑室兮水中，葺之兮荷盖。①

荪壁兮紫坛，播芳椒兮成堂。②

桂栋兮兰橑，辛夷楣兮药房。③

【译 文】

构筑宫室在那绿水之中，采集荷叶覆盖屋顶。

编结溪荪装潢室内四壁，用那香椒和泥，粉饰屋墙。

木兰做房椽，桂木做正梁，辛夷做门上横框，又用白芷和泥涂墙。

编织薜荔作为幔帐，将那蕙草制

罔薜荔兮为帷，擗蕙櫋兮既张。④

白玉兮为镇，疏石兰兮为芳。⑤

芷葺兮荷屋，缭之兮杜衡。⑥

合百草兮实庭，建芳馨兮庑门。⑦

九嶷缤兮并迎，灵之来兮如云。⑧

的隔扇分开安放。

白玉作为镇席的宝器，又分散栽植石兰，取其四处播散清香。

再把白芷覆盖在荷叶屋顶之上，又将杜衡围绕在屋宇四方。

汇集百种芳草，栽满庭院，馨香飘逸远近，洋溢在廊下、门前。

九嶷山上的众神，纷纷同来迎接夫人，神灵们一齐降临，多如彩云满天。

注释

❶ 葺（qì）：本指以草苫盖屋顶，此处只笼统地指补缀、覆盖之意。之：指屋顶。荷盖：荷叶。按，上文"葺"，是动词；下文"盖"，如仍解为"覆盖"，则不合语法。按，自此以下，是说如何打算营建高雅华贵之宫室，置备各种芳洁之陈设，打算与湘夫人同度幸福生活。

❷ 荪：见《湘君》注。荪壁：以香草溪荪编织起来装饰屋内墙壁。紫：有紫色斑纹的贝壳。坛：楚人称中庭为"坛"。紫坛，用紫贝砌饰中庭。播：敷布；涂饰。芳椒：香椒。成：同"盛"，涂饰。"成（盛）堂"，是指涂饰（粉刷）堂屋（前房）的墙壁。

❸ 桂栋：用桂木做房屋的正梁。橑（liáo）：椽子。兰橑：用木兰做屋椽。辛夷：香木名，开花很早，蓓蕾似笔，故又称"迎春""木笔"。楣（méi）：门框上面的横木。辛夷楣：用辛夷木做门楣。药：楚方言，称白芷为"药"。房：指卧室。药房：用香草白芷和泥涂饰卧室的墙壁。

❹ 罔：即"网"字。此处用作动词，编结。薜荔：见《湘君》注。帷：幔帐。擗（pǐ）：剖分。櫋（mián）：隔扇。《楚辞补注》引五臣注云：罔结以为帷帐，擗析以为屋联。按，屋联，即俗称之隔扇。张：张设；陈设。

❺ 镇：压，此指压席之物。疏：分布，此指分散放置。石兰：兰草的一种，又称山兰。为芳：取其芬芳。

❻ 芷葺：用白芷覆盖屋顶。荷屋：以荷叶覆盖之屋顶。缭：绕。之：指代房屋。杜衡：又作杜蘅，香草名。

❼ 合：汇集。实：充实。建：设置；陈设。馨：远处能闻到的香气。庑（wǔ）：堂屋四周的廊屋。庑门，庑与门。

❽ 九嶷：山名，又称“九疑”，位于湖南省宁远县东南。相传虞舜巡视四方，死于苍梧，葬于九嶷。缤：纷纷众多貌。并：共同，一起。迎：此指迎迓湘夫人。灵：指九嶷山上的众神灵（即扮神灵的巫觋）。如云：形容盛多。按，以上一节，描述湘君为了与湘夫人过幸福生活，创造了一个芳洁美好的居住环境；九嶷山上的众神灵也纷纷前来迎迓湘夫人。可是，却没有迎见湘夫人，这使湘君大失所望。由此导入下文。

【原 文】

捐余袂兮江中，遗余褋兮澧浦。①

搴汀洲兮杜若，将以遗兮远者。②

时不可兮骤得，聊逍遥兮容与！③

【译 文】

把您赠我的短袄向大江之中投弃，又向澧水之滨抛下您赠我的单衣——

我却又到平坦的汀洲采来杜若，且将它珍重地赠给远人，聊表我的柔情蜜意。

华年犹如逝水，不能常有良机，万般无奈：我姑且逍遥周游，以排遣烦苦悲戚！

注 释

❶ 袂：应读作“褹（yì）”。《方言》：复襦谓之筒褹，或作袂。郭注：褹即袂字耳。又，《玉篇》：褹，袂也。按，复襦，是有里有絮的短袄。褋（dié）：单衣。按，古时女子以衣物赠爱人，是表示亲密。如《诗·郑风·缁衣》之例。此二句“捐余袂”“遗余褋”之微意，与《湘君》“捐余玦”“遗余佩”同，参

见《湘君》注。

❷ 汀（tīng）：水际平地；水中平地。远者：指远去之湘夫人。按，此二句之微意，亦略近于《湘君》"采芳洲"二句，可参阅。

❸ 骤得：屡得。按，此二句之大旨，可参考《湘君》末二句。

大司命

解题

大司命，是古代传说中统司人类生死命运之男神。本篇多是主祭者对大司命的祝祷之词，从中也反映出古人对生命问题的观点与态度；也有大司命的自白。

本歌词，可能是由扮大司命的神巫与迎神的众巫配合演唱的。

【原文】

广开兮天门，纷吾乘兮玄云。[1]

令飘风兮先驱，使涷雨兮洒尘。[2]

【译文】

（大司命：）

完全敞开天上紫微宫的大门，我从那里出游，驾乘着浓密的黑云。

命令旋风做我的开路先驱，指使暴雨在后面为我洗尘。

注释

❶ 广开：大开。天门：传说天门是上帝所居紫微宫之门。广开天门，说明将要降神。纷：盛多貌。吾：大司命自称。玄云：黑云。

❷ 令：命令。飘风：迅疾的旋风。先驱：前驱，先行而开路的侍卫者。使：指使。涷（dōng）雨：暴雨。洒尘：洗尘，洗涤尘垢。按，洒，应读作xǐ。即“洗”之通假字。见《左传·襄公二十一年》：“洒濯其心。”王逸注：言司命爵位尊高，出则风伯雨师先驱为轼路也。按，“轼”，一作“戒”，轼（戒）路，警戒于道路，开路。以上四句，是大司命自述大开天门，命驾玄云，自天而降。

【原 文】

君回翔兮以下，逾空桑兮从女。①

纷总总兮九州，何寿夭兮在予。②

【译 文】

（主祭者：）

神君回旋飞翔，自天而降，我们越过空桑山迎您，并随您优游四方。

（大司命：）

九州之民，总总众多，谁长寿，谁夭亡，大权在我！

注 释

❶君：此处是迎神的众巫对大司命的敬称。回翔：回旋飞翔；自由翱翔。此处形容天神降临时的情景。以：洪兴祖引一本作“来”。逾：越过。空桑：神话传说在东方的一座山，出琴瑟之材。见《山海经》《淮南子》。从：此言“迎而从之”。女：汝，此称大司命。以上是众巫迎神之词。迎接大司命，是为了祈求神灵保佑长寿有福。

❷ 纷：见前注。总总：众多貌。纷总总：在此形容人多。九州：传说我国古代将中原地区划分为九个州，但不同时代，不同古籍，对九州的名称、区划说法互异。夭：短命早死。何寿夭：何寿，何夭。即何人长寿，何人夭折。在予：执掌于我之手。予，大司命自称。以上是大司命向众人庄严地宣布他的权力：寿夭在我。

【原 文】

高飞兮安翔，乘清气兮御阴阳。[1]

吾与君兮斋速，导帝之兮九坑。[2]

【译 文】

（主祭者：）

您高高地飞上云表啊，又安徐地自由翱翔，驾御天上清纯之气，又掌握寰宇之阴阳。

我们敏疾谦诚地随您周游，又导引天帝威灵往游于九州之冈。

注 释

❶ 安：稳；舒徐。乘、御：指乘坐驾御，有掌握控制之意。清气：天空清纯之气。阴阳：古人以为人类万物的化生、成长和衰退、死亡，都是阴阳二气的作用。按，自此以下四句，是众巫之词，表示对大司命的称颂赞美；并愿追随左右，与大司命周游四方。

❷ 吾：众巫自称。君：称大司命。斋速：又作“斋遬”“斋肃”。敏疾谦诚貌。导：引导；导于前。帝：天帝。之：往。九坑：“坑”，一作“冈”（见《文苑》）。九坑（冈），指“九州之山镇”，包括九座大山，据《周礼·职方氏》为会稽山、衡山、华山、沂山、岱山、岳山、医无闾山、霍山、恒山。一说，指楚地的九冈山（在今湖北松滋）。

【原 文】

灵衣兮被被，玉佩兮陆离。[1]

壹阴兮壹阳，众莫知兮余所为。[2]

【译 文】

（大司命：）

我身穿长长的云霞之衣，翩翩飘扬，悬饰的玉佩参差相间，闪着炫目的宝光。

我变化无穷，若晦若明，时阴时阳，我所做何事，众人不知其详。

注释

❶ 灵："云"字之误，"灵""云"繁体作"靈"（或俗作"霊"）、"雲"，因形近而讹。云衣，云霓之衣，天神所服，与下文"玉佩"对举成文。又，《东君》句："青云衣兮白霓裳"，亦称"云衣"，是其内证。再，《书钞》一二八、《太平御览》六九二、《文选·寡妇赋》注，并引作"云衣兮披披"。是其旁证。（参见《楚辞校补》。）被被（pī）：同"披披"，犹言"翩翩"，衣长飘舞之貌。玉佩：佩于身上之玉饰，琼琚之属。陆离：此处形容玉佩众多，参差不齐，光彩美好。

❷ 壹阴：有时阴（晦）。壹阳：有时阳（明）。此句是形容天神时阴时阳，若晦若明，若无若有，变化无穷。众：众人。余：大司命自称。以上四句，是大司命说明自己阴阳晦明之变化无穷，自己之所作所为，众人无从知晓。

【原 文】

折疏麻兮瑶华，将以遗兮离居。①

老冉冉兮既极，不寖近兮愈疏。②

乘龙兮辚辚，高驰兮冲天。③

结桂枝兮延伫，羌愈思兮愁人。④

愁人兮奈何？愿若今兮无亏。⑤

固人命兮有当，孰离合兮可为？⑥

【译 文】

（主祭者：）

我们折取神麻的白玉之花，将要赠给刚刚离去的神驾。

人已渐渐到了老境，若不逐渐与神亲近，就会更加疏远于他。

神君去时乘着龙车，轮声隆隆，向高远的天界飞冲驰骋。

手持束好的桂枝，久久伫立凝望，越是思慕天神，越发让人忧心忡忡。

使人如此愁苦，又可奈何？但愿不减如今事神的至情。

人的生命寿夭，本有一定的气数，哪能是人神的离合而起的作用？

注释

❶ 疏麻：传说中的神麻。兮：读若“之”。瑶华：言神麻如瑶之白花。见洪兴祖《楚辞补注》：谢灵运诗云：“折麻心莫展”，又云：“瑶华未敢折”。说者云：瑶华，麻花也。其色白，故比于瑶，此花香，服食可致长寿，故以为美，将以赠远。江淹《杂拟诗》云：“杂佩虽可赠，疏华竟无陈。”李善云：疏华，瑶华也。以：以之。遗（wèi）：赠与。离居：指离此而去的神，即大司命。按，自此至终，均为迎神之众巫的唱词，在神去之后，表示对大司命的爱戴、眷恋；并流露了对生命问题的看法。

❷ 冉冉：渐进貌。既极：已至。寖（jìn）：逐渐；积渐。近：亲近，指与神亲近。疏：疏远。

❸ 龙：指龙车。辚辚（lín）：车轮滚动之声。高驰：见《东君》注。冲：向上直飞。

❹ 结：采集而束之。桂枝：桂树之枝，取其芳洁。结桂枝：“结言于桂枝”之意，参见《离骚》“结幽兰”注。延伫：久立。羌：楚语中的发语词。愈思：越加思念。愁人：使人愁苦。

❺ 若今：如今。无亏：指情无亏减。

❻ 固：本来。人命：人的生死、寿夭、臧否的命运。当：应读作“常”，常规，规律，一定的气数和运会。孰：何。离合：指与神的分离、聚合。为：作为；作用。（戴震云：言今虽与神隔离，尚未至有亏道相绝也，愿若今之无亏，则离而未必不合，此皆欲亲之之辞。因又言即此离合之不偶，固命有当然，非人所得为，以结前得相从而后离居之意。录以备考。）

少司命

解题

少司命为古代传说中执掌人间子嗣及儿童命运的女神，是美丽、善良、温柔、圣洁、勇毅的典型形象。她对儿童充满着慈爱，对新生一代的命运无比关注，同时表现了对人民的热爱与关怀。她秉公持正，宜为万民的主宰。她手挥大帚，横扫奸凶，为民除害；又高举长剑，顶天立地，护卫着优秀可爱的儿童，她是勇于为民众献身的女中英杰。

本篇既表达了主祭者对少司命的敬慕赞美之意，也透露着人神恋爱缠绵悱恻之情。终篇皆祭者之歌词。

【原 文】

秋兰兮麋芜，罗生兮堂下。①

绿叶兮素华，芳菲菲兮袭予。②

夫人兮自有美子，荪何以兮愁苦？③

【译 文】

秋日的蘼芜和那幽兰，罗列并生于阶下堂前。

叶子葱绿，花色素淡，菲菲的浓香袭入我们的襟怀之间。

众人都有美好的子女，女神啊，您为何还要愁苦忧烦？

注 释

❶ 秋兰：秋日之兰。麋（mí）：“蘼”的借字。蘼芜，香草名，开白花，叶

从密，花叶俱香。罗：罗列；分布。堂：在前之正屋。下：阶下；或，檐下。按，自此以下四句，描述供神堂坛之地有秋兰、蘼芜之芳美。

❷ 素华：素色的花，指秋兰的花和蘼芜的花都是颜色素淡的（兰花有淡绿者，蘼芜花白）。“华”，一本作“枝”。非是。按，王逸注云：言芳草茂盛，吐叶垂华，芳香菲菲。洪兴祖《楚辞补注》：枝，一作华。（六臣注《文选》作“华”。）《乐府诗集》六四《秋兰篇解题》引亦作“华”。寻绎文义，上言秋兰、蘼芜，下言绿叶、素华以形容之。两种芳草之叶皆绿，其花皆素且香，故又以“芳菲菲兮袭予”足成其义。如作“素枝”，不仅无“菲菲之芳”，且亦不辞，岂有“素色之枝”一说？故应从一本作“华”为安。菲菲：形容芳香大盛。袭：侵及，此言香气袭人。予：主祭者自称。

❸ 夫人：犹言“彼人”，众人。美子：好的子女。按，此句词序，朱熹《楚辞集注》作“夫人兮自有美子”。又，洪兴祖《楚辞补注》：一云“夫人兮自有美子”。但今本多作“夫人自有兮美子”，读之语气不甚条畅，“自有”与“兮”字恐为误倒。今从朱本。荪：此处是对少司命之美称。“荪”本为香草名，屈原多用作称君之词。按，此二句是主祭者宽慰天神的话。

【原 文】

秋兰兮青青，绿叶兮紫茎。①

满堂兮美人，忽独与余兮目成。②

入不言兮出不辞，乘回风兮载云旗。③

悲莫悲兮生别离，乐莫乐兮新相知。④

【译 文】

回忆畴昔：也是秋兰菁菁，绿色的新叶，紫色的花茎。

厅堂中满座都是美人，您却忽然独独对我流盼传情。

您进来时一言不发，离去时也无言相告，乘驾旋风之车，设置白云之旗，舒卷飘飘。

悲中之悲，是生时别离，乐中之乐，是新结知交。

注释

❶ 青青（jīng）："菁菁"之假借，草木茂盛貌。紫茎：紫色的花茎。按，自此以下，是主祭者望空遐想，自言自语，似与爱人晤言。回忆往昔秋兰繁茂之时，与倾爱之女神定情的经过；又言及后来对方如何不辞而别，远适云际天涯；期之不来，思而不见，故怅然失望，临风浩歌。

❷ 美人：此处是主祭者回忆从前与女神相会时，在厅堂中有很多美人（自己也是其中之一，古代对男女均可称"美人"）。余：主祭者自称。目成：两心相悦，以目光流盼而定情。

❸ 辞：言词；告别的话。乘：驾乘。回风：犹"飘风"，迅疾的旋风。载：设置，此指在车上插着。云旗：此言以云为旗。

❹ 生：活，活在世上之时。生别离：活着的时候分别。即"生离死别"之"生离"（生时之离）。新：新近。相知：相契；相亲。此指同心相爱。按，此处"生别离""新相知"的对方均指少司命。正由于这主祭者深味着目前"生别离"之悲，所以就更加热衷于回甘往日与女神"新相知"之乐；反过来说，因为"新相知"是乐中之至乐，所以，更验证"生别离"是悲中之至悲。二句互为因果，对文见义。

【原 文】

荷衣兮蕙带，倏而来兮忽而逝。①

夕宿兮帝郊，君谁须兮云之际？②

与女游兮九河，冲风至兮水扬波。③

与女沐兮咸池，晞女发兮阳之阿。④

【译 文】

身穿荷叶衣裳，佩用蕙草衣带，行踪难测，倏忽而去，倏忽而来。

日暮在天帝城郊住宿，您在云端天际，为谁等待？

我曾期待着与您同在天池将头发洗濯，再晒干您的头发，在那朝阳照耀的山中角落。

切盼着美人，却久久不见人

原文	译文
望美人兮未来，临风怳兮浩歌。⑤	来，我临风伫立，怅惘失意地高唱哀怨之歌。

注释

❶ 荷衣：以荷为衣。蕙带：以蕙为带。倏（shū）：形容迅疾、飘忽。忽：忽然，义近于“倏”，有时连用，作“倏忽”。逝：往；去。

❷ 帝：天帝。郊：城外曰郊。帝郊，天帝的城郊，犹言“天界”。君：称少司命。须：等待。谁须，“须谁”之倒装。云之际：云间；云端。

❸ 按，“与女游兮九河”二句，洪兴祖《楚辞补注》云：王逸无注，古本无此二句。……此二句《河伯》章中语也。朱熹《楚辞集注》曰：古本无此二句，王逸亦无注。……当删去。洪、朱之说甚确，此二句实乃《河伯》开篇之词误窜本篇者。又据闻一多《楚辞校补》云，《河伯》“冲风起兮横波”，一本兮下有水字（王鏊本，朱燮元本，大小雅堂本均有），与此同。而《文选》载本篇至作起……又与彼同。是二篇之异，唯在波上一字，一作横，一作扬耳。然蔡梦弼《草堂诗笺补遗》七《枯楠》注引《河伯》曰“冲风起兮扬波”。任渊《后山诗注》三《次韵苏公涉颍》注引“冲风起兮扬波”又引注曰“冲，隧也”，今此语在《河伯》注中，知所引正文亦出彼篇。然则《河伯》二句与此全同矣。洪兴祖谓此是《河伯》中语，信然。

❹ 女：古“汝”字，此处是称少司命。沐：洗发。咸池：即指天池，神话传说中太阳洗浴之水。晞（xī）：晒干。阳：太阳。阿：曲隅，此指山的屈曲偏僻之处，犹言山之角落。阳之阿，指太阳初出所照的山之角落，即王夫之所云“初日所照之地”。按，这是主祭者追述往日曾如何切望与女神相会，共沐于咸池。

❺ 美人：此处指称少司命。临风：犹言“迎风”。怳（huǎng）：怳惚，怅惘失意，神思不定貌。浩：大。浩歌，大声地唱歌。

【原 文】

孔盖兮翠旍，登九天兮抚彗星。①

竦长剑兮拥幼艾，荪独宜兮为民正。②

【译 文】

女神啊，您的大车以孔雀羽为盖，以翠鸟羽为旌，您乘车登上九天，手持彗星之帚，扫除奸凶。

高高挺举着长剑，护卫着美好的儿童，女神啊，唯有您适合做万民之主，秉公持正。

注 释

❶ 孔：孔雀。盖：车盖。翠：翡翠鸟。旍（jīng）："旌"之或体。旌，是古代的一种旗，旗杆顶端缀旄牛尾，下面缀饰分散的五彩羽毛，旍（旌），在此特指旗上之饰。九天：古人误认为天有九层，"九天"，此指天之最高处。抚：持。彗星：古人以为彗星像帚，是扫除邪恶的象征。按，自此以下四句，是主祭者劝慰女神勿为别离而愁苦，应登上九天为民除害；如此便能受到人们的爱戴，做人们的主宰。

❷ 竦（sǒng）：向上高高挺着。拥：护卫。幼艾：幼小而美好者。艾：美好；良善。幼艾，犹"美子"，此与篇首相照应。荪：此称少司命。正：平正，平正无私、赏罚严明的主宰者。见王逸注：言司命执心公方，无所阿私，善者佑之，恶者诛之，故宜为万民之平正也。（"正"，由形容词转化为名词。）按，从来，少司命之为女、为男，论者颇有异词；歌中之人称、歌词如何演唱，也有不同见解。此种古代民间祭神之歌舞曲，少有史实可征。古今学人，各言其是。笔者试作如此读法，以求正于大方。

河伯

解题

河伯，即神话传说中的黄河之神，本称河神，至战国时代始通称河伯。古代有望祭九州名山大川五岳四渎之事，关于河伯的传说遍及四方，也自然会流传到楚地，楚人“信巫鬼，重淫祀”（《汉书·地理志》），也有祭河伯之俗。本篇就是祭祀河伯之歌。

本歌词，可能是由祭巫面对扮河伯的神巫演唱的。歌中表达祭巫想象中如何随河伯漫游昆仑神山及龙宫水界，最后恋恋不舍地送别河伯。

【原文】

与女游兮九河，冲风起兮水扬波。①

乘水车兮荷盖，驾两龙兮骖螭。②

登昆仑兮四望，心飞扬兮浩荡。③

日将暮兮怅忘归，惟极浦兮寤怀。④

鱼鳞屋兮龙堂，紫贝阙兮朱宫，灵何为兮水中？⑤

【译文】

我愿和您一同漫游九河，暴风骤起，河水翻腾着洪波。

乘坐着行水之车，以荷叶作为车篷，以龙为服马，以螭为骖马，驾车前行。

沿着水道上溯，登上河源昆仑，纵目四望，令人心意飞扬，情怀浩荡舒畅。

将要日暮黄昏，我却安逸愉悦，流连忘返，总是对那遥远辽阔的水滨眷顾怀恋。

鱼鳞为屋，龙鳞为堂，无比华美玲珑，紫贝为宫门两侧之楼，珍珠为奇妙的王宫，您这神灵为何安居在水国之中？

注释

❶ 女：同“汝”，此众巫称河伯。九河：此言黄河之尾的九条支流。相传夏禹治黄河，至兖州，分为九道，以杀其溢。它们的名称是：徒骇、太史、马颊、覆鬴、胡苏、简、絜、钩盘、鬲津。冲风：暴风；或，旋风。水扬波：指暴风将河水掀起波浪。按，今本多作“横波”，无“水”字。朱熹《楚辞集注》云：横，一作“水扬”二字。今从之。

❷ 水车：能在水波中行驶的车，是河伯所乘。荷盖：以荷叶为车盖。骖（cān）：古车独辕，车辕两内侧的马叫“服”，两外侧的马叫“骖”（即挽马）。螭（chī）：古代传说中一种无角的蛟龙。

❸ 昆仑：大山名，黄河源出于此。登昆仑，是说溯河而上，直至河源昆仑山。心飞扬：心意飞扬。浩荡：此处是“飞扬”的补足语，指意绪放达，无拘无束，浩荡无边。

❹ 怅：应作“憺”。《楚辞校补》云：刘永济氏疑怅当为憺，案刘说是也。此涉《山鬼》“怨公子兮怅忘归”而误。知之者，王注曰“言己心乐志说（悦），忽忘还归也”，“心乐志悦”与怅字义不合。……《东君》“观者憺兮忘归”，注曰“憺然意安而忘归”……乐悦与安闲义近。此注以“心乐志悦”释憺，犹彼注以“意安”释憺也。此说甚确。极浦：遥远的水滨。寤怀：当为“顾怀”。《楚辞校补》云：案“寤怀”无义，寤疑当为顾，声之误也。顾，眷顾，与怀义近。顾怀：眷顾怀恋。

❺ 鱼鳞屋：以鱼鳞为屋。龙堂：以龙鳞为堂。紫贝：有紫色斑纹的贝壳。阙（què）：古代宫门两侧高台上的楼观。朱宫：《文苑》作“珠宫”，是以珍珠为宫。灵：此指河伯。

【原 文】

乘白鼋兮逐文鱼，与女游兮河之渚，流澌纷兮将来下。①

【译 文】

乘驾着白鼋，有斑彩的锦鲤跟随在后，和您同游于河中的小洲左右，河水盛大，滚滚滔滔地向下涌流。

子交手兮东行，送美人兮南浦。[2]

波滔滔兮来迎，鱼隣隣兮媵予。[3]

您拱手向我告别，将顺流而东，我要到南面的水滨为您这美人送行。

河水波浪滔天，似来相迎，群鱼鳞鳞比次，伴随我们奔向前程。

注释

❶ 白鼋：腹部白色之大鳖。逐：从。文鱼：体有斑彩的鲤鱼。女：同“汝”，指河伯。渚：水中小洲。流澌（sī）：犹言流水。纷：盛多貌。一说，纷读为汾，水涌貌。将：语中助词。

❷ 子：此称河伯。交手：拱手揖别。东行：指河伯顺流东行。送：送别。美人：亦称河伯。南浦：南面的水滨。

❸ 迎：指迎接河伯。隣隣：“鳞鳞”之通假，比次相连貌。媵（yìng）：本指随嫁之事或随嫁之人，此处有“伴随”之意。予：我们，祭巫称自己与河伯。

山鬼

解题

山鬼，指传说中的巫山神女。

本篇全是扮山鬼的女巫独唱的歌词。她一出场，就自我介绍衣饰、容态之美好，接着自述如何有威仪；而贯穿全篇的是娓娓地诉说自己思慕恋人的苦况和对爱情的忠贞专注。

【原 文】

若有人兮山之阿，被薜荔兮带女萝。①

既含睇兮又宜笑，子慕予兮善窈窕。②

【译 文】

我这人啊，居住在群山的幽僻角落，身披薜荔之衣，系的衣带是那女萝。

美目迷人而含情流盼，口齿美好而巧笑妩媚，您爱慕我淑善娴雅，容态姣美。

注释

❶ 若：犹“此”。《论语·公冶长》曰：君子哉若人。“若人”即“此人”。有：在此是语中助词，用在名词前，无实义。见《尚书·皋陶谟》：亮采有邦。又，予欲左右有民。再见《诗·召南·摽有梅》：摽有梅。《左传·昭二十九年》：孔甲扰于有帝。诸例同此。按，“若有人”，是山鬼亮相时的自白之词，因此，在读它时应将省略的主语补足，才能讲得通，可读作“我这人”（实际是山中神女）。这样，既将神女人格化（从形象到性格），但又不是真的人（似人而非人），使神话与人事融为一体，虚拟与写实互相交织糅合。那神女既是空灵缥缈、不可思议的；又是形象鲜明、呼之欲出、可感可知的。“若有人”三字，虚中有实，实中有虚，故不可读得太活，也不可读得太死，宜在虚实有无间摄其要义。即读《山鬼》全文，亦应如此。山之阿：山之曲隅，山中屈曲幽僻之角落。被（pī）：同“披”。薜荔：见《湘君》注。此处是指“薜荔之衣”。带：本指衣带，此处用如动词，犹言“系着”。女萝：又名松萝，一种蔓生香草。此处是指“松萝之带”。

❷ 含睇（dì）：含情流盼。睇：微微斜视，流盼。宜笑：口齿美好，唇边又有酒窝，适宜于笑（或，笑得适宜好看）。子：连同下文的“灵修”“公子”“君”，都是山鬼称其爱人之词。慕：爱慕。予：与下文的“我”，都是山鬼自称之词。善：淑善，美好。窈窕：娴雅美好貌，形容既有内在的美，又有外在的美。《方言》：美状为窕，美心为窈。按，以上四句，在全文一开始，就由女主人公自述衣饰之芳洁、性情之端庄娴静、体态容貌之美好，并说明自己受到意中人的爱慕。扣住了主题，确定了基调。

【原 文】

乘赤豹兮从文狸，辛夷车兮结桂旗。①

被石兰兮带杜衡，折芳馨兮遗所思。②

余处幽篁兮终不见天，路险难兮独后来。③

【译 文】

我乘着赤豹所驾之车，随后侍从的是那花狸，辛夷木的大车，又编结桂枝为旗。

身披石兰之衣，系的衣带是那杜衡，折取芳馨的花草，向所思之人馈赠。

我居息于幽密的竹林深处，终日不见青天，山径又险阻艰难，因此来得独晚。

注 释

❶ 乘：驾。赤豹：皮毛赤褐色而有黑色斑纹的豹。从：随从。文狸：皮毛有花纹的野狸。辛夷：见《湘夫人》注。辛夷车：以辛夷香木制的车。结：编织。桂：此指桂树的枝叶。结桂旗：以桂树枝叶编结为旗。按，二句叙述车乘仪仗之盛。

❷ 被：同“披”。石兰：又名山兰，兰之一种。此言“石兰之衣”。带：见前注。杜衡：香草名。芳馨：芳香。此指香花香草。馨，香气远播。遗（wèi）：赠予。所思：所思念的人，指爱人。亦即上下文的“子”“灵修”“公子”“君”。

❸ 余：山鬼自称。处：居。幽：深。篁（huáng）：竹丛。终：始终；或，终日。后来：迟来，来迟。

【原 文】

表独立兮山之上，云容容兮而在下。①

杳冥冥兮羌昼晦，

【译 文】

我突出地独立于高山之上，凝望期待，云霭溶溶，宛如流水，在下面汇成云海。

山中幽深昏冥，变化无常，白昼也晦暗不明，

东风飘兮神灵雨。[2]

留灵修兮憺忘归，岁既晏兮孰华予？[3]

东风迅疾回旋地吹来，神灵降雨，纷纷零零。

留恋您在此欢聚，心情舒畅，却忘记踏上归程，及至年华迟暮，谁还以我为美，对我痴情？

注释

❶ 表：特出地。容容：同“溶溶”，本指流水盛大貌，此指云霞舒和飘动犹如流水，形成一片云海。

❷ 杳（yǎo）：幽深；深远。冥冥：昏暗不明貌。羌：楚方言之发语词，无实义。昼晦：白昼也晦暗不明。飘：迅疾回旋的风；此处指风吹得猛烈。神灵：此指雨神。雨：此处作动词，下雨。

❸ 留：挽留住；或，留恋。灵修：犹“神圣”“神明”之义，时作称谓君王之词，此处美称私爱之人，即指“公子”“君”。憺：见《东君》注。岁：年岁。既晏：已晚，此处以“岁既暮”表达“美人迟暮”之感叹。孰：谁。华：美。华予，犹“美予”，以我为美好可爱。

【原 文】

采三秀兮於山间，石磊磊兮葛蔓蔓。[1]

怨公子兮怅忘归，君思我兮不得闲。[2]

【译 文】

我采撷灵芝仙草，在那巫山之间，山石磊磊堆叠，青葛之藤绵绵蔓蔓。

怨恨公子不来相会，使我怅然忘返，您是思念我吧，未能践约，是因为没有空闲。

注释

❶ 三秀：灵芝之别名，相传灵芝每年开花三次，故称三秀。秀，成蕾开花。

於：古音 wū，即“巫”字之通借（从郭沫若说）。巫山，传说中神女所居之处。磊磊：众石堆叠貌。葛：葛藤，一种蔓生植物。蔓蔓：形容葛藤蔓延绵长貌。

❷ 怅：怅惘，失意。

【原 文】

山中人兮芳杜若，饮石泉兮荫松柏。①

君思我兮然疑作。②

【译 文】

我这山中女子，似那杜若，芳洁高逸，饮那石泉之水，在松柏荫庇下清静居息。

您是思念我吧，但又使我将信将疑。

注 释

❶ 山中人：山鬼自称。芳杜若：芳洁如杜若。杜若，一种香草。饮石泉：饮山岩间的清泉。荫松柏：以松柏为荫庇，即居息于松柏之下。按，上文是以“芳杜若”“饮石泉”喻己之高洁清白，以“荫松柏”喻己之坚贞，是自赞自饬之词。

❷ 然：肯定、相信之词，与“疑”相对，“然疑”，将信将疑，半信半疑。作：生。按，闻一多先生认为此句之上，当是脱去一句。可信。

【原 文】

雷填填兮雨冥冥，猿啾啾兮狖夜鸣。①

风飒飒兮木萧萧②，思公子兮徒离忧！③

【译 文】

雷声填填轰响，山雨下得迷迷濛濛，猿狖啾啾，清夜悲鸣。

山际凉风飒飒，树木枝叶萧萧作响，永远思念公子啊，重逢难期，使我徒然忧伤！

注释

❶ 填填：雷声。冥冥：犹“濛濛”，形容雨下得迷濛昏暗。猨、狖（yòu），泛指猿猴。啾啾：猿狖的叫声。狖，一本作“又”，以音同而讹。

❷ 飒飒（sà）：风声。萧萧：《文苑》作“搜搜”。风吹树木枝叶发出的声音。按，以上三句，描绘了凄清阴冷的典型环境和气氛，是为了映衬、凸显下文山鬼悲愁欲绝之苦情。

❸ 思：望而不见，永怀相思。徒：徒然，白白地。离忧：忧愁。离，“罹”之通假，忧愁；苦难。按，本歌词，是以喜剧开始，以悲剧收尾的。从“子慕予兮善窈窕”（定情）、“留灵修兮憺忘归”（欢聚），到“君思我兮不得闲”“君思我兮然疑作”（是否真的不得闲、是否真的思我），至最后“思公子兮徒离忧”（望之不来，徒劳梦想，但神女对公子的爱情忠贞不渝）。“君思我”，是山鬼想象希冀之词，是否“思我”尚在两可之间；“不得闲”，也是山鬼设想虚拟之事，但愿是因“不得闲”而未来，不是因有异心而爽约；多次期之不至，使她不得不产生怀疑，疑信参半（“然疑作”）；公子久久不至，使她失望，终于唱出了“思公子兮徒离忧”的心声。她的孤独凄苦之情已达极点，失望也渐趋于绝望，但是，她一面诉说“徒离忧”之苦，一面还是“思公子”的。“思而忧”“忧而思”，两两交织，互为因果，是缠绵无尽的，她对公子的爱情是深沉、热烈、执着的。按，既然从“采三秀兮於（巫）山间”寻得山鬼即巫山神女的消息，那么，这位美丽、善良、忠贞的神女，是否为传说中楚怀王或楚襄王所梦见者？文中的“子”“灵修”“公子”“君”，是否为楚怀王或楚襄王？诗人屈原在根据神话传说、民间祭歌进行艺术再创作，塑造“山鬼”这一典型形象时，是否也织进了自己思君忧国之情志？都是值得进一步探讨研究的。

国殇

解题

国殇，指为国牺牲的将士。

这是一首悲壮的祭歌，它集中描写了古代车战中短兵相接、白刃肉搏的场面和在旌旗蔽日、强敌若云的情势下，爱国将士冒着箭雨刀丛，斗志昂扬，前仆后继，为国捐躯的情景。有力地歌颂了志士们奋勇杀敌、誓死卫国的英雄气概，也表达了楚人对牺牲将士的哀悼与崇敬。

这篇歌词运用了直赋其事的方法，可能是由祭巫集体演唱的。

【原文】

操吴戈兮被犀甲，车错毂兮短兵接。①

旌蔽日兮敌若云，矢交坠兮士争先。②

凌余阵兮躐余行，左骖殪兮右刃伤。③

霾两轮兮絷四马，援玉枹兮击鸣鼓。④

天时怼兮威灵怒，严杀尽兮弃原野。⑤

【译文】

手执吴地的利戈，身披犀牛皮的坚甲，敌我车轮交错，刀光剑影，短兵厮杀。

无数旌旗蔽日遮天，敌军众多，像那密云一片，流矢飞箭交坠如雨，爱国将士奋勇争先。

敌人侵犯我方战阵，直向我军行列冲荡，左边的骖马已死，右边的也受严重创伤。

战车两轮深陷污泥，四马也被绊住健蹄，抡起嵌玉的鼓槌，振臂把那鸣鼓擂击。

天象昏暗，如有怨忿，鬼神也都怒气不息，杀伤殆尽，忠骨遗弃于原野荒地。

注释

❶ 操：持。吴戈：吴地出产的戈。戈：古代的长柄武器，平头有横刃之戟。被：同“披”。犀甲：以犀牛皮制的铠甲。毂（gǔ）：车轮中心的一个部件，外周承车辐，内孔穿车轴，类似今之轴承。车错毂，是形容两军迫近混战，车毂、车轴头交错。短兵：短的兵刃。接：交接，交锋。

❷ 旌（jīng）：古代的一种旗，旗杆顶端装饰旄牛尾与鸟羽。此处泛指旌旗。蔽日：遮蔽天日。若云：形容盛多似云，连成一片。交坠：敌我对射，箭在双方战阵上交相坠落。一说，箭从各方面交相坠落到楚军阵地上。士争先：爱国军士奋勇争先杀敌。

❸ 凌：侵犯。余：我方。阵：战阵，军阵，古代作战部署的阵式。本文主要写的车战。躐（liè）：践踏，此处有“冲过来”“闯入”之意。行：行列，队列，“凌余阵”与“躐余行”为互文。骖（cān）：古车独辕，四马驾车，夹辕的两匹马叫“服”，服马外侧的两匹马叫“骖”。左骖，左侧的骖马。殪（yì）：死。刃：应作“办”，即“创”之异体。创伤。见《楚辞校补》：案刃当为办，字之误也。《说文》曰：办，伤也。重文作创，此以“殪”与“办伤”对举。此说甚是。“右办伤”，右侧的骖马受创伤。此处说明在激烈战斗中，两外侧之马（骖马）易受伤害。

❹ 霾（mái）：一本作“埋”。按，霾，“薶”之借字；薶，“埋”之异体。此处“埋”字作“没入”“陷没”解。埋两轮，形容道路、野地泥泞，战斗紧张激烈，不遑择路，致两轮深陷泥淖之中。絷（zhí）：绊。絷四马：由于车轮陷入泥淖，车上的四马也就被缰绳羁绊住，无法行动。援：拿起。玉枹：以美玉镶嵌的鼓槌。一说，玉枹，只是对鼓槌的美称，并非以玉为饰者。枹（fú）：鼓槌。鸣鼓：响鼓。按，古代作战，击鼓指挥，击鼓者为主将。这两句话，说明在极为失利与艰苦的情况下，主将与战士都能同仇敌忾、上下一心，坚持战斗。

❺ 天时：指天象。怼（duì）：怨。威灵：神灵。严：应作“莊”。《楚辞校补》：案严本作莊，避汉（按，明帝）讳改。（《天问》“能流厥严”严亦改莊。）莊读为戕。（戕莊古同字）《周书·谥法篇》曰：兵甲亟作曰莊。屡征杀伐曰莊。死于原野曰莊。莊皆读为戕也。此曰“莊杀尽兮弃原野”，亦谓戕杀尽而弃于原

野。王注曰：严，壮也，……言壮士尽其死命，则骸骨弃于原野。训严为壮勇之壮，失其义矣。一说，严，犹言“壮烈地”。尽：净尽。弃：遗弃；舍弃。原野：此指沙场战地。

【原 文】

出不入兮往不反，平原忽兮路超远。①

带长剑兮挟秦弓，首身离兮心不惩。②

诚既勇兮又以武，终刚强兮不可凌。③

身既死兮神以灵，魂魄毅兮为鬼雄。④

【译 文】

壮士出征不再进入国门，奔赴沙场不再返回故园，平野茫茫广阔，道路迢迢遥远。

壮士死后仍带着长剑，秦弓还挟在臂间，纵然身首分离，战死疆场，也忠贞不变。

真正武力强大而无比英勇，始终刚强坚定，不可侵凌。

以身报国而死，伟大精神在天地间永生，魂魄坚毅忠勇，都是鬼中的英雄！

注 释

❶ 出不入：指壮士出征，决心以死报国，不打算再进国门，与下文“往不反”互文见义。反：同“返”。忽：通“伆”，渺茫辽阔。超远：遥远。“平原忽”与“路超远”亦为互文。

❷ 带：带着。挟：夹持在臂腋之间。秦弓：秦地产的良弓。一说，秦弓当为“泰弓”，即大弓。待考。惩：戒惧；悔恨。不惩，不惧不悔，犹言“忠毅而不变心”。

❸ 诚：诚然，真正地。以：语中助词。武：武艺强，力量大。终：始终。凌：凌夺；侵犯。此言“夺其志，犯其威”。

❹ 神以灵：此言精神不死，英灵不泯。以：语中助词。魂魄毅：指死难者的灵魂坚毅不屈。一本作“子魂魄”，非是。据王逸注：言国殇既死之后，精神强

壮，魂魄武毅，长为百鬼之雄杰也。洪兴祖补曰：一云魂魄毅。可见王本或即为“魂魄毅”。又，朱熹《楚辞集注》本作“魂魄毅”。又，《文选》鲍明远《出自蓟北门行》注引作“魂魄毅”，王鏊本、朱燮元本、黄省曾本、大小雅堂本并同。（参见《楚辞校补》。）

礼魂

解题

这是《九歌》的终篇，是通用于前十篇的送神曲。前十篇，各有专祀，如分类言之，则东皇太一、东君、云中君、大司命、少司命为天神；河伯与山鬼为地祇；湘君、湘夫人、国殇为人鬼。而这些天神、地祇、人鬼之神灵，则统称为“魂”。“礼魂”，即是在前面各项祭礼完成之后，集合众巫综合表演大合奏、大合唱、集体舞蹈，用来表达对神灵的虔敬与祝祷。

【原文】

成礼兮会鼓，传芭兮代舞，姱女倡兮容与。①

春兰兮秋菊，长无绝兮终古！②

【译文】

礼仪都已完成，鼓乐合奏齐鸣，娱乐神灵，大家将香花互相传递，交替着舞蹈，优美轻盈。

美女们热情地唱起《送神曲》，仪态舒徐从容。

春祀将那兰花进献，秋祀将那菊花敬奉，祭典千古不绝，代代长相继承。

注 释

❶ 成礼：即“礼成”，指各种祭礼完成。会鼓：集中而急促地击鼓，以这种热烈的鼓乐送神、娱神。传：传递。芭：即“葩”字，香花。传芭，是指众巫翩翩舞蹈时，将手持的香花不断互相传递，这也是一种舞姿。代舞：更番交替舞蹈。姱（kuā）：美好。倡：同“唱”。容与：此指仪态舒徐从容。按，闻一多疑“姱女倡兮”句上似脱一句，与《山鬼》之例同。兹录以存疑。

❷ 春兰、秋菊：这两种花，各是“一时之秀”，王逸说：春祠以兰，秋祠以菊，为芬芳长相继承，无绝于终古之道也。是近理的话。长：永远。无绝：不绝祟祀之礼。终古：犹言“千古”。

九章

解题

《九章》，是屈原在不同时期创作的九首乐章。各篇思想感情的基调比较一致，多为“思君念国，随事感触”之作，表现了诗人在政治上遭受挫折以后的失意彷徨、求进不得、报国无门的忧愁苦闷，唯君是力、唯国是忠的耿耿至诚。并且，也表现了诗人洁身自好，正道直行，不随世俗浮沉的节操；坚持真理，追求美好理想，至死不渝的意志；决心以死殉国、以死悟君的自我牺牲精神。

《九章》诸赋，各自成篇，它们之间并无结构上的必然关联，时代先后亦难确考。西汉末年，刘向最早编辑《楚辞》，并拟作了一篇《九叹》，附益于后，其中有“叹《离骚》以扬意兮，犹未殚于《九章》”之句，《九章》其名，首见于此，且与《离骚》并提。据此推想，大概在刘向编辑《楚辞》时，已有《九章》之标题（前于刘向之人所订定）；也可能是刘向所加。“九”，是其总数；“章”，是乐章、篇章之意。

《九章》各篇之次第，关系作品的时代背景，历来是争讼较多的问题，论者各执一词，皆言其是，然而多无的然不可移易之据，实难遽从一说。因此，姑且一仍王逸《章句》本之旧例，付诸阙疑。

惜诵

解题

此篇为屈原遭受群小谗言陷害，被楚王疏远罢黜之后所作。

诗人追述自己在朝时忠心事君为国，从不邀宠求荣；然而却不能见容于奸佞小人，累受谗害，而遭罪尤；忧国忧民，进尽忠谏，却不见信于君，反被无辜罚罪。既不能留，又不忍去。存君思国，欲自陈以明志，故称说作忠造怨之始末，遭谗畏罪之愤勃郁结，以寄托悼惜国事、反覆效忠之悃款。

【原文】

惜诵以致愍兮，发愤以抒情。①

所非忠而言之兮，指苍天以为正。②

令五帝以折中兮，戒六神与向服。③

俾山川以备御兮，命咎繇使听直。④

【译文】

悼惜国事，秉忠进谏，以表达忧恤之心，发泄悼惜诵谏之愤，申抒忠君爱国之隐。

假如我的讽谏之言不是出自忠信，请求苍天作证，降罚我身。

再求苍天命令五帝，作出折中公允的判断，并告诫六神，对质事理，明辨是非伪真。

指使名山大川之神备做执事，参与其间，降命执法之官咎繇，将曲直公断公论。

注释

❶ 惜：悼惜。诵：诵读古训以致谏（王夫之《楚辞通释》）。以：用来。致：表达。愍（mǐn）：忧，忧恤。一本作“悯”，是唐人讳太宗名而改。洪本作“惽”，又因“愍”而误。发愤：发泄愤懑，此指发其悼惜诵谏之愤。抒情：申抒内心的忠君爱国之情。

❷ 所：设若；倘若。似为“设若”之合呼。一说，所、倘古通。按，此“所”字作誓词术语时，多与“不”字连文，如《左传·僖公二十四年》：所不与舅氏同心者，有如白水。“所不”，“倘若不”之意。戴震曰：凡誓辞率曰所者，反质之以白情实。非：一本作“作”。非是。言：指所进之忠言（讽谏）。正：证。按，此二句为指天自誓之词。

❸ 五帝：五方之神，即东方太昊、南方炎帝、西方少昊、北方颛顼、中央黄帝。折中：此指若有两种不同的事，则执其两端以折其中，作出公平合理的评判。按，折，王本作“枂”。枂，即“析”字；析，古又同“折”。朱本作“折”。又，朱燮元本、大小雅堂本亦同。戒：告诫。六神：上下四方之神。与：犹“以”。向：对。服：此谓事理。向服：对质事理，辨其是非。

❹ 俾：使。山川：名山大川之神。备：准备。御：侍御，指治事之官。备御：准备做治事之官以参加评判。咎繇：即皋陶，舜帝时的士，掌管法律、刑罚。使：当从一本作“以”。听直：听断是非曲直。听，断。直，曲直。按，以上四句，仍为指天自誓之词，是请求上苍命令众神明察是非曲直。

【原文】

竭忠诚以事君兮，反离群而赘肬。①

忘儇媚以背众兮，待明君其知之。②

【译文】

我竭尽忠诚为国效力，事奉君王，反被群小离弃，而看成赘肬一样。

我宁肯忘掉巧佞谄媚之态，背弃奸诡的众人，等待贤明之君察知我的赤诚之心。

言与行其可迹兮，情与貌其不变。③

故相臣莫若君兮，所以证之不远。④

人臣的言论与行动，可以寻其踪迹，中情与外貌一致，不可变易隐匿。

观察臣子的忠奸，莫过于国君，用来验证臣子的方法，无须远寻。

注释

❶ 以：一本作“而”，非是。离群：被不忠诚的群小所离异摈弃，即为奸佞之众所不容。赘肬：皮肉外生长的多余的肉赘。

❷ 儇（xuān）：巧诈；轻佻；慧黠。媚：谄媚，讨好于人。背众：背弃违离巧媚之众人。明君：贤明的国君。知之：知道自己的忠诚。

❸ 言、行：言论、行动。迹：踪迹；迹象。可迹，有踪迹可寻，有迹象可考。情、貌：内情、外貌。不变：不可交易或隐瞒。

❹ 相：观察。相臣：观察臣子的忠奸。莫若君：没有比得上明君的。（因为君臣时常接触，彼此易了解）证：验证；证明；此指验证的方法。不远：不须远求。证之不远：是说君对臣考其言察其行、观其貌知其情，贤佞易辨，验证的方法无须远求。（《左传》有云：知臣莫若君。）

【原文】

吾谊先君而后身兮，羌众人之所仇也；①

专惟君而无他兮，又众兆之所雠也。②

壹心而不豫兮，羌不可保也；③

【译文】

我坚守仁义，以国君为先，后及自身之事，如此行义，却被众人无理仇视；

我专为君王思虑而毫无他心，又被众人仇怨嫉恨。

一心事君报国，毫不犹豫迟疑，却被疏远废黜而不能保全自己；

疾亲君而无他兮，有招祸之道也。[4]

我极力亲近君王而毫无二心，如此忠直，却又成了招灾惹祸之根。

注释

❶ 谊：同“义”，指公正而合理的思想言行（各阶级有不同的标准）。身：自身，自己。羌：楚语中的语首助词，此处作然词，犹“乃”字。众人：此指群小。按，“仇也”及下文“雠也”“保也”“道也”，一本均无“也”字。

❷ 惟：思。专惟君：专以君王为念，专心事奉君王。无他：无他心，无二心；或不将他人存念于心。众兆：众人。一本“兆”作“人”。是。雠（chóu）：仇怨。

❸ 壹心：一心事君为国。不豫：毫不犹豫迟疑。羌：楚语，此处犹“乃”。不可保：不能自保。

❹ 疾：急切；极力；致力。君亲：亲君，亲近君王。有：当作“又”。道：途径；由来。按，以上为第一部分，表白自己忠心效命君国反招罪尤的不平、委屈。

【原文】

思君其莫我忠兮，忽忘身之贱贫。[1]

事君而不贰兮，迷不知宠之门。[2]

忠何罪以遇罚兮？亦非余心之所志也。[3]

行不群以巅越兮，又众兆之所咍也。[4]

【译文】

我处处以君王为念，无人比我更加忠信，只顾求进效忠，却忘记自身的贫贱。

我事奉君王精诚不二，一片赤心，迷而不知邀宠求荣之门。

忠有何罪而横受责罚废黜？我心中真不能知其缘故。

行为正直，不与群小同流合污，而身遭颠仆，这又被群小所嗤笑侮辱。

纷逢尤以离谤兮，謇不可释也；⑤	我受到很多斥责，遭到无数诽谤，心中有无限委屈而不能解除；
情沉抑而不达兮，又蔽而莫之白也。⑥	情绪沉闷抑郁而不能向外表达，君王为奸佞蒙蔽，我的苦衷也无法表白于他。

注释

❶ 思君：犹上文“惟君”。思，念，以为念。莫我忠：没有比我更忠心的。贱贫：指已见废，成了贫贱之人。

❷ 不贰：没二心，忠心专一。迷：不解。宠：本义“宠幸”，此指“邀宠求荣”。门：门径。

❸ 志：为“识”之占文，指“认识”“知道”。按，“所志”与下文“所咍”“不可释”“莫之白”之下，一本无“也”字。

❹ 行不群：行为不合世俗，不与群小同流合污。巅越：陨坠；仆倒。巅：一本作“颠”。咍（hāi）：嗤笑；讥笑。

❺ 纷：盛多貌。逢：遭；受到。尤：过；斥责。离：“罹”之借，遭；陷于。謇：“蹇”之通假，犹《哀郢》之“蹇产”，诘屈之意。又疑“謇”下夺“而”字。（从闻一多说。）按，蹇产，王注：诘屈也。此处有“委屈”之意。释：解脱。

❻ 沉抑：沉闷抑郁。达：表达。蔽：指左右之佞臣壅蔽国君之明。莫之白：不能表白。

【原 文】	【译 文】
心郁邑余侘傺兮，又莫察余之中情。①	我非常侘傺失意，心中悒郁不宁，又无人体察我的衷情。
固烦言不可结而诒兮，愿陈志而无路。②	固然想说的话很多，不能向人总结表达，我很想陈述己志，却无路达于君听。

退静默而莫余知兮，进号呼又莫吾闻。[3]

退而静默无言，则无人知我情苦，进而大声疾呼，则无人听我倾诉。

申侘傺之烦惑兮，中闷瞀之忳忳。[4]

一再遭到失意不幸，使我烦乱惶惑，心中忧闷迷乱，忳忳抑郁，六神无主。

注释

❶ 心：一本作“忳”。郁邑：忧闷不乐貌。邑，今作“悒”。侘傺（chàchì）：怅然失意貌。中情：此处“情”字与下文“路”字不叶，朱熹认为，中情以韵叶之，当作善恶。又，陈第认为“情”当作“愫”。又，郭沫若疑下文“路”为“径”之误。又，姜亮夫以为二句文义实不甚相属；其中疑有夺误或错简，当句文字未必误。宜本盖阙之义焉耳。对以上诸说，姑录而存疑。

❷ 固：固然。烦言：纷烦之言，形容想说的话很多。结：束结；固结；此谓束结其言以致意。参看《离骚》“结幽兰”注引。一说，结犹“缄”义，即书札上常用的“缄”字。郭沫若说，古人写信，是写在竹木简上而外加绳索。（以之释“结诒”。）诒：遗赠，此指“赠言”“向……致意”“向……表达”。陈志：陈述己志（志愿、理想、心意等）。无路：没有途径可达，此指被疏废之后，虽欲进言，君王已不会倾听，而且，也无法上达于朝堂。

❸ 静默：静默不言。号呼：此指大声疾呼。号，大叫。

❹ 申：重；反复地；一再地。烦惑：烦乱惶惑。中：“衷”，心。闷：忧闷。瞀（mào）：心乱。忳忳（tún）：忧郁烦闷貌。

【原 文】

昔余梦登天兮，魂中道而无杭。[1]

吾使厉神占之兮，曰：

【译 文】

从前我曾梦见凌云登天，灵魂在中途没有飘渡云汉的航船。

我让大神之巫为我占梦，他说：

"有志极而无旁。"[②]

"你有志达到目的，却无人辅助支援。"

注释

❶ 中道：中途。杭：与"航"通，航船；或指渡水。此处是将登天凌云比作渡水，所以需要有船来航渡。

❷ 厉神：大神，据传说是主杀罚之神。此指大神之巫。占：占梦之吉凶。曰：此处是神巫之所言。极：至，此谓达到目的。旁：辅佐；帮助。

【原 文】

"终危独以离异兮？"[①]

曰："君可思而不可恃。[②]

故众口其铄金兮，初若是而逢殆。[③]

惩于羹者而吹整兮，何不变此志也？[④]

欲释阶而登天兮，又犹曩之态也。[⑤]

众骇遽以离心兮，又何以为此伴也？[⑥]

同极而异路兮，又何以为此援也？[⑦]

晋申生之孝子兮，

【译 文】

我向神巫询问："难道终必受此危难、孤独而被离异？"

他说："你可对君王眷眷思念，却不可完全凭依。

众人的谗谄之口，足能销熔纯金，你从来如此忠君，却陷于危殆境地。

对热菜汤心存戒惧，见了冷酱菜也要吹它一吹，而你的忠直之志何不随着世俗改易？

想弃置阶梯而登青天，你又像从前那样态度不变。

众人惊骇惶遽，和你离心离德，背道而驰，现有跛尩恣肆之人媚于君前，你能有何作为？

你与他们同有事君的目的，而动机和途径各异，与跛尩恣肆之辈同处朝堂，你的本领又如何施展？

晋国的申生真是孝子的典型，他的父亲却

父信谗而不好。⑧ 行婞直而不豫兮，鲧功用而不就。”⑨	信谗言而对其不慈不容。 行为刚直而不宽和，鲧治水之功因此不能完成。”

注释

❶ 此句是屈原询问神巫的话，句首省“曰”字。终：终于。危独：危难、孤独。离异：指与君王离异。

❷ 君：君王，此称楚王。恃：依仗；依靠。按，此句以下，至“功用而不就”，均为神巫对屈原说的话。

❸ 铄（shuò）：销熔，熔化。众口铄金：众人之口，屡有所议，能销熔纯金。此处比喻谗言三进，能使君王惑乱。初若是：从来如此（指忠贞事君）。殆：危难。

❹ 惩：戒。羹：此指热的菜汤。惩于羹：被热菜汤烫过，见了它就心存戒惧。者：当从一本删去。（洪引一本无“者”字）齑（jī）：切细的腌菜或酱菜，是冷菜。吹齑：见了冷齑也感到恐惧，而吹一吹它。志：忠直之志节。

❺ 释：此言放弃不用。释阶：对阶梯置而不用，此处比喻不依靠楚王左右宠臣的援引。登天：此喻接近楚王，受其信任。又犹：王本作“犹有”，今从一本作“又犹”（参见《楚辞校补》）。曩（nǎng）：从前，此指初谏怀王时。态：态度。

❻ 众：众人，即指群小。（按，一本无“众”字。）骇遽：惊骇惶遽。离心：此言众人之心与己离异。伴：与下文之“援”字，是叠韵联绵字，分在两句，使其声调漫长，韵味隽永，古代诗歌中多有此例，如《诗·小雅·隰桑》：“隰桑有阿，其叶有难。”“阿难”分在两句。又，《诗·唐风·葛生》：“角枕粲兮，锦衾烂兮。”“粲烂”也分在两句。还有将联绵字中间加一语词分隔者，如《诗·齐风·甫田》：“婉兮娈兮。”“婉娈”以“兮”字分隔。此处“伴援”应合起来解释，伴援，即《诗·大雅·皇矣》之“畔援”，音 pànhuàn，犹“跋扈”。马瑞辰云：《释文》引《韩诗》：畔援，武强也。……畔援，通作畔换。《汉书·叙传》曰：项氏畔换。师古注，畔换，强恣之貌。犹言跋扈也。引

《诗》无然畔换，又作泮奂、叛换。《卷阿》诗，泮奂尔游矣。《笺》，泮奂，自放恣之貌。畔换二字叠韵，《传》分畔援为二，失之。按，此句之“伴援”，指群小跋扈。又何以为：又能怎么办呢？此言“不可为”“无可奈何”。

❼ 同极：同一个目的。极：至，指达到目的，或仅指目的。此言屈原与众人都有事奉君王的目的。异路：走的是不同的路，指屈原与众人事君的出发点不同，屈原是为了楚国而忠贞事君；众人是为了邀宠求荣而事君，所走的道路各异。

❽ 申生：晋献公之子，是一个孝子。献公听了后妻骊姬的谗言，使申生被逼自杀。不好：不慈爱。

❾ 婞（xìng）：刚直。不豫：不犹豫；或，不宽和。鲧（gǔn）：夏禹的父亲，曾治九州之水，没有成功，被舜幽禁于羽山而死。功：治水的事功（事业）。用：因。就：成就；成功；完成。按，此有对鲧同情、惋惜之意。

【原 文】

吾闻作忠以造怨兮，忽谓之过言。①

九折臂而成医兮，吾至今而知其信然。②

【译 文】

我以往听说：忠君爱国，会招致群小怨恨。我曾轻忽地认为那是夸大不实之论。

多次折臂，久经医药，就能成为良医，我至今才深知这道理诚然可信。

注 释

❶ 吾：屈原自称。作忠：指忠直事君爱国。造怨：造成群小的怨恨。忽：忽略；不经心；轻视。谓之过言：认为那是夸大不实的话。过言：过分的、不足信的话。

❷ 九折臂：多次折臂。九，代称多数。成医：此九折臂之人，反复服用方药，长期治疗，也积累了经验，成了良医。比喻经过事实的教训，丰富了经验，悟出了道理。信然：诚然，的确如此。

【原 文】

矰弋机而在上兮，罻罗张而在下。①

设张辟以娱君兮，愿侧身而无所。②

【译 文】

上面装有引机待发的射鸟短箭，严密的捕鸟小网又隐蔽地张在下面。

暗设弧弓、网罟，欺骗君王，壅蔽他的耳目，我愿置身其间而匡救君王之危，却无容身之处。

注 释

❶ 矰（zēng）：射鸟的短箭，箭尾系有丝绳。弋（yì）：弋射，指以矰射鸟。此处“矰弋”连文，均指射鸟的短箭而系有丝绳者。机：本指机栝，此谓设机栝准备发矢。罻（wèi）：小网。此处“罻罗”连文，指捕鸟的网。张：张设。

❷ 设：设置。张：此指弧弓，一种木弓。辟：此指网罟。王念孙云：此以“张辟”连读，非以“设张”连读。张，读弧张之张。《周官·冥氏》“掌设弧张”，郑注曰：弧张，罿罦之属，所以扃绢禽兽。辟，读机辟之辟。《墨子·非儒篇》曰：大寇乱盗贼将作，若机辟将发也。《庄子·逍遥游篇》曰：中于机辟，死于罔罟。司马彪曰：辟，罔也。此承上文“矰弋罻罗”而言，则辟非法也。娱君：媚君；悦君；诱君；或，读如《尚书·太甲》“若虞机张”之虞。伪孔传：虞，度也。设网罟以忖度准望其君，即壅蔽君主耳目之义。（此姜亮夫说。）侧：“厕”之通假，置。侧（厕）身：置身，此指置身于君之左右以匡救其危。无所：无容身之处所。

【原 文】

欲儃佪以干傺兮，恐重患而离尤。①

欲高飞而远集兮，

【译 文】

意欲徘徊不去，以寻求致仕报国的际会因缘，又恐增加祸患，而重遭罪尤责难。

意欲高飞远走，觅个安身自处之地，君

君罔谓汝何之？[2]

欲横奔而失路兮，盖志坚而不忍。[3]

背膺敷牉以交痛兮，心郁结而纡轸。[4]

王又虚妄地问我："你要到何处驻足盘桓？"

意欲横奔乱走，迷失道路也在所不顾，但是又因夙志弥坚而不忍变节从俗。

背胸分裂，而两两交痛，我心中郁结着隐痛，萦绕着苦楚。

注释

❶ 儃佪（chánhuái）：犹徘徊、低佪，指犹疑不进，或留恋不去。干：求。傺：疑为"际"之借字，指际会。干际，求其际会机遇，即洪氏所谓"求仕"之义。（从姜亮夫说。）重：增加；加重。离：借作"罹"，遭遇。尤：过失；罪愆。

❷ 集：鸟止木上。远集：远止，此言到远处安身。罔：虚妄；或，诬罔。

❸ 横奔失路：乱奔而迷失道路，比喻妄行失道。（从朱熹说。）盖：发语词，不为义。按，王本无"盖"字。志坚：意志坚定。按，王本作"坚志"，今从一本作"盖志坚而不忍"。不忍：不忍为（指妄行失道之事）。

❹ 膺（yīng）：胸。敷牉：犹"分裂"。（王本"牉"上无"敷"字，今从一本补"敷"字。）敷：分。《尚书·禹贡》：禹敷土。马融注：敷，分也。牉（pàn）：王注：分也。犹"判"，分剖。交痛：并痛。按，此处以背、胸分裂喻君臣本为一体而不能相合，所以是君臣交痛之事。郁结：犹菀结、蕴结，忧思久积不解。纡（yū）：萦绕；屈曲，系结。轸（zhěn）：通"紾"，指心中隐痛如扭捩；悲痛。纡轸：心中绞痛，萦结不解。

【原文】

捣木兰以矫蕙兮，糳申椒以为粮。[1]

【译文】

捣那木兰，揉那香蕙，以香物作为干粮，再将申椒舂碎。

播江蓠与滋菊兮，愿春日以为糗芳。②

恐情质之不信兮，故重著以自明。③

挢兹媚以私处兮，愿曾思而远身。④

我种植香草江蓠，又将芳菊栽培，供春日用的馨香食品，我愿早做储备。

唯恐情志不得伸张，所以要郑重申说，以表白自己的衷肠。

我要将内在的美德继续发扬，退而洁身自好，万般无奈，只得超然高飞，自远于一方。

注释

❶ 捣：舂。木兰：香木名。矫：揉。蕙：香草名。糳（zuò）：舂米。申椒：香椒名。按，此处是诗人表白自己在国事已不可为的困境中，却仍要捣木兰、矫蕙草、舂申椒以为粮，保持其修洁之志行。

❷ 播：种植。江蓠：又作江离，香草名。滋：犹"莳"（shí），培植；移栽。糗（qiǔ）：干粮；或炒熟而捣碎的米麦等食物。糗芳：芳糗，芳香的干粮。

❸ 质：当从一本作"志"。（按，洪、朱同引一本作"志"。）情志：思想感情，包括理想、意志等。信：通"伸"，伸张。重著：郑重申说；或，一再申说。自明：表明自己的情志。

❹ 挢（jiǎo）：举。王本作"矫"，是"挢"的借字。兹：此。兹媚：指上文的各种美德。私处：自处，指退居而洁身自好。曾思：闻一多云："曾思而远身"，义不可通。疑思当为逝，声之误也。《淮南子·览冥训》曰："至其曾逝万仞之上"，（高注：曾犹高也，逝犹飞也），本书《九思·悼乱》曰："玄鹤兮高飞，曾逝兮青冥。"或曰增逝。张华《鹪鹩赋》曰："又矫翼而增逝。"此云"愿曾思而远身"，（《吕氏春秋·权勋》：为人臣不忠贞，罪也；忠贞不用，远身可也。）犹上文云"欲高飞而远集"也。本篇末段大意与《离骚》末段略同，彼云"吾将远逝以自疏"，曾逝亦犹远逝也。今本逝误为思。按，此说甚是，今从之。曾逝：高逝。远身：引身远适而自好。

涉江

解题

本篇是屈原晚年被放逐江南时的作品。

诗中叙写了作者渡大江南行的过程，他行经湘水、洞庭湖，沿沅水上溯，转入辰阳、溆浦，独处深山之中。忧念国事日暮途穷，感慨自身危难重重，赋诗抒发悲愤之情。

作品表现了诗人高洁坚贞的品质和远大理想，申抒了他对故国的深切眷恋、被谤见放后的苦闷彷徨、对黑暗政治和巧媚小人的愤恨和坚决不向恶势力妥协的精神。

【原文】

余幼好此奇服兮，年既老而不衰。①

带长铗之陆离兮，冠切云之崔嵬。②

被明月兮珮宝璐。③

世溷浊而莫余知兮，吾方高驰而不顾。④

驾青虬兮骖白螭，吾与重华游兮瑶之圃。⑤

【译文】

我自幼就爱好珍异的服饰妆点，年纪已老，志趣却不衰减。

腰挂陆离曼长的宝剑，头戴崔嵬高耸的摩云之冠。

披着明月珍珠之佩，又有宝璐之饰系在胸前。

举世污浊，无人对我了解，我正要高飞远走，而毫不顾念。

以有角青龙为我驾辕，以无角白龙作为两骖，我和重华一同游乐于琼瑶的花园。

登昆仑兮食玉英，与天地兮比寿，与日月兮同光。⑥

登上昆仑神山，吃那美玉之花，我的高寿堪与天地比肩，我的德行与日月同样地光辉灿烂。

注释

❶ 奇服：奇特珍贵的服饰，指下文的长铗、高冠、明月珠、宝璐，等等。按，诗人是以奇服喻己之高尚品德与众不同。

❷ 铗（jiá）：本义是剑柄；一说为“刀身剑锋”。此处代称全剑，长铗，即谓长剑。陆离：曼长貌；一说，剑光貌。冠：本指帽子；此处作动词，戴帽子。切云：犹言摩云，极言冠之高。切云，是“切云冠”之省称，犹《后汉书·舆服志下》所载之“通天冠”。崔嵬：高貌。按，此二句以下疑脱一句。

❸ 被（pī）：同“披”。明月：明月珠，即夜光珠。珮：同“佩”，佩戴。璐：美玉名。

❹ 溷（hùn）：污秽；污浊。方：正在；正要。高驰：向高远的境界奔驰；一说，向神界奔驰。顾：顾惜；顾忌；或，回头看（回顾）。

❺ 青虬：有角的青龙。虬（qiú）：有角龙。骖（cān）：古车独辕，中间夹辕两马叫“服”；服马外侧两马叫“骖”。此处是“以……为骖”之意。白螭：无角的白龙。螭（chī）：无角龙。重华：传说中的古帝虞舜之别名。瑶：美玉名。圃：花圃。古代神话传说，昆仑山上有瑶圃。

❻ 玉英：美玉的花朵。比：一本作“同”。同：一本作“齐”。

【原文】

哀南夷之莫吾知兮，旦余济乎江、湘。①

乘鄂渚而反顾兮，欸秋冬

【译文】

感叹南夷对我并不了解周详，清晨我就渡过长江、湘水，远适异方。

登上鄂渚而回顾乡国，迎着秋冬寒凉的余风而悲叹神伤。

之绪风。[②]

步余马兮山皋，邸余车兮方林。[③]

乘舲船余上沅兮，齐吴榜以击汰。[④]

船容与而不进兮，淹回水而凝滞。[⑤]

朝发枉渚兮，夕宿辰阳。[⑥]

苟余心其端直兮，虽僻远之何伤？[⑦]

解下驾车的马，任其信步缓行于水滨的山冈，将车停在方林，我怅然彷徨。

乘着舲船，沿着沅水上溯，艄公齐举大桨，拍击着水波远航。

舲船缓缓容与而不前进，停滞在曲折回旋的水流，随波荡漾。

清早从枉渚启程，黄昏就止宿辰阳。

只要我的心志是这样地正直不阿，虽被流放僻远之地，又有何妨？

注释

❶ 哀：哀叹。南夷：此指楚国南部开化较晚的异族。旦：清晨。济：渡水。江：长江。湘：湘水。

❷ 乘：登上。鄂渚：湖北武昌江中的一个水洲的名称。反顾：回顾。欸(āi)：叹息；叹息声。绪风：余风；连续不断的冷风。

❸ 步：缓行。王夫之云：解驾使散行也。山皋：水滨的山冈。皋（gāo）：近水处的高地。邸（dǐ）：与“抵”通，止，谓以木止车。邸，又训“舍”，舍亦“止”义。方林：地名，无从考实。

❹ 舲船：有舱有窗的船。上沅：沿沅水上溯。沅：沅水。齐：齐力并举。吴：大。吴榜：大桨。击：拍打。汰：水波。

❺ 容与：犹豫不进貌。淹：留。回水：曲折回旋的流水。凝：一作“疑”，二字古通。凝滞：停滞不前。

❻ 枉渚：地名，在湖南常德一带。渚：一本作“陼”。辰阳：地名，故城在湖南辰溪县西。以上两地均在沅水北岸。

❼ 其：作状语用，犹“那样地”“这样地”。端直：正直。僻远：偏僻遥远。何伤：何妨；何害。

【原　文】

入溆浦余儃佪兮，迷不知吾所如。①

深林杳以冥冥兮，乃猿狖之所居。②

山峻高以蔽日兮，下幽晦以多雨。③

霰雪纷其无垠兮，云霏霏其承宇。④

哀吾生之无乐兮，幽独处乎山中。⑤

吾不能变心而从俗兮，固将愁苦而终穷。⑥

【译　文】

进入溆浦，我低徊犹豫，心中迷惑，神思恍惚，不知要走到何地。

山林幽深冥冥，猿猴在林中栖息。

奇峰高峻陡峭，遮住了天日，山下阴云幽晦，时有冷雨沥沥。

霰雪纷纷，无边无垠，浓云霏霏，弥漫天际。

哀叹我平生没有安乐幽寂而孤独地在深山之中居息。

我不能改变忠直之心而随从世俗，当然要愁苦困顿而终身事功不济。

注释

❶ 溆浦：地名，在湖南省溆浦县一带，溆水之滨。儃佪：见《惜诵》注。迷：心惑。如：往。（一本作“吾之所如”。）

❷ 杳（yǎo）：幽深。冥冥：昏暗不明貌。猿狖：见《山鬼》注。

❸ 峻：高耸而陡峭。蔽日：遮住太阳。下：山峰之下。幽晦：形容阴云昏暗浓重。

❹ 霰（xiàn）：一种白色的球状或圆锥形的固体降水物，多在雪前降落。垠（yín）：边际。霏霏：形容云气浓重。其：一作“而”。承宇：漫天空。承：接。宇：天宇；一说，檐宇。

❺ 幽：幽寂。独处：孤独地居住（或自处）。

❻ 变心：改变忠直之志节。从俗：随从混浊之世俗（社会思潮、风气）。终穷：终生穷困（指不得志，陷于困境）。

【原 文】

接舆髡首兮，桑扈裸行。[①]

忠不必用兮，贤不必以。[②]

伍子逢殃兮，比干菹醢。[③]

与前世而皆然兮，吾又何怨乎今之人？[④]

余将董道而不豫兮，固将重昏而终身！[⑤]

【译 文】

接舆削发装疯，桑扈裸体而行。

忠臣不一定受到重用，贤者不一定受到任命。

伍子忠君报国，却遭逢杀身之祸，比干力谏纣王，却遭受剖心菹醢的酷刑。

历数前世全都如此混浊，我又何必怨恨今日的昏君佞人？

我仍将正道直行而毫不犹豫，固然要反复地陷于黑暗，终生不见光明。

注释

❶ 接舆：人名，春秋时楚国的隐士，被当世目为“狂者”。髡首：剃掉头发，本是古代的一种刑罚。接舆自己剃去头发，是佯狂玩世的举动。桑扈：人名，古代狂怪的隐士。按，这两位隐士的举动，反映了他们对当时社会现实的不满。这既是逃避现实的表现，也是反抗现实的表现。

❷ 忠：指下文的忠臣伍子胥。贤：指下文的贤臣比干。用、以：均为“任用”之意。

❸ 伍子：即伍子胥，他本是楚人，因报父仇投奔吴国，被吴王阖闾所重用。阖闾死后，因谏吴王夫差伐越，不要攻齐，夫差不听，反而轻信太宰嚭的谗言，伍子胥与夫差激烈争论，终于被逼自杀。逢殃：遭到祸殃（杀身之祸）。比干：是商代纣王时的大臣，他力谏纣王不要虐害人民，被纣王剖心而死。菹醢（zūhǎi）：古代的酷刑，将人剁成肉酱。

❹ 与：应读作“举”，全；或，历数。前世：指自古以来各世各代。

❺ 董：正。董道：坚守正道。不豫：不犹豫。重昏：重复（一再）地陷于黑暗境地，不见光明。

【原 文】

乱曰：

鸾鸟凤皇，日以远兮。①

燕雀乌鹊，巢堂坛兮。②

露申辛夷，死林薄兮。③

腥臊并御，芳不得薄兮。④

阴阳易位，时不当兮。⑤

怀信侘傺，忽乎吾将行兮！⑥

【译 文】

乱辞：

神鸟鸾、凤、皇，一天天飞向远方。

凡鸟燕、雀、乌、鹊，却占据祭坛与朝堂。

香木露申、辛夷，枉死林薄丛莽。

腥臊臭恶之物，并进于前；芳香高洁之珍，却不能薄近朝廷之上。

阴阳颠倒易位，恨我自己生时不当。

满怀忠信，却如此失意惆怅，我要飘忽地远走高翔！

注 释

❶ 乱：见《离骚》注。鸾：古代传说中凤的一种。鸾、凤、皇，都是传说中的神鸟，此处以之喻忠臣贤士。远：此处以神鸟远飞，喻忠贤之臣离开朝廷。

❷ 燕雀乌鹊：以上几种都是凡鸟，此处以之喻群小。巢：此言筑巢栖息。堂：殿堂。坛：祭坛。堂坛，喻朝廷。此处以凡鸟巢堂坛比喻群小窃据高位，揽取了大权。

❸ 露申、辛夷：均为香木名。林薄：草木交错的丛林。

❹ 腥臊：此以臭恶之物喻奸佞小人。御：进，指被信任重用。芳：此以芳香之物喻忠贤之士。薄：迫近，此指接近君王。

❺ 阴：暗，喻小人。阳：明，喻忠贤之士。易位：变换位置，颠倒位置。时不当：此指自己生不逢时。当：合宜。

❻ 怀信怀抱忠信。侘傺：见《惜诵》注。忽：飘忽。行：远行。按，此“乱辞”，集中地揭示楚王朝阴阳易位，忠奸颠倒，国事日非。屈原最后表示“忽乎吾将行”，反映了他心怀忠信而被窜的悒郁失意和愤勃不平，他要远行，

而且也不由他不远行。这也表现了他坚决不向恶势力妥协的态度。(又按，这篇作品，可能有错简的地方，也有讹字、夺文、衍文。暂不作具体考证。可参看洪兴祖《楚辞补注》、朱熹《楚辞集注》、闻一多《楚辞校补》、姜亮夫《屈原赋校注》、刘永济《屈赋通笺》，等等。)

哀郢

解题

屈原再放江南期间，于顷襄王二十一年（公元前278年），秦将白起率军大破楚师，攻陷郢都，百姓震愆，人民离散，国运濒于危亡。诗人不仅不能济世匡时，为国纾难；反而长期被迁谪放流，独处边荒。他目击国难民隐，已忧愤欲绝；又感念一己委屈沉沦之悲，复不胜楚怆，因赋《哀郢》以抒其至情。名曰《哀郢》，实为“哀楚”“哀民”，又含“自哀”之意。

文中既有对往事的追思，又有对近事的写实。错落交织，融为一体。

【原文】

皇天之不纯命兮，何百姓之震愆？①

民离散而相失兮，方仲春而东迁。②

【译文】

皇天之命无常，突然降祸于人间，为何使楚国百姓震惊受难？

人民离散，骨肉相失，正值仲春时节，纷纷仓惶东迁。

注释

❶ 皇天：对上天的敬称。皇，大。纯：常。命：天命；天道。不纯命：天命

无常。百姓：战国以后泛称不居官位的人。震：震动不安。愆（qiān）：罪咎，此指受罪蒙难。

❷ 民：黎民，人民。失：失散，亲人分离；或失其居所。方：正值；正当。王逸《章句》有“方”字。洪氏校文：“一本无‘方’字。”按，应有“方”字。仲春：农历二月。东迁：郢都失陷以后，楚国迁都于陈（今河南省周口市淮阳区），陈在郢（yǐng）的东北，故曰东迁。（郢，在湖北省江陵县西北。）

【原文】

去故乡而就远兮，遵江夏以流亡。①

出国门而轸怀兮，甲之鼂吾以行。②

发郢都而去闾兮，怊荒忽其焉极？③

楫齐扬以容与兮，哀见君而不再得。④

【译文】

抛舍故乡，奔向远方，沿着长江、夏水而到处流亡。

出离国门，心中无限痛苦凄伤，在甲日之晨，我开始远行异乡。

从郢都启程而离开闾里，道路迢迢悠远，我将走到何地？

艄公齐力举桨，船却缓缓不进，不能再见君王，使我心中哀戚。

注释

❶ 故乡：一本作“故都”。就：趋。就远：到远方去。遵：循，沿着。江：长江。夏：夏水，流经江陵东南。

❷ 国门：郢都之门；一说，即下文之龙门。轸（zhěn）：痛。轸怀：痛心。甲：甲日那天。（古以干支纪日。）鼂（zhāo）：即“朝”，清早。

❸ 发：始发。郢都：楚国的都城。去：离去，离开。闾：里门，古代以二十五户为一里，里有里门。另有五十户，一百户为一里之说。怊：读为“超”，遥

远。(采闻一多说。) 荒忽：幽远。焉：安；何。极：至，有所至止。

❹ 楫 (jí)：桨。扬：举。容与：见《涉江》注。

【原 文】

望长楸而太息兮，涕淫淫其若霰。[①]

过夏首而西浮兮，顾龙门而不见。[②]

心婵媛而伤怀兮，眇不知其所跖。[③]

顺风波以从流兮，焉洋洋而为客？[④]

【译 文】

顾望高大的楸树而长叹不已，涕泪淫淫涌流，犹如坠落的霰粒。

经过夏水河口，转而向西浮行，回顾龙门，已杳然不见踪影。

我心眷恋牵萦，无限伤怀，前路邈远，不知到达何处才得安生？

让船顺着风波，随着水流飘荡，何以作为远行迁客而忧心忡忡？

注 释

❶ 长：此言高大。楸：树木名。此处是从长楸联想到国都。古代国都多植乔木，所以看到长楸，便想到国都。太息：长叹。淫淫：流不断貌。霰：此处以之形容泪落如霰之多而急。

❷ 夏首：夏水接长江的河口。西浮：浮行而西。浮，指船浮水上而行。按，从整个行程看，是从郢都东行。但是，从具体水路看，过夏首以后，有时船行至河水弯曲向西处，故曰“西浮”(向西浮行)。(从蒋骥说。) 顾：回顾。龙门：郢都的两座东门。

❸ 婵媛：眷恋牵萦。眇：读作“渺”。跖 (zhí)：此训“至”。见《淮南子·说林训》：跖越者或以舟，或以车，虽异路，所极一也。注：跖，至也；极亦至，互文耳。(从朱季海说。)

❹ 从流：顺流。焉：犹“何”。洋洋：“恙”之借，忧思。《尔雅·释训》：

悠悠、洋洋，思也。郭注：皆忧思。《章句》：无所归貌。也见出忧思之情。（从朱季海说。）

【原 文】

凌阳侯之泛滥兮，忽翱翔之焉薄。①

心絓结而不解兮，思蹇产而不释。②

将运舟而下浮兮，上洞庭而下江。③

去终古之所居兮，今逍遥而来东。④

【译 文】

乘凌于泛滥汹涌的大波之上，舟船飘忽地上下颠簸，犹如鸟儿翱翔。

心中郁结沉重而不能解脱，思绪诘屈壅塞而难以释放。

将舟船浮流而行，上溯洞庭，下入大江之中。

离开永世祖居的故地，如今只身漂泊而踽踽东行。

注 释

❶ 凌：乘。阳侯：此指大波。相传阳国侯溺死于水，化为波神。后遂以“阳侯”代称大波。泛滥：洪水横溢，四处涌流貌。忽：飘忽。翱翔：此指船随波上下，如鸟之翱翔。之：当从一本作“而”。焉：安，何，何处。薄：近；止。

❷ 絓（guà）：悬挂。结：犹“苑结”“郁结”。思：心思。蹇产：诘屈，郁塞屈曲而不舒畅。释：放开；放宽；解开。

❸ 运舟：行舟。下浮：浮行而下。上洞庭：指舟行至洞庭湖入江处，洞庭在右方，又是上游，古称右为“上”，故曰“上洞庭”。

❹ 终古：永世，千古，千代，世世代代。逍遥：此谓漂泊。

【原 文】

羌灵魂之欲归兮，何须臾而忘反？①

背夏浦而西思兮，哀故都之日远。②

登大坟以远望兮，聊以舒吾忧心。③

哀州土之平乐兮，悲江介之遗风。④

【译 文】

灵魂切望重归故处，哪有片刻忘怀返回郢都？

离开夏浦继续前行，更加思念西方的乡国，故都一天天远了，真使我哀情难诉。

登上高大的堤岸，向远处眺望，姑且借以抒散心中的怆楚。

哀惜乡土本是那样的宽广富饶，人民安居乐业，悲悼大江两岸古代淳美的遗风，将一去不复。

注 释

❶ 羌：楚方言之发语词。归：指归故地郢都。反：义同“归”。

❷ 背：背离，离开。夏浦：地名，古又称“夏汭”或“夏口”。西思：思西，思念西方的郢都（郢都在夏浦以西）。

❸ 大坟：水滨的高大堤岸。

❹ 州土：指楚国本土，犹言乡邑，乡土。平乐：土地宽广，物产富饶，人民安乐。介：左右；侧畔。江介：指郢地沿大江两岸。遗风：古代传留下来的淳美的风习。

【原 文】

当陵阳之焉至兮，淼南渡之焉如？①

曾不知夏之为丘兮，

【译 文】

面对着陵阳，我要走到何方？渡过淼淼大江南行，我孤独地又将何往？

为何不知战祸会将大厦变成一片废

孰两东门之可芜？[②]

心不怡之长久兮，忧与愁其相接。[③]

惟郢路之辽远兮，江与夏之不可涉。[④]

忽若去不信兮，至今九年而不复。[⑤]

惨郁郁而不通兮，蹇侘傺而含戚。[⑥]

墟？为何不知战祸会使两座东门荒芜凄凉？

心中时有家国之思，久久地郁郁寡欢，忧伤与愁闷连续不断。

去郢都的道路迥迥辽远，长江与夏水不可涉渡，难回家园。

飘忽地去国远行，是由于不被君王信任，流放江南，至今已经九年，不能重返。

愁惨郁郁，心情闭塞不畅，惘然失意，满怀悲伤，欲诉无言。

注释

❶ 当：面对着。陵阳：古地名，王夫之以为故地即今之宣城。一说，故地在今安徽省青阳县南六十里，因其地有陵阳山而得名。录以待考。焉至：何至，到何处去。淼：大水浩瀚无际貌。南渡：渡江而南。焉如：犹“何往”。如：往。

❷ 曾：何；何为。犹下文“孰”。《方言》：曾，何也。湘潭之原，荆之南鄙，谓“何”为“曾”。夏：同“厦”，高大的房屋。丘：墟，此指荒丘、废墟。孰：犹“曾”。两东门：指郢都东门中的两座。一说，“两东门”前当夺一“使”字。可：一说为“何”字之讹。芜：荒芜。

❸ 怡：怡悦；愉快。不怡之长久：为“长久不怡”之倒装句。相接：互相衔接，连续不断。

❹ 惟：语气词。郢路：去郢都之路。江与夏之不可涉：此以长江与夏水不可涉，暗示郢都已不能回。（郢都在江之北、夏之西。）

❺ 忽：飘忽地。若：犹“然”，作语助词。去：去国；或含被黜去职之意。（一本无“去”字。）不信：不被信任。九年：指从被放江南至今已九年了。一说，九是多数之称，并非实指。不复：不能回故都；也有不复被信任使用之意。

❻ 惨：愁惨。郁郁：犹“忧郁”；郁悒，忧伤沉闷，愁思郁结貌。通：一本作“开”，极是。此言闭塞不开，不畅达。蹇：楚语中的发语词。侘傺：见《惜诵》注。戚：忧愁；悲伤。

【原 文】

外承欢之汋约兮，谌荏弱而难持。①

忠湛湛而愿进兮，妒被离而鄣之。②

尧舜之抗行兮，瞭杳杳而薄天。③

众谗人之嫉妒兮，被以不慈之伪名。④

憎愠惀之修美兮，好夫人之忼慨。⑤

众踥蹀而日进兮，美超远而逾迈。⑥

【译 文】

群小为了取悦人君，表面装出绰约谄媚之态，内心却柔弱委顿，难以自持操守，不能自爱。

我忠诚厚重，愿进身为国效力，嫉妒的人却纷纷横加阻碍。

尧和舜都有高尚的德行，德辉高烛，上及天穹。

众多的谗谄小人都很嫉妒，给尧、舜加上不爱其子的伪名。

君王憎恶内心忠直而不善辞令的人，却偏爱那些小人慷慨陈词，貌似忠敬。

群小奔走钻营，一天天更受重用，贤者却越来越被疏远，离开朝廷。

注 释

❶ 外：表面上。承欢：承受君王的欢爱。汋（chuò）：同“绰”。“绰约”，指容态柔美，此处是形容子兰等小人的媚态。谌（chén）：诚，诚然。荏（rěn）：柔弱；怯弱。难持：委顿不能自持，无坚定的操守。

❷ 湛湛：重厚貌。进：进身于君王左右以效力。妒：指嫉妒的小人。被（pī）：同“披”。洪兴祖、朱熹皆引一本作“披”。“披离”，分散、纷乱貌。犹言“纷纷地”。鄣：同“障”，阻碍，阻挡。

❸ 尧、舜：唐尧、虞舜。二古帝名，见《离骚》注。抗行：高尚的品行。瞭杳杳：高远貌。薄：迫近；此言“及于”。

❹ 众谗人：众多的谗谄小人。被：犹言“加上”。不慈：不慈爱其子。此指唐尧将天子之位传给贤者舜，而不传给儿子丹朱；虞舜又将天子之位禅让于贤者禹，而不传给儿子商均。尧、舜都是在禅让时“传贤不传子”，这正是他们的高尚品德，却有谗人说这是对儿子不慈爱。伪名：不实之恶名。

❺ 憎：憎恶。愠惀（wěnlún）：内心忠诚而不善言词。修美：指品德美好。好：喜爱。夫人：犹言“彼人”，指“众谗人”。忼慨：指谗人巧言令色，善于做出慷慨陈词之状，貌似直爽。忼：同“慷”。

❻ 众：仍指众小人。踥蹀（qièdié）：本谓小步轻走貌，此指奔走钻营貌。日进：一天天更加进身于君王之前，受到重用。美：指有美德的贤者。超远：此指疏远。逾：同“愈”，此言“愈加……”“越来越……”迈：远。

【原 文】

乱曰：

曼余目以流观兮，冀壹反之何时？①

鸟飞反故乡兮，狐死必首丘。②

信非吾罪而弃逐兮，何日夜而忘之？③

【译 文】

乱辞：

我放眼向四方周流观览，勾起乡愁绵绵，希望一返故园，但何时才能实现？

鸟雀各处飞翔，终将返回故乡的旧巢，狐狸死时，头向着生养它的山丘，犹对故土恋念。

我确实无罪而被疏废流放，日日夜夜，何时能忘故国乡关？

注 释

❶ 曼：引；延。曼目：犹言“纵目”“放眼”。流观：周流观览。冀：希望。壹：同“一”。反：同“返”。“一返”：回郢都一次。

❷首丘：头向着生养它的山丘。按，二句意指禽兽尚能不忘其根本，恋念故乡。

❸信：确实。弃：指被疏废。逐：放逐。日夜：每日每夜；日日夜夜。之：指郢都。

抽思

解题

此篇是在怀王后期，屈原被疏废而退居汉北时所作。

当时屈原被谗见疏，政治上遭到严重打击，迫不得已远离郢都，迁于汉北。诗人虽在政治上失意，蒙受不白之冤，但是他还有“拳拳自媚之意”，“冀幸君之一悟，俗之一改”，他对怀王并没有绝望。独处汉北边地，仍欲力谏怀王，其“存君兴国”的耿耿忠心热忱，是始终不渝的；但他的忠谏无由以达君听，他也无路重返故都以求进身报国。严酷的、黑暗的、不公正的现实摧残着这位正大光明、忠直高洁的诗人，他苦闷彷徨，他“眷顾楚国，系心怀王”，梦魂也时时要飞回郢都。这种悠悠的思念与强烈的追求，反映了他要实现政治理想的坚定性，他在黑暗中仍看到一线之光。

诗人抽绎并条理其纷乱的思绪，从不同角度抒发了对楚国的真挚感情。

【原文】

心郁郁之忧思兮，独永叹乎增伤。①

思蹇产之不释兮，曼遭

【译文】

郁郁苦闷，心中无限忧伤；独自长叹，愈加悲怆凄惶。

愁思诘屈菀结而不舒畅，又遇上幽暗之夜，如此漫长。

夜之方长。②

悲秋风之动容兮，何回极之浮浮？③

数惟荪之多怒兮，伤余心之慢慢。④

愿摇起而横奔兮，览民尤以自镇。⑤

结微情以陈词兮，矫以遗夫美人。⑥

悲叹那飒飒秋风动摇草木，为何那样往来回旋，浮浮动荡？

我心常想：君王屡次信谗而易怒，使我忧愁痛楚，心中感伤。

我愿迅疾而起，横奔郢都，面谏君王；又见许多人无辜遭罪，自己也就要镇止自防。

且凝结隐微之情，婉言陈诉，举以遗赠时时系念的君上。

注释

❶ 郁郁：见《哀郢》注。永叹：长叹。增伤：愈益忧伤。

❷ 蹇产：见《哀郢》注。之：犹“而”。释：放；解开。曼：长。

❸ 容：借作“搈”。《广雅·释诂》：搈，动也。《说文》：动，搈也。动容，犹言“动摇”；一说，又有笼盖深广之义。（姜亮夫说。）回极：此指秋风往来回旋而至。极：至。浮浮：动荡不定貌。

❹ 数（shuò）：屡次。惟：思。荪：本为香草名，此指楚怀王。慢慢（yōu）：忧愁痛楚貌。

❺ 摇：疾。摇起：疾起。王念孙曰：摇起，疾起也；疾起与横奔，文正相对。横奔：纵横奔驰；大奔。摇起、横奔，都反映了诗人思归郢都的迫切心情，尽管被迁谪汉北，他还有遄归谏君之意。览：观。尤：罪；罹于罪苦。自镇：自止。蒋骥《山带阁注楚辞》：尤，罪也。君方多怒，故民动而见尤。镇，止。矫，举也。……言己身系汉北，而心不忘君，欲违命至郢，以陈其志。又见民之罹罪者多，而知危自止，但结情于辞，举以告君，则此篇之所为作也。

❻ 结：凝聚；集结。微情：隐微之情。陈词：以言词陈述。矫：举。遗（wèi）：赠予；投赠；寄赠。美人：此喻怀王。

【原 文】

昔君与我成言兮，曰：“黄昏以为期。”①

羌中道而回畔兮，反既有此他志。②

憍吾以其美好兮，览余以其修姱。③

与余言而不信兮，盖为余而造怒？④

愿承闲而自察兮，心震悼而不敢。⑤

悲夷犹而冀进兮，心怛伤之憺憺。⑥

历兹情以陈辞兮，荪详聋而不闻。⑦

固切人之不媚兮，众果以我为患。⑧

【译 文】

从前您对我曾有诺言，说：“永远信赖，期于黄昏衰暮之年也不改变。”

无奈您中途改弦易辙，违反诺言而另生他念。

您以为那些小人美好，而向我骄矜炫耀；您以为那些小人修姱，而向我显示夸赞。

和我约定之言，您不能信守，为何反而对我借故发泄愤怨？

愿等到闲暇机会，向君王表白心迹，我却又震惊、悲痛，不敢进言。

怀着悲苦，迟疑徘徊；却又希望进用；我心中惨怛隐痛，憺憺忧惧不宁。

发此忠诚愤慨之情，而以言辞陈诉，君王却佯作耳聋，不闻不听。

本来，切直之人不会谗谄献媚于君前，可是，群小竟将我看作他们的心腹之患。

注释

❶ 昔：从前（被信任时）。君：此指怀王。成言：成其诺言；有成约。黄昏：此以日落黄昏喻人之暮年。期：约。“黄昏以为期”，谓相约至于衰暮之年也彼此信赖，始终不渝。（这是说明以前屈原“入则与王图议国事，以出号令；出则接遇宾客，应对诸侯。王甚任之”的情形。）另说，“黄昏以为期”是借古俗以黄昏时分为举行婚礼的时间，言君臣之洽合犹夫妇成婚者然。

❷ 羌：楚语，此处犹“乃”。中道：中途。回：改。畔：田间之路。回畔：犹言“改路”。中道回畔，即“中途改路”意。见今行本《离骚》有“曰：‘黄昏以为期兮，羌中道而改路’”二句，与此同例，可见“回畔”与“改路”是同义语。反：违反“成言”。他志：他心，其他的念头。

❸ 憍：读作“骄”。骄矜。其：其人，那些人（指子兰之徒）。览：显示。修姱（kuā）：犹“美好”。二句均为倒装。

❹ 盖（蓋）：借作“盍”，犹“何以”。造怒：造作愤怒；借故泄愤。

❺ 承闲：等到君王有闲暇时。自察：自明，自我表白；使人察己。震：惊。悼：悲痛；痛心。

❻ 夷犹：即“夷由”，迟疑不进。冀进：希望进用。怛（dá）：悲伤。憺憺（dàn）：忧惧不宁貌。一说，通“惮”，使人畏惮、震动。

❼ 历：发。（见王逸注。）兹情：此忠诚愤慨之情。按，一本作“兹历情”，非是。陈辞：即“陈词”。荪：仍指怀王。详（yáng）：通“佯”，装作，假装。

❽ 固：本来。切人：切直的人。不媚：不会谗谄献媚。众：指群小。果：竟然。《国语·晋语三》：果丧其田。

【原 文】

初吾所陈之耿著兮，岂至今其庸亡？[1]

何独乐斯之謇謇兮？愿荪美之可光。[2]

望三五以为像兮，指彭咸以为仪。[3]

夫何极而不至兮？故远闻而难亏。[4]

善不由外来兮，名不

【译 文】

当初，我将明显的道理向您陈述宣讲，难道至今您就全然遗忘？

我为何独独乐于这样忠言直谏？乃是切望君上的美德能光大发扬。

望君王以三王五霸为榜样，而去效法；愿自己以贤臣彭咸为典范，而去模仿。

如果君臣都能希圣希贤，什么准则不能达到？君臣的美誉也就久远流传，永不损伤。

善德要靠勉力自修，不是由外部得来；

可以虚作。[5]

孰无施而有报兮，孰不实而有获？[6]

美名是伴随着实际而至，不能造作虚妄。

如不对人施惠，谁能受到报答？如不勉力耕作，谁能收获谷物满仓？

注释

❶ 耿著：明白显著。庸：犹“遂”。亡：通“忘”。

❷ 乐：喜好。斯：此。（按，“独乐斯”，原作“毒药”，朱熹《楚辞集注》从一本作“独乐斯”，是极。）謇謇（jiǎn）：忠诚；正直；此指忠直之言。美：美德。光：光大。（按，光，原作“完”，误。）

❸ 三：三王，即夏禹、商汤，周文王。五：五霸，即齐桓公、晋文公、秦穆公、宋襄公、楚庄王。像：榜样。彭咸：人名，相传为殷代的贤臣。见《离骚》注。仪：典范。

❹ 极：准则。远：此指远播，传得久远。闻：令闻，美誉。亏：损折。

❺ 善：美，美德。不由外来：指由自修而来。虚作：虚妄地造作；凭空地形成。

❻ 孰：谁人。施：施舍；给予。报：报答。实：此指耕耘之事。

【原文】

少歌曰：

与美人之抽思兮，并日夜而无正。[1]

憍吾以其美好兮，敖朕辞而不听。[2]

【译文】

小歌：

我将纷乱的思绪抽绎整理，向君王陈情，日日夜夜，再三致意，却无人将是非论断证明。

君王仍以为那些小人美好而向我矜夸，对我的忠言却采取侮慢的态度，漠然不听。

注释

❶ 少歌：应从一本作“小歌”，是古代乐章音节之名，是“总论前意，反复说之”的一种小结。美人：仍喻怀王。抽：通“紬”，本指抽绎整理出丝的头绪。思：意。抽思：是指将纷乱的思想意念抽绎整理出端绪来，加以陈诉。并日夜：日夜相连。并，犹言“连”“兼”。正：论是非，正得失。

❷ 敖（ào）：同“傲”，轻视；侮慢。朕（zhèn）：我。辞：指所陈述的言词。

【原文】

倡曰：

有鸟自南兮，来集汉北。①

好姱佳丽兮，牉独处此异域。②

既惸独而不群兮，又无良媒在其侧。③

道逴远而日忘兮，愿自申而不得。④

望北山而流涕兮，临流水而太息。⑤

望孟夏之短夜兮，何晦明之若岁？⑥

【译文】

起唱：

有鸟自南方飞来，收敛羽翼，来到汉水之北，集止栖息。

鸟的羽毛美好佳丽，却恨离乡背井，独处异地。

既孤独无依而不合群，又无良媒在君王之侧转达我的心意。

道路遥远，人事变迁，一天天被君上遗忘疏淡；愿意自我剖白，但不能宣达于前。

翘首遥望郢都的北山，涕泪横流；面对这滔滔流水，不禁慨然长叹。

愁思不眠，希望有初夏那样短暂的夜晚；但是，为何度夜如岁，度日如年？

注释

❶ 倡：同“唱”，是古代乐章音节之名，王逸注曰：起倡发声，造新曲也。南：指郢都，从屈原所迁居的汉北来说，郢都在南。集：鸟栖止于木曰集，此处是诗人以鸟喻己。汉北：汉水以北，这是屈原迁谪之地，今湖北襄阳。

❷ 好姱佳丽：均指美好。胖（pàn）：此指分离；离异。异域：犹言“异方”“异地”“异乡”。

❸ 惸（qióng）：孤独无依。不群：不合群；即指不随世俗浮沉。良媒：良好的媒介，指在楚王面前代为说情的人。其侧：指楚王之左右。

❹ 逴（chuò）：远。按，逴，今行本作“卓”，盖“逴”之省借，兹据洪、朱同引一本作“逴”，改。王夫之《楚辞通释》作“逴”。日忘：一天天被君王遗忘。自申：自我申诉，犹“自陈”。

❺ 北山：郢都以北十里之纪山。临：面对着。流水：指汉水上游的流水。

❻ 望：希望。孟夏：初夏。短夜：指初夏的夜最短。晦：指夜。明：指白天。按，此言：虽则盼着有易晓之短夜；可是，天亮以后，还是在思念郢都。愁思者苦夜长，亦苦日长。夜亦思，日亦思，故不禁自问：为何度夜如岁，度日亦如年？

【原文】

惟郢路之辽远兮，魂一夕而九逝。①

曾不知路之曲直兮，南指月与列星。②

愿径逝而未得兮，魂识路之营营。③

何灵魂之信直兮，人之心不与吾心同！④

【译文】

虽则去郢都之路悠悠迢远，但是我的梦魂在一夕之间多次往返。

梦魂并不知晓道路的曲直，只好以明月和列星作为南行的标志。

我愿径直前往郢都，却不能实现；只有梦魂记得路径，而往来独行不止。

为何心灵还是如此正直忠诚？然而他人之心和我的迥乎不同！

理弱而媒不通兮，尚不知余之从容。⑤	媒人才力薄弱，不能沟通我的心思；人们还不了解我举措自处的实情。

注释

❶ 惟：古与“虽”（雖）通。郢路：由汉北去郢都之路。魂：梦魂；灵魂。九逝：多次往奔。九，是多数之代称，未必实指。按，此二句说明诗人欲归无由，思念之极，故其梦魂也要飞越群山万壑而南逝。

❷ 曾：犹“乃”；或犹“竟”。曲：迂曲。直：径直。南指：南行之指路标志。列星：罗列天空的星辰。

❸ 径逝：径直前往郢都。未得：不可得，指人归不得。识（zhì）：通“志”，记住。营营：往来忙碌貌。

❹ 信：忠诚。直：正直。

❺ 理：做媒的使者，犹“媒”。弱：指能力差。不通：不能通达我意。从容：举动。见《怀沙》“孰知余之从容”。王逸注：从容，举动也。

【原 文】	【译 文】
乱曰：	乱辞：
长濑湍流，溯江潭兮。①	长长的石上浅滩，水流湍急；我溯流而上，浮行于江潭烟波之际。
狂顾南行，聊以娱心兮。②	急切地回顾，又转而南行，姑且快慰我的眷眷南归之意。
轸石崴嵬，蹇吾愿兮。③	山石轸轸盛多，崔嵬高耸，我南返郢都的心愿，困阻难成。
超回志度，行隐进兮。④	旅途中时而超越，时而迂曲，都以意度而定，处处小心谨慎，艰难地前行。
低佪夷犹，宿北姑兮。⑤	流连低徊，迟疑不进，又在北姑止宿寄身。
烦冤瞀容，实沛徂兮。⑥	愁烦委屈，心神昏乱而不安宁，实在

愁叹苦神，灵遥思兮。[7]	是由于远行困顿。
	忧悒地长叹，悲伤地呻吟，遥思故都，牵萦梦魂。
路远处幽，又无行媒兮。[8]	道路迢迢，居处幽僻，又无代我向君王致意的媒介之人。
道思作颂，聊以自救兮。[9]	为了表达情志而创作歌赋，聊以解脱、申抒自己的楚怆幽隐。
忧心不遂，斯言谁告兮！[10]	中心忧苦，极不顺适，这些肺腑之言，又能告诉何人？

注释

❶ 濑（lài）：见《九歌·湘君》注。湍（tuān）：急流的水；或，水流急。溯：逆流而上。潭：楚语称深渊曰潭。

❷ 狂顾：急切地顾盼。南行：向南走。聊：聊且；姑且。娱心：快意。

❸ 轸石：轸轸盛多重累之山石。轸（zhěn）：本指乘轮多盛貌；又泛指万物之盛多，重言之曰“轸轸”。见《史记·律书》：轸者，言万物益大而轸轸然。又见扬雄《羽猎赋》：殷殷轸轸，被陵缘阪。注：殷轸，盛也。崴嵬（wēiwéi）：高大而不平貌。与“崴魁”“崔嵬”是同义词。蹇（jiǎn）：此指困阻，滞碍。

❹ 超：超越。回：回曲；迂回。志度：犹“意度”“拟度”。隐：犹“隐隐”，小心审慎貌。（从姜亮夫说。）

❺ 低佪：此指流连难舍。夷犹：迟疑不进。北姑：地名，未详。

❻ 烦冤：愁烦委屈，郁结不舒。瞀（mào）：心神昏乱。容：读作“傛”（yǒng）。《说文·人部》：傛，不安也。沛：此为“颠沛”之“沛”。“颠沛”即“蹎跋”之借字，本训“倾仆”，引申之，亦泛指人事之困顿，此处是指行路之困顿劳苦，艰难险阻。徂（cú）：此指行路。

❼ 神：疑为“呻”之形讹，呻，呻吟。灵：灵魂；或，心灵。遥思：遥念郢都；或犹“遐思”“长想”。

❽ 处幽：居处幽僻荒远，与世隔绝。行媒：指媒介说合之人。

❾ 道：言，以言语表达。思：情志；或，忧思，家国之思。作颂：犹“造歌”，指写作此赋。自救：犹言“自解”，自己解脱内心的苦楚忧伤。

❿ 遂：顺适。斯言：这篇赋中的言辞。谁告：向谁告诉。此言“无可告诉”“无人倾听”。

怀沙

解题

本篇是屈原自沉汨罗的那年四月间创作的。

“怀沙”，是怀思长沙而欲前往殉国之意；并非怀抱沙砾自沉之意。长沙之名古已有之（见于《战国策》及《山海经》），本为楚先祖熊绎始封之地。“人穷则返本”，屈原在萌死节之念时，眷念长沙，是很自然的。

当时，屈原被长期放逐江南（“九年不复”），深忧国难民隐与一己之不幸，已久陷困苦无告之境；又惊悉郢都沦入敌手之噩耗，使他中心如焚。他悯惜顷襄王屈膝事敌，不思复仇雪耻；又痛恨秦兵蹂躏楚国人民。他满怀忠信，而报国无门，为了明其爱国之志，决心自殒。他是有“返本”思想的，但作为窜逐之臣，不能渡过长江北行；况且，郢都一带已被秦军占领，他更不能返回祖居的故土。于是，他就寓怀宗国故地长沙，决意奔赴其地，沉渊殉国；这也表现了他的“首丘”之思。诗人的牺牲，也是为了促使顷襄王觉悟，而奋起抗秦复国；同时，又想激励人民的爱国精神和民族气节。虽然本篇已透露必死的决心，但还不是绝命之笔。

作品抒写诗人自己虽被放逐，却不因政治上的打击而变其节，不因穷困偃蹇而易其行。他坚持真理和正义，至死不渝。作品也叙述了党人鄙固，颠倒是非，壅蔽君王，嫉贤害能，对诗人诽谤攻击，必欲置之死地。举世之人，鲜有知屈原之志者；古圣先贤，已杳不可寻。人心不古，世风日下。公私交迫，沦于绝境。最终，自誓仗节死义，效法前贤之典范。

从形式方面看，通篇少见长语，多以短句相属，文意质直，繁音促节。这种表达方式，正与诗人当时的思想感情相表里。在极度悲愤之下，他定心广志，无所畏惧，要以死殉国，舍生取义。此时的心境既镇定又激昂，既悲恻又超然，想得很多，表达时却一字一泪，声咽气吞，不遑择言，无意雕饰铺陈，一路迤逦而来，以迫促顿挫的言辞与音节申抒其忠直高洁、杀身成仁之志，语言朴素无华而情志却幽隐深沉。由于诗人爱国思想的发展已达升华阶段，也使他在表情达意时采取了殊异于诸篇的方式。

【原 文】

滔滔孟夏兮，草木莽莽。①

伤怀永哀兮，汩徂南土。②

眴兮杳杳，孔静幽默。③

郁结纡轸兮，离慜而长鞠。④

抚情效志兮，冤屈而自抑。⑤

【译 文】

孟夏季节，暑气陶陶充盛，草木青青，繁茂丛生。

我万分伤怀，久久地沉于哀愁，独自走向南方僻远之地，行色匆匆。

纵观郊野杳杳幽远，看不分明，聆听大地异常安静，默默无声。

心中愁思郁结，阵阵绞痛，遭遇忧患而久陷困穷。

抚循此情，度量此志，将满心冤屈压抑胸中。

注 释

❶ 滔滔：当从《史记》作“陶陶”。王注：盛阳貌也。按，陶陶，犹“郁（鬱）陶”，指暑气蒸郁，亦即王逸所云“盛阳”，或戴震所谓长养之气充盛。

孟夏：初夏，即四月间。莽莽：草木繁茂丛生貌。

❷汩（yù）：迅疾貌。徂（cú）：往。

❸眴（shùn）：同“瞬”，看。杳杳（yǎo）：深暗幽远貌。孔：甚。幽默：幽静无声。

❹“郁结”句：见《惜诵》注。离：通“罹”，遭。愍（mǐn）：同“悯”，忧。鞠：穷。

❺抚：抚循。效：考核衡量。抑：抑制。

【原　文】

刓方以为圜兮，常度未替。[1]

易初本迪兮，君子所鄙。[2]

章画志墨兮，前图未改。[3]

内厚质正兮，大人所盛。[4]

巧倕不斫兮，孰察其拨正。[5]

【译　文】

方木岂能削成圆木，我虽遭罪尤，却矢志不改常度。

如果改易初志，变更常道而随从流俗，贤人君子会对其鄙弃厌恶。

明确规画，识记绳墨，取圆取直自有章程，前人的法度不可任意变动。

心志正直，质性敦厚，贤人君子应对其赞许称颂。

倕是能工巧匠，如不用斧砍削，谁能察知其善为曲直之功？

注释

❶刓（wán）：削。圜：同“圆”。度：法度。替：废。

❷易初：改变初志。本迪：读作“变道”。闻一多《楚辞校补》云：按本疑当作“变”。变卞古通。此盖本作“易初卞迪”，卞迪即变道。（道迪古亦通。）卞与草书本相似，故误为本。“易初变道”与下文“章画志墨”语例同……又与

《思美人》“欲变节以从俗兮，愧易初而屈志”语意相仿。此以“易初”与“变迪（道）”对文，犹彼以“易初”与“变节”对文也。此说可从。鄙：鄙弃；鄙视。

❸ 章：明。画：规画。志：识。墨：绳墨，是工匠画直线的工具。图：当从《史记》作“度”，法度。

❹ 内厚质正：当从《史记》作“内直质重”。内直：即王逸云“心志正直”。质重：即王逸云“质性敦厚”。大人：犹言“君子”。盛：借为“成”，善；以为善，此指“赞美”。

❺ 倕（chuí）：人名，相传是唐尧时的巧匠。巧倕：巧匠倕。斫（zhuó）：砍，削。拨：曲。正：直。按，二句意指，贤者如不居其位，谁又能察知人世的曲直呢？

【原 文】

玄文处幽兮，矇瞍谓之不章。①

离娄微睇兮，瞽以为无明。②

变白以为黑兮，倒上以为下。③

凤皇在笯兮，鸡鹜翔舞。④

同糅玉石兮，一概而相量。⑤

夫惟党人之鄙固兮，羌不知余之所臧。⑥

【译 文】

黑色花纹如果画在暗处，盲人也认为它并不显著。

离娄能明察秋毫，如果只是目光一瞥，盲人也认为他视力模糊。

人们将白的当作黑的，又上下颠倒，一塌糊涂。

凤凰关在笼中，鸡鸭却在飞舞。

美玉和石块混杂，人们对其等量齐观，不辨宝物。

结党营私之人鄙陋顽固，他们不知我的美善之处。

注释

❶ 玄：黑中带红的颜色；或浑言黑色。文：花纹。矇：盲者之称。瞍：也是盲者之称，是为衍文，当从《史记》删。章：彰明；明显。按，二句比喻贤者本应列于朝位，才可显扬其才德；如果处于草野之间，则众愚也会说他不是贤者。

❷ 离娄：人名，相传为黄帝时人，目光明亮，视力极强，能见百步以外的秋毫之末。微睇：收目小视。瞽（gǔ）：也是盲者之称。不明：目光不明亮，视力不强。按，二句比喻贤者不在爵位，而遭困厄，则众愚也会侮慢他，认为他是庸才。

❸ 按，二句意谓清浊不分，贤愚不分，善恶不分。

❹ 笯（nú）：笼。鹜（wù）：鸭。按，二句比喻贤者困厄，小人得志。

❺ 糅：混杂。同糅：混杂在一起。概：古代用来刮平斗中粮食的刮板。一概相量：等量齐观；一概而论。按，二句比喻忠奸不分，贤愚不辨。

❻ 党人：结党营私的人们。鄙固：鄙陋，顽固。臧：善。

【原文】

任重载盛兮，陷滞而不济。①

怀瑾握瑜兮，穷不知所示。②

邑犬之群吠兮，吠所怪也。③

非俊疑杰兮，固庸态也。④

文质疏内兮，众不知余之异采。⑤

【译文】

大车能装载极多，又负荷甚重，却陷滞泥途而不能成其事功。

我怀抱着瑾，又握持着瑜，但身处困境，不知如何向人炫示进奉。

邑里之犬，群起狂吠狺狺，吠的是它们认为的怪异之人。

诽谤、猜忌俊杰之士，庸人的态度，本来就如此嫉恨。

我外表粗疏迂阔而本质木讷少言，众人不知我的文采含蓄深沉。

材朴委积兮，莫知余之所有。⑥	未加雕饰的朴材堆积盛多，我有此朴素之材，却未遇知音。

注释

❶ 任：负荷，担负。重：沉重之物。载：装载，承载。盛：盛多之物。重，指重量；盛，指容积。此处是以车能任载重盛之物喻己之才能过人，可胜重任。陷：陷没。滞：沉滞；滞留。济：成，成其事功；成其本志（王逸注）。按，二句比喻自己能担负重任，却被放逐江南，处于困境，而不能实现远大的政治理想。

❷ 怀：怀抱着。握：握持着。瑾、瑜：均为美玉名。按，此以“怀瑾握瑜”喻美德与文采、才能内蕴。穷：处于穷困的境地，遭弃逐而处卑下之社会地位。不知所示：不知如何向人炫示。按，此以“不知所示”喻怀才不遇，无进身之阶。

❸ 邑：邑里。所怪：指邑犬认为怪异的人。按，二句比喻小人对贤者诽谤攻击，认为贤者与世俗有异。

❹ 非：非难；诽谤。疑：猜忌。俊、杰：德才出众的、优异的人物。王逸注《楚辞章句》云：“千人才为俊，一国高为杰。”庸态：庸俗人的态度。

❺ 文：指外表。质：指本质、本体、内在的实质。疏：粗疏迂阔。内：同“讷”，木讷，不善言辞。文质疏内：犹言“文疏质内”。异采：当从一本作“奥采”，指深沉而含蓄的文采。“异”（異）：《史记集解》引徐广曰：“異（异），一作奥。”朱熹亦引一本作奥。“異”与“奥”因形近而讹。

❻ 材朴：犹言“朴材”，未加雕饰的木材。委积：指堆置盛多。所有：指所具有的朴素之材。按，这是诗人自喻为朴材。

【原 文】

重仁袭义兮，谨厚以为丰。①

重华不可遌兮，孰知余之从容。②

古固有不并兮，岂知其故也。③

汤禹久远兮，邈不可慕也。④

【译 文】

加强修养，反复积累仁义，恭谨厚敬，将我的善德充实增益。

如今已不能再和舜帝相遇，又有谁了解我举措动止的意义。

古代的圣君贤臣不能同时并出，我们又岂能知道缘故。

夏禹、商汤相去久远，已不可追寻思慕。

注 释

❶ 重、袭：均指重累，反复积累。谨厚：恭谨厚敬。丰：隆，使之隆盛；使之增加扩大。

❷ 重华：舜帝之号。遌（è）：相遇。从容：举措动止。

❸ 古：古代，此指古代的圣君贤臣。不并：不同时并生。

❹ 汤禹：商汤、夏禹。邈（miǎo）：远。

【原 文】

惩违改忿兮，抑心而自强。①

离慜而不迁兮，愿志之有像。②

进路北次兮，日昧昧其

【译 文】

停止怨恨，摆脱愤怒，抑制此心而自强不息，高瞻远瞩。

虽然身遭忧患，而不改初志，愿以古人为榜样而效法景慕。

我原想顺路而行，回到北方寻个归宿，奈何已经昏昏冥冥，途穷日暮。

将暮。[3]

舒忧娱哀兮，限之以大故。[4]

我本拟舒缓心中的隐忧，快慰悠悠哀思，可是，死亡的大限就要来临，已至人生的末路。

注释

❶ 惩：止。违：通“愇”，怨恨。一本作“连”。改忿：改变愤怒。抑心：抑制心志。自强：勉力自修，自强不息。

❷ 离慜：见本篇前注。不迁：不改初志。志：自己的志行。有像：有榜样可以效法。

❸ 进路：沿着道路前进。北次：向北方（指郢都）寻个落脚的地方。次：宿止。按，此为诗人希冀之词，想往北方的郢都去。日：日色。昧昧：犹言“冥冥”，昏暗貌。按，此处是以日暮昏冥难以前行象征国运衰微，自己也困于穷途末路。

❹ 舒：舒缓；纾解。娱：自娱；快慰。限：限度；限期。大故：死亡之称。按，二句意指理想已化为泡影，我只有以死殉国。

【原文】

乱曰：

浩浩沅湘，分流汩兮。[1]

修路幽蔽，道远忽兮。[2]

曾伤爰哀，永叹喟兮。[3]

世溷浊莫吾知，人心不可谓兮。[4]

怀质抱情，独无匹兮。[5]

【译文】

乱辞：

沅水、湘水浩浩荡荡，洪波涌起，浪涛汩汩地奔流不息。

漫长的旅途幽深险阻，路远山遥，渺茫无际。

忧伤日益加重，悲哀永无休止，使我长长地喟叹不已。

举世污浊，无人对我了解，人心昏乱，无法跟他们将国事计议。

伯乐既没，骥焉程兮。[6]

民生禀命，各有所错兮。[7]

定心广志，余何畏惧兮。[8]

知死不可让，愿勿爱兮。[9]

明告君子，吾将以为类兮！[10]

怀着忠直的情志，抱守淳朴的本质，独独无从论证评析。

相马大师伯乐早已离开人世，又如何校验骐骥的才力？

万民的生死，都要禀承天命，各有一定的安排，谁也不能更易。

安定此心，放宽胸怀，我还有什么畏惧犹疑？

自知死不可辞，不愿再对生命爱惜。

明白地告语古代的仁人志士，我将以他们为典范，决心舍生取义！

注释

❶ 浩浩：浩浩荡荡。分：洪兴祖《楚辞补注》引一本作“汾”。汾，读为“湓”，大水涌流。湓流，犹言涌流。汩（gǔ）：急流貌；或，波声。

❷ 修：长。幽：幽远；或，幽深。蔽：蔽暗；或，艰难险阻。忽：借作“伆”，渺茫辽阔。

❸ 曾：音义同“增”，增加；加重。爰哀：止不住的哀惋。见王引之《读书杂志余编》：爰哀，谓哀而不止也。爰哀与曾伤相对为文。《方言》曰：“凡哀泣而不止曰咺。”又曰：“爰、嗳，哀也。”爰、嗳、咺古同声而通用。《齐策》：“狐咺”，《汉书·古今人表》作“狐爰”，是其证也。按，王说颇为允洽，从之。永：长。喟（kuì）：犹“叹”。按，“曾伤爰哀”以下四句，原在“余何畏惧兮”句下，今据朱熹说，前移至此。朱氏《集注》曰：按此四句，若依《史记》移著上文“怀质抱情”之上，而以下章“死不可让，愿勿爱兮”，承“余何畏惧”之下，文意尤通贯。今寻绎此篇“乱辞”文义：始写沅湘涌流攸归，而自己所走的道路却荒远修阻，无所归宿；又写重伤长叹，哀情难诉；再写自己有骐骥之才而终无所用；最后表示知命不惧，决心舍生取义，以死殉国，以死明志。语意前后相属相生，一浪接一浪，一浪高一浪，终于掀起岸然高潮。这是诗人思想感情发展的自然轨迹，表现在文字上也是脉络分明，条理清晰，

浑然一体的。

❹ 溷浊：见《涉江》注。谓：说。

❺ 怀质抱情：当从《史记》作“怀情抱质”。怀情：怀着忠直爱国之情志。抱质：抱守淳朴的本质。匹：当作“正”。朱熹《楚辞集注》云：匹，当作正，字之误也，以韵叶之，及以《哀时命》考之，则可见矣。日本泷川龟太郎《史记会注》引枫本三本并作“正”。按，朱说甚确。正：论断、证明。

❻ 伯乐：相传为春秋秦穆公时善相马的人，即孙阳。伯乐，本是“掌天马”的星宿名，因孙阳善相马，遂以伯乐名之，或称孙阳伯乐。其后又以孙阳为复姓。骥：千里马。焉：安，何。程：考核、衡量才力。

❼ 民：人。生：生命；或，生死。禀：禀承；承受。命：天命。民生禀命：人的生死，都要禀承天命。按，此句从朱本“民生禀命”。王逸《楚辞章句》今行本作“万民之生”，而其注则曰：“言万民禀受天命……”可见王逸《楚辞章句》原本亦作“民生禀命”。错：同“措”，措置、安排。

❽ 定心：安定其心，不为外物所动摇。广志：广大其志，不为细故所局限干扰。

❾ 让：辞。爱：此指爱惜生命。

❿ 明告：明白地告语。君子：此指古圣先贤，仁人志士，如诗人所景慕的彭咸即是其中之一。类：法；准则；楷模；典范。

思美人

解题

本篇大概是屈原于放逐江南途中（即顷襄王时期）所作。

作品表达了诗人殷切的思君爱国之情。纵然他在政治上屡遭沉重打击与挫折，但他并未完全丧失信心，还希望顷襄王有所悔悟，固本自强，图报秦仇，湔雪国耻。他为国家民族谋虑深远，用心良苦。他的思君，基于爱国忧民；他的怨愤，也基于爱国忧民，迥非出自个人之得失恩怨。作品也郑重表白了诗人坚决不改初志，勉力自修，死而后已的态度。

【原　文】

思美人兮，揽涕而伫眙。[1]

媒绝路阻兮，言不可结而诒。[2]

蹇蹇之烦冤兮，陷滞而不发。[3]

申旦以舒中情兮，志沉菀而莫达。[4]

【译　文】

我对君王苦苦思念不已，且收住热泪而久久地凝望伫立。

媒介之人断绝，道路修阻难行，不能束赠欲诉之言，致此拳拳之意。

由于忠言直谏，招致无尽的烦冤，如同陷滞泥途而不能奋起。

我愿日日抒此衷情，可是情志沉郁，难以表达心迹。

注释

❶ 美人：代指顷襄王。揽（lǎn）：收。伫：久立而待。眙（chì）：直视貌；凝视貌。

❷ 结而诒：一本无“而”字。见《惜诵》注。

❸ 蹇蹇（jiǎn）：忠诚；正直；或，忠言直谏。烦冤：烦躁愤懑而冤屈。陷滞：见《怀沙》注。发：开；起；达。

❹ 申：重。旦：日，指一天。申旦：犹“旦旦”，天天；日复一日。中情：衷情。菀（yù）：又读 yùn。通“蕴”。犹“郁”，郁结。沉菀，犹言“沉郁”，郁结不舒。达：表达。

【原　文】

愿寄言于浮云兮，遇丰隆而不将。[1]

因归鸟而致辞兮，羌迅

【译　文】

我愿让浮云代为寄语，向君王致意，雷神丰隆却不肯助我一臂之力。

又想依托北归的鸿雁代为传书致辞，

高而难当。[2]

但它又迅疾高飞而难以相遇。

高辛之灵盛兮，遭玄鸟而致诒。[3]

高辛氏有盛大的善德，遇上玄鸟前来致赠厚礼。

欲变节以从俗兮，愧易初而屈志。[4]

我曾想变节而随从流俗，又自愧将初衷与本志改易。

独历年而离愍兮，羌冯心犹未化。[5]

历年以来，我遭遇无数忧患，愤懑不平之心从未消减。

宁隐闵而寿考兮，何变易之可为？[6]

宁可隐忍忧闵，直至终老，又怎能将高尚的志节改变？

注释

❶寄言：寄语；代为致辞。丰隆：雷神，见《离骚》注。王逸注曰“云师”，则无所取义。“丰隆”以象雷声，正犹“飞廉”以象风声。雷与云常相伴随，但顿非一事。张衡《思玄赋》：丰隆軯其震霆兮。……云师䨴以交集。注：丰隆，雷公也。亦可证“丰隆”与“云师”非指一神。将：助。

❷因：依托；假借。归鸟：此指北归之鸿雁。致辞：犹“寄言”。当时，屈原正被弃逐南行，故欲借北归鸿雁之便，代为致辞于君前。按，王逸注曰：思附鸿雁，达中情也。甚为切要。迅：鸟疾飞。当：值；逢。

❸高辛：即古帝喾（kù），相传为黄帝之曾孙，年十五，佐颛顼，受封于辛，后代颛顼王天下，号高辛氏。灵盛：善德盛满。灵：善；美。盛：满。遭：逢。玄鸟：此指燕。致诒：致赠。古代传说，帝喾之妃简狄行浴，有玄鸟飞过，遗卵于其侧，简狄爱而吞之，于是生子。“玄鸟致诒”即本此事。

❹变节：改变其操守。从俗：随从混浊之世俗。易初：改易初心（本心）。屈志：委屈意志。

❺年：年月，指时间。历年：经历了许多年月。离：读作“罹”，遭受。愍：忧患。羌：发语词。冯：读为“凭”，愤懑。未化：未化去；未消。

❻宁：宁肯。隐：隐忍。闵：忧闵。寿考：此言“终老”“终生”。变易：变节易志。

【原 文】

知前辙之不遂兮，未改此度。[1]

车既覆而马颠兮，蹇独怀此异路。[2]

勒骐骥而更驾兮，造父为我操之。[3]

迁逡次而勿驱兮，聊假日以须时。[4]

指嶓冢之西隈兮，与纁黄以为期。[5]

【译 文】

心知前方的道路不会顺利无阻，我却不改这种坚守志节的态度。

即使车已倾覆，马也颠仆，我仍想走这异于世俗的道路。

勒控骐骥，更换新的驾乘，让造父为我执辔，驾车前行。

迁延逡巡，缓缓而进，不要策马疾驰，姑且借此时日逍遥寄情。

指着嶓冢山的西隅，直到日落黄昏之时，车马才能暂停。

注 释

❶ 前辙：犹言“前路”。遂：顺。

❷ 颠：仆倒。蹇：语首助词，犹“羌”。怀：念念不忘。异路：与世俗殊异的道路。

❸ 勒：勒住；控御。骐骥：良马之名。更驾：更换其驾乘。造父：人名，周穆王时人，善于驾御车马。操之：指执辔驾车。

❹ 迁：延。逡次：犹“逡巡”，缓行不进。勿驱：不要疾驰。假日：假借时日。须时：即“须臾”一声之转，犹言“逍遥”，《离骚》“聊逍遥以相羊”，洪兴祖《楚辞补注》引一本作“须臾”，是其证。

❺ 嶓冢（bōzhǒng）：山名，在今甘肃省天水市与礼县之间，是西汉水之发源地。隈（wēi）：山之弯曲处；山之角落。纁：借作“曛”。曛黄：黄昏。

【原 文】

开春发岁兮，白日出之悠悠。[1]

吾将荡志而愉乐兮，遵江夏以娱忧。[2]

擥大薄之芳茝兮，搴长洲之宿莽。[3]

惜吾不及古人兮，吾谁与玩此芳草？[4]

【译 文】

一年重又开端，新春刚刚来到，阳光灿烂，春日迟迟，光景美好。

我要纵情地愉乐欢欣，沿着长江、夏水漫游，消除忧伤烦恼。

在广大的草木丛生之地采集香草白芷，到长长的沙洲拔取紫苏香草。

痛惜自己未及见到古代的圣君贤人，我能与谁同将这芳草欣赏爱好？

注释

❶ 开春、发岁：二者对文见义，开春是春之开始；发岁是一年的发端，含有“一元复始，万象更新”之意。白日：灿烂光辉的太阳。悠悠：舒缓貌，犹言“春日迟迟”。

❷ 荡志：犹言放志，纵情。愉乐：快乐。遵：循，沿着。江：长江。夏：夏水。见《哀郢》注。娱：使之娱乐。娱忧：使忧心得到快慰，有“消忧”之意。按，以上四句，似为隐喻顷襄王初立，年方青春，有使局面更新之望。诗人自己虽未被重用，但尚未遭重谴，心情还比较乐观，欲有为于国。这是屈原对往事的回溯。

❸ 擥：收摘；采取；采集。薄：草木丛生之处。茝：同“芷”，白芷，香草名。搴（qiān）：拔取。宿莽：见《离骚》注。

❹ 不及：未及与古之圣君贤臣生于同时。谁与：与谁。玩：贪爱；欣赏。

【原 文】

解萹薄与杂菜兮，备以为交佩。[1]

佩缤纷以缭转兮，遂萎绝而离异。[2]

吾且儃佪以娱忧兮，观南人之变态。[3]

窃快在其中心兮，扬厥凭而不俟。[4]

【译 文】

感叹君王却采那萹竹和恶菜，用来制作左右佩带。

这缤纷纠结的野草佩饰，受到君王喜爱，芳草枯萎至死，却被弃置不采。

我低徊夷犹，周游其地以消忧解愁，观览南方之人的奇状异态。

我愿自寻内心的快乐，将那愤懑之情毫不迟疑地抛开。

注 释

❶ 解：犹“采”。萹：植物名，即竹萹蓄，又叫萹竹。萹薄：丛生的萹竹。杂菜：各种普通的野菜（实即野草）。备：置备。交佩：即杂佩，左右佩带。按，此处是指当朝的君臣不欣赏芳草，反以普通的野草恶菜制作佩饰，比喻其忠奸不分，是非颠倒。

❷ 缤纷：繁盛。缭转：纠缠。萎绝：此指芳草枯萎而死。离异：离弃，弃而不用。按，此处是比喻谗臣贼子被宠用，忠直的贤者却被弃逐。

❸ 儃佪：见《惜诵》注。南人：犹言“南夷”，指南方边荒地区的人。变态：异态；异状。

❹ 窃快：私快，不形于外的快乐。其：指众小人。一本无“其”字。扬：捐弃。厥：犹“其”。凭：愤懑不平。俟：待。

【原 文】

芳与泽其杂糅兮，羌芳

【译 文】

芳香与垢腻糅杂交混，芬芳之花却

华自中出。[①]

纷郁郁其远蒸兮，满内而外扬。[②]

情与质信可保兮，羌居蔽而闻章。[③]

从中绽放而不失其纯。

香气郁郁充盛，蒸发播散到远方，馨香充盈于内而向外散放，浓郁袭人。

忠直的情志，淳美的本质，诚然能够保持，虽身处重蔽之地，美誉仍能昭彰远闻。

注释

❶ 芳：芳香之物。泽：垢腻。糅：混杂。芳华：芳香的花。华，即“花”。自中出：从中显现出来。

❷ 纷：“芬”之借，芳香。郁郁：香气盛貌。蒸：气上行，即“蒸发”义。满内：充满于内。外扬：散放于外。

❸ 情：情志。质：本质。信：诚然，确实。保：保有；保持。蔽：幽蔽偏僻之处，指被弃逐江南，处于草野。闻：美誉。章：同“彰”，昭彰；显明。

【原文】

令薜荔以为理兮，惮举趾而缘木。[①]

因芙蓉而为媒兮，惮蹇裳而濡足。[②]

登高吾不说兮，入下吾不能。[③]

固朕形之不服兮，然容与而狐疑。[④]

【译文】

想让薜荔作为媒人，却怕举足缘木的苦辛。

想托芙蓉作为媒人，又怕褰裳涉水而湿足沾襟。

缘木登高，会使我心中不悦，褰裳下水，我又执意不肯。

本来是我的形貌对此很不习惯，于是始终犹豫徘徊而迟疑不进。

注 释

❶ 理：说媒的使者，犹媒人。惮：怕。趾：代称足。举趾：举足。缘木：攀援树木。

❷ 因：见前注。蹇：读若“褰”，提起衣裳。濡：沾湿。

❸ 登高：指缘木而上。说：同“悦”。入下：指褰裳下水。

❹ 朕：我。形：形质，形之于外的气质、风格。服：习惯。然：犹“乃”。容与：犹豫不进貌。狐疑：迟疑不决。

【原 文】

广遂前画兮，未改此度也。①

命则处幽吾将罢兮，愿及白日之未暮也。②

独茕茕而南行兮，思彭咸之故也。③

【译 文】

为了多方完成先前的兴国图强之谋，我一直没有改变这忠贞高洁的态度。

命运使我久处幽僻之地，已经疲惫劳伤，但还想有所作为，趁着尚未黄昏日暮。

我孤独无依地漂泊南行，对彭咸以死谏君的遗则，感念景慕。

注 释

❶ 广：多方面地。遂：成功；完成。前画：从前进谏的选贤举能、固本自强等谋划。度：态度。

❷ 命：命运。处幽：居处于幽僻之地，犹言“居蔽”，见前注。罢：读若“疲”，疲惫；倦怠。及：趁着。白日：见前注。一本句末无“也”字。

❸ 茕茕（qióng）：孤独无依貌。彭咸：见《离骚》注。故：故迹；遗则。指殷代的贤者以死谏君之遗则（传留的典范）。

惜往日

解题

本篇的写作时间后于《怀沙》，从作品本身的内证来看，这大概就是屈原的绝命之词。

在作品中，诗人追叙了自己先受怀王信任，后因两朝谗人陷害而被疏见放的过程，并阐述了“贞臣用则法度明，贞臣疏则法度废，法度明则国治，法度废则国危”的道理。又申说壅君不辨忠奸、不明是非，贞信之臣无辜见逐，谗谀小人巧媚得宠，由于任私无法，导致国亡无日之恶果。并倾诉自己忠君爱国反遭罪尤，而使政治理想破灭的悲愤。在国家民族生死存亡之秋，君王昏庸，法度已隳，屈原苦于报国无门、进谏无路，自分濒于绝境，已无可为，于是毅然决定以死谏君，以死悟君。在他殉国之前，犹怀耿耿忠忱慷慨陈词，希望以危辞震撼君臣之心，其用心是至真至苦的。他的杀身成仁，不是一时激于义愤，而是以伟大庄严的死来启发君王的觉悟，激励国人之志，唤醒民族之魂。他的自殉正是爱国思想与民族正气的集中表现。

作品文字质朴简明，不尚词采，直抒胸臆，此垂死之善言，正是诗人之至情苦衷的自然吐露。

【原文】

惜往日之曾信兮，受命诏以昭时。①

奉先功以照下兮，明

【译文】

无限悼惜地回忆往事，我曾被君王信任重用，禀受诏令立法治国，使当世的政治清明。

继承先王的功业，德辉照临下民，使

法度之嫌疑。[2]

国富强而法立兮，属贞臣而日娭。[3]

秘密事之载心兮，虽过失犹弗治。[4]

国家法度明确，不要含糊不清。

为国家富强而建立法度，将政事托付忠臣，君王则逸于得人而游乐从容。

忠贞之臣全心全意地黾勉从事，虽然偶有过失，也不会有危殆发生。

注释

❶ 惜：痛惜。往日：指屈原任楚怀王左徒之时。曾信：曾被怀王信任重用，即《史记·屈原列传》所云：入则与王图议国事，以出号令；出则接遇宾客，应对诸侯。王甚任之。命诏：君王所颁发的诏令。昭时：使当世之政治清明。

❷ 奉：遵奉；禀承；继承。先功：先祖之功业。照下：照耀下民及后世子孙，即以先祖之功德昭示教化其民，使之发扬光大。明：明确；使……明确。嫌疑：疑惑难明之处；含糊不清之处。

❸ 立，订立；建立。属（zhǔ）：托付。贞臣：忠贞之臣，屈原自谓。日：日日。娭：同“嬉”，嬉戏游乐。此谓君王委政于贞臣，自己则可无忧无虑地嬉游。

❹ 秘密：即“黾勉”一声之转，“秘密事”，犹言“黾勉从事”。（从姜亮夫说。）载心：时刻放在心上，即“全心全意”“时刻不忘”之意。治：借作“殆”，危殆。

【原文】

心纯庬而不泄兮，遭谗人而嫉之。[1]

君含怒而待臣兮，不清澂其然否。[2]

【译文】

我心地纯正敦厚而不苟且敷衍，却遭到谗人的嫉妒诬陷。

君王含怒对待忠臣，不将真相澄清而是非不辨。

原文	译文
蔽晦君之聪明兮，虚惑误又以欺。[3]	谗人蒙蔽君王，使其视听昏暗，凭空造谣，将君王迷惑欺骗。
弗参验以考实兮，远迁臣而弗思。[4]	君王对谣诼之言，不加验证核实，也不思虑我的功过而迁谪疏远。
信谗谀之溷浊兮，盛气志而过之。[5]	君王轻信混淆黑白的谄谀之言，勃然大怒而对我问罪责难。

注释

❶ 纯：纯正。厖（máng）：本指石大，引申为厚大之称。此处指敦厚。泄（yì）：泄沓，形容苟且随和，松懈弛缓。

❷ 澂：即“澄”字。清澄：澄清，弄清楚。然：是；对。否：非。

❸ 蔽：蒙蔽；蔽塞。晦：昏暗，使之昏暗。聪：听觉灵敏。明：视觉灵敏。虚：凭空捏造。惑误：使其迷惑而误之。欺：欺罔。

❹ 参：参考；比较。验：验证。考实：考核事实真相，探求其本原。远迁：疏远、迁谪，此指疏放汉北事。臣：屈原自称。弗思：不思其功过是非。

❺ 谗：说别人的坏话。谀（yú）：奉承；谄媚。溷浊：污浊，此指混淆是非曲直。盛气志：盛怒。过之：督过、责罚之。

【原 文】	【译 文】
何贞臣之无罪兮，被离谤而见尤？[1]	忠贞之臣实无罪咎可言，为何反遭诽谤而受责罚谪迁？
惭光景之诚信兮，身幽隐而备之。[2]	对那信实有常的日光月影，我感到自惭，引身退居幽隐之处而回避相见。
临沅湘之玄渊兮，遂自	面临着沅水、湘水的深渊，引起满怀悲恻，自己忍心想沉入水流而永离

忍而沉流。[3]

卒没身而绝名兮，惜壅君之不昭。[4]

君无度而弗察兮，使芳草为薮幽。[5]

焉舒情而抽信兮，恬死亡而不聊。[6]

独鄣壅而蔽隐兮，使贞臣为无由。[7]

人间。

终于要沉沦此身而泯灭声名，却悯惜受壅蔽之君不能将是非明白判断。

君王没有明确的标准，不能洞察忠奸，使芳草独居薮泽深处而被埋没遮掩。

向何处申抒情志而缕述内心的赤诚？我将安于死亡而不苟且偷生。

重重障碍，阻隔遮蔽，致使忠臣自愿效力而无路可行。

注释

❶ 被：读作“反”。见闻一多《楚辞校补》：案《七谏·沉江》曰：“正臣端其操行兮，反离谤而见攘。”与此“何贞臣之无罪兮，被离谤而见尤”语意酷似。疑此文被为反之讹。反讹为皮，因改为被也。“反离谤而见尤”与《惜诵》“纷逢尤以离谤兮”语亦相仿。一本以“被离”义复而改离为，朱本从之，殆不可凭。离：通“罹”，遭受。尤：罪尤。

❷ 惭：自惭。光景：日光月影，即指日月。景：影本字。朱熹云：无罪见尤，惭见光景。蒋骥曰：光景诚信，谓日往月来，信实有常也。诚信：忠诚信实，此指日月运行有常。身幽隐：自身退居于幽僻隐蔽之处。备：读作“避”。见闻一多《楚辞校补》：案备字无义，疑当为避，声之误也。(俗读避备声相乱。《韩非子·守道篇》：“立法非所以备曾史也。”宋本备作避。……《淮南子·主术训》：“闺门重袭以备奸贼。”备今亦误作避。)“惭光景之诚信兮，身幽隐而避之，临沅湘之玄渊兮，遂自忍而沉流”者，避谓避光景，有惭于光景，故欲避之而隐身于玄渊之中也。

❸ 沅、湘：沅水、湘水。玄渊：深渊。忍：忍心。

❹ 卒：终竟。没身：沉没其身；湮灭其身。绝名：泯灭其名；断绝其名。惜：痛惜。壅君：受小人壅蔽而昏聩不明的君王。昭：明。

❺ 无度：没有尺度、标准。弗察：不能明察善恶是非。芳草：比喻贞臣、贤者，即屈原自喻。为：犹“于”。薮（sǒu）：湖泽；草泽。幽：深，此指草丛深处。

❻ 焉：安，何。舒：舒散；申抒。抽：同“紬”，抽绎整理。信：忠信。恬（tián）：平静；安于。不聊：不苟且偷生。

❼ 鄣：同“障”。障壅：障阻闭塞。蔽隐：与“障壅”义近。无由：无进用之路，犹言“报国无门”。

【原 文】

闻百里之为虏兮，伊尹烹于庖厨。①

吕望屠于朝歌兮，甯戚歌而饭牛。②

不逢汤武与桓缪兮，世孰云而知之？③

吴信谗而弗味兮，子胥死而后忧。④

介子忠而立枯兮，文君寤而追求。⑤

封介山而为之禁兮，报大德之优游。⑥

思久故之亲身兮，因缟素而哭之。⑦

【译 文】

听说百里奚曾做过陪嫁的媵臣，伊尹曾做过司厨之人。

吕望曾在朝歌以屠牛为生，甯戚曾在喂牛时感叹歌吟。

古之贤者，若不是遇上汤、武、桓、穆的赏识，人世间有谁认识他们？

吴王夫差轻信谗言而不加辨别，在逼死子胥之后，亡国之忧接着降临。

忠心耿耿的介子推甘愿抱着树站在那里被烧焦，晋文公一朝觉悟，便派人将他找寻。

封介山为祭祀之田，而禁人樵采，以图报答这大德宽广的功臣。

文公思念多年不离身边的故旧，因而穿着素白丧服为他哀哭送殡。

注释

❶ 百里：百里奚，春秋时虞国人，曾事虞君为大夫。为虏：做过俘虏。此谓晋灭虞时，百里奚被俘，成了奴隶，晋献公要将他作为陪嫁女儿（秦穆公夫人）的媵臣（犹家奴，古时之臣、妾，地位卑下，类奴隶）。百里奚以为这是耻辱，便逃跑到宛地，被楚人拘执。秦穆公听说他有德有才，以五张黑公羊皮赎之，授以国政，相秦七年而成霸业，人称五羖大夫。伊尹：人名，见《离骚》《天问》注。按，此二句是说，贤者都受到重用。

❷ 吕望、甯戚：均见《离骚》《天问》注。朝歌：殷之都城，故地在今河南省淇县北。饭：名词作动词用，喂。

❸ 汤、武：商汤、周武王。（按，姜太公是周文王发现的人才，后来辅佐周武王灭商。）桓、缪：齐桓公、秦穆公，均为“春秋五霸”之一。缪：通“穆”。世：世上。孰：谁人。云：语中助词。

❹ 吴：指吴王夫差。信谗：指夫差听信太宰的谗言，逼得伍子胥自杀。弗味：不加玩味，不加辨别。忧：此指吴王夫差不听伍子胥的忠谏，子胥死后不久，吴国被越国消灭，遭到亡国之忧。

❺ 介子：即介子推（介之推），春秋时晋人，从晋公子重耳出亡，共历十九年，因途中乏食，介子推割股肉给重耳充饥。后来，公子重耳归晋称君（立为晋文公），遍赏从行者，一时忽略了介子推，介子推不屑争功邀赏，与其母一同逃隐绵山之中。晋文公派人寻求他，他不肯出；文公想用烧山的方法迫使他出山，介子推抱树烧死。立枯：指抱着树站在那里被烧死。枯，指与树木同被烧枯焦。文君：晋文公。寤：通“悟”，觉悟，指文公觉悟到应该奖赏介子推。追求：寻求介子推。

❻ 介山：即绵山，因纪念介子推而号介山。封、禁：指文公环其山而封之，禁止人们樵采，以这一地区的山林田地所产，供祭祀子推之用。大德：指介子推从文公十九年，割股肉给文公充饥之功德。优游：指功德之广大。

❼ 久故：犹言“故旧”，多年的旧交。亲身：近身，指近在左右而不离身边。按，这是倒装句。缟素：指白色的丧服。

【原 文】

或忠信而死节兮，或訑谩而不疑。①

弗省察而按实兮，听谗人之虚辞。②

芳与泽其杂糅兮，孰申旦而别之？③

何芳草之早夭兮，微霜降而不戒。④

谅聪不明而蔽壅兮，使谗谀而日得。⑤

【译 文】

纵观古今，有的人忠信事君而守节死义；有的人谗谀欺诈，却被君王信任不疑。

君王对臣子不认真考察事实，只偏听谗巧小人的虚妄之辞。

芳香与垢腻交糅混杂，谁又能日日分辨仔细？

为何芳草早早夭折凋零？是由于微霜降时没有戒备警惕。

君王诚然受了蒙蔽而听之不明，使谗谀小人日益得势而又称意。

注 释

❶ 或：有的人。死节：坚守节义而死。訑谩（dànmán）：欺诈。

❷ 弗省察：指君王对其臣子不加考察。按实：审核实际情形。虚辞：虚妄不实之言。

❸“芳与泽”句：见《离骚》《思美人》注。申旦：见《思美人》注。

❹ 夭：早死。不：原作“下”，据洪、朱同引一本作“不”而改。戒：戒备。

❺ 谅：犹言“诚然”“的确是”。聪：听。聪不明：听不明。蔽壅：指君王受蒙蔽壅塞。日得：日益得势。

【原 文】

自前世之嫉贤兮，谓

【译 文】

从那前世之人已是嫉贤害能，说什么

蕙若其不可佩。[1]

蕙草、杜若都不可佩用。

妒佳冶之芬芳兮，嫫母姣而自好。[2]

嫉妒那佳丽如芬芳之花的美人，丑妇嫫母却自以为美而故作姣容。

虽有西施之美容兮，谗妒入以自代。[3]

虽有西施的绝代美貌，谗妒丑女却混入其间，以丑代好。

愿陈情以白行兮，得罪过之不意。[4]

我本愿陈诉真情实意，说明自己的所作所为，反而成了罪过，真是出人意料。

情冤见之日明兮，如列宿之错置。[5]

忠直的真情和蒙受的冤屈日益显现分明，如同天上罗列的星宿，各有措置，不差分毫。

注释

❶ 蕙：香草名。若：即杜若，香草名。

❷ 佳冶：佳丽，此指女子之美好容态。嫫（mó）：嫫母，古代传说中的奇丑之妇。姣：美好。自好：自以为美。

❸ 西施：春秋时越国的美女，由越王句践献给了吴王夫差。谗妒：此指谗妒而丑陋之女。入：混入其间。自代：以自己之丑取代西施之美。

❹ 陈情：陈诉真情。白行：说明所作所为。不意：出乎意外，想不到。

❺ 情：忠直之真情。冤：由于谗言所造成的冤屈。见：现。日明：一天天更加分明。列宿（xiù）：罗列天空的星宿。错：通“措”。措置：安放。

【原文】

【译文】

乘骐骥而驰骋兮，无辔衔而自载；[1]

乘着骏马驰骋四方，自己却未配好马衔、马缰；

乘泛泭以下流兮，无舟

乘着浮筏顺流而下，自己却未备好

楫而自备。[2]

背法度而心治兮，辟与此其无异。[3]

宁溘死而流亡兮，恐祸殃之有再。[4]

不毕辞而赴渊兮，惜壅君之不识。[5]

船桨。

背离法度而凭主观意图治理国邦，譬如上述诸情，道理完全一样。

我宁愿忽然死去而随清流长逝，唯恐再受亡国之辱而重罹祸殃。

还未说完心中的话，就要投入深渊，痛惜受壅蔽的君主对事理不知端详。

注释

❶ 骐、骥：日行千里的良马之名。辔（pèi）：马缰。衔：马口中横衔的金属小棍，俗称马嚼子，用以制马。载：设置。

❷ 泛：浮在水上。泭（fū）：即“柎”之或体。竹筏或木筏。下流：顺流而下。楫（jí）：桨。备：置备。

❸ 背：背离；背弃。心治：只凭个人主观意志去治理国家。辟：通“譬”。

❹ 溘（kè）：忽然。流亡：随流水而逝去。有再：再有，再发生。按，屈原已被小人谗害而遭祸殃；此时，他又担心邦国沦丧，辱为亡国之臣仆，再遭祸殃。

❺ 不毕辞：话未说尽。赴渊：投身于深渊。识：知。

橘颂

解题

从本篇内容看，似为屈原早期之作。

作品着重颂美“受命不迁”、固守本性、高尚纯洁、不随流俗的橘树，这是一篇咏物寄情之作。

【原 文】

后皇嘉树，橘徕服兮。①

受命不迁，生南国兮。②

深固难徙，更壹志兮。③

绿叶素荣，纷其可喜兮。④

曾枝剡棘，圆果抟兮。⑤

青黄杂糅，文章烂兮。⑥

精色内白，类任道兮。⑦

纷缊宜修，姱而不丑兮。⑧

【译 文】

天地间有此嘉美之树，橘树生来就习于水土。

禀受天地赋予的生命特性，永不变异，繁衍生长于南方土地。

根深本固，难以迁徙，专一的意志绝不改易。

碧绿的叶子，素白的花朵，纷纷美盛，可爱可喜。

层层叠叠的树枝，尖锐丛密的棘刺，团团的圆果，累累稠密。

果实之色青绿、金黄，交糅错杂，花纹色彩灿烂明丽。

外有鲜明的色泽，内瓤又白又好，像是抱守正道的贤者，表里如一。

纷然繁茂，修饰合宜，美得出类拔萃，无与伦比。

注 释

❶ 后皇："后土皇天"之省文。后土：对大地之美称。皇天：对苍天之美称。嘉：美，善。徕服：生来就服习于南国的水土。徕，同"来"。服，习惯，今云"服水土"即"习惯于水土"义。

❷ 受命：禀受天地赋予之生命和本性。不迁：不能移。既指本性不移，又指橘树不可移植其他地区。《晏子春秋》云：橘生淮南则为橘，生于淮北则为枳。（枳：俗称"臭橘"。）南国：南方之地，此处主要是指楚国江陵、云梦一带。

❸ 深固：根深本固。难徙：难以徙移。更（gēng）：变更。壹志：意志专一，不可凌夺。按，此言形既难徙，志亦难更。“更”是动词，与“徙”对文见义，断非副词“更”（gèng）。

❹ 素：白。荣：花。纷：纷纷然美盛貌。喜：义犹“爱”。

❺ 曾：同“层”，重叠貌。剡（yǎn）：尖锐。棘：丛刺。抟（tuán）：本指将散碎之物捏成团，此处是形容圆圆的样子。

❻ 青黄：指橘果之色有的青，有的黄，有的青中有黄、黄中有青。杂糅：混杂交糅。青黄杂糅：形容橘树上的果实有未熟的青果、有已熟的黄果，也有青黄相间的半熟之果，这些果实各有其色而混杂交糅。（并不是每个果子都有青黄二色。）文章：花纹色彩。烂：灿烂鲜明。

❼ 精色：指果皮有鲜明的色泽。内白：指果实的内瓤白而美。类：貌似。任：抱守。闻一多云：……任犹抱也。……此言橘之为物，焜煌其外，洁白其里，如抱道者然也。

❽ 纷缊（yūn）：纷然茂盛。宜修：修饰合宜。姱（kuā）：美好。丑：相类。

【原 文】

嗟尔幼志，有以异兮。[1]

独立不迁，岂不可喜兮？[2]

深固难徙，廓其无求兮。[3]

苏世独立，横而不流兮。[4]

闭心自慎，终不过失兮。[5]

秉德无私，参天

【译 文】

啊，你的奇志自幼就已确立，与众不同，本质优异。

超群独立，矢志不渝，岂不令人爱慕欣喜？

根深本固，难以徙移，心胸宽广，无所追求，无所希冀。

清醒地处世，独立不倚，绝不随波逐流，充溢着浩然正气。

忠贞之志内蕴于心而谨饬自守，始终不会有什么过失罪戾。

执持大公无私之德，你的美德可以参配

地兮。[6]

愿岁并谢，与长友兮。[7]

淑离不淫，梗其有理兮。[8]

年岁虽少，可师长兮。[9]

行比伯夷，置以为像兮。[10]

天地。

你永不凋谢，与岁月一同更迭，我愿与你保持永恒的友谊。

品格淑善，形貌美丽而不为外物惑乱，树干正直而有纹理。

生活的年岁虽少，但是堪以师长之礼敬你。

你的品行清介，近于义士伯夷，树立榜样，众人对你景仰学习。

注释

❶ 嗟：叹词。尔：你。此为以物拟人之词，当有所兴寄。异：优异。

❷ 独立：此指超群而特立。不迁：不可移易；不变。

❸ 廓：宽广。无求：对利禄无所求。

❹ 苏：醒。苏世：清醒于世，犹“众人皆醉我独醒”之义。横：此指正气充溢。流：随波逐流。

❺ 闭心：将忠贞之志内蕴于心，并将利欲排斥于外。自慎：谨饬自守，犹言“慎独”。终：始终。不过失：没有过失；不会有过失。朱熹《集注》作“不过失”，云：一作失过，一无失字，皆非是，或疑过字亦衍文。从朱说。

❻ 秉：执持。秉德：坚持固守其美德（即“无私”）。无私：大公无私。参：参配；配合。参天地：指美德与天地相合（相一致）。按，语云：天无私覆，地无私载。是说天地大公无私。“参天地”，即指与天地无私之德相配合。

❼ 岁并谢：此指橘树冬天不凋零，与年岁四时同更迭。谢：代谢；更迭。与长友：与橘长久为友。因为橘树是常绿的，不仅一年四季皆荣，而年复一年不凋，所以说“与长友”。按，王夫之《楚辞通释》：橘树冬荣，霜雪不凋，志愿坚贞，与岁相为代谢，友四时而无渝。喻己忠贞不改其操。又，屈复《楚辞新注》：橘不凋，故愿于岁寒并谢之时而长与为友。二说各有可取之处。

❽ 淑：善。离：通“丽”。不淫：不惑乱。梗：正直；坚强。理：纹理。按，梗、理，均为双关语。

❾ 年岁虽少：言橘树不像松柏那样长寿，活的年岁少。“少”指多少之少。师长：以之为师长。

❿ 行：品行。比：近于。伯夷：人名，殷末孤竹君的长子，孤竹君欲立伯夷之弟叔齐，叔齐以让伯夷，伯夷又不受，兄弟一同离开孤竹国跑到周地，等到周武王伐纣时，二人扣马而谏，反对武王灭殷，周灭殷后，他们坚决不食周粟，饿死于首阳山。按照古代统治阶级的观点，伯夷、叔齐是清高、坚强、有气节的义士。此处是以橘比义士。置：读为“植”，树立，双关语。像：榜样；典范。

悲回风

解题

本篇是屈原放逐江南时所作，大概与《涉江》《怀沙》的写作时间相近。

作品有浓重的抒情色彩，感情的基调是哀伤、惶惑、幽怨、孤独、彷徨与憧憬。诗人在长期窜逐生活中，身居幽隐荒远之地，而存君思国之情无时或已。他忧心日薄西山之国运，疾首壅君不明、谗人弄权之时弊，对阴阳易位、是非颠倒的现象感到迷惑与沉痛。他自分大限濒临，生意将尽，但在迟暮萎绝之际，仍抱守孤高之志，不肯与世浮沉。他在恍惚迷离之中设想茕独无依之灵魂如何周游天地四方；又景慕先贤彭咸、伯夷、介子，欲励志自勉；但思及伍子、申徒之死，并未能拯救吴与商之危亡命运，这使他更加萦回迷惘，彷徨无主，也更不能排遣摧断肝肠的痛楚。

诗人运用了许多双声叠韵联绵词，这不仅增强了作品的韵律美与节奏感，而且增强了感染力。诗人在中心如悬、万感交集、发而为歌之时，思想感情的潮水在胸中回荡着，像惊涛拍岸那样，一次又一次地、反复地扑来；这些双声叠韵联绵词的诗句，也如后浪催前浪一般，涌流不息地抒发着诗人那孤清幽怨的情思，步步加强、步步加深地感染着人们，使人回味无尽，萦思不已。

【原 文】

悲回风之摇蕙兮，心冤结而内伤。①

物有微而陨性兮，声有隐而先倡。②

夫何彭咸之造思兮，暨志介而不忘。③

万变其情岂可盖兮，孰虚伪之可长？④

【译 文】

悲叹回风摇落着蕙草，凋谢众芳，心中愁思郁结而黯然神伤。

蕙草异常美好，却被摧残生机，风声有时隐微，那是狂飙震荡的先唱。

我为何追思先贤彭咸？是慕求其志行操守而念念不忘。

遭遇万千事变和挫折，那忠贞之情岂能掩饰？虚伪的感情岂能久长？

注 释

❶ 回风：旋风。摇：撼。蕙：香草名。冤结：犹“郁结”“菀结”，一声之转，见前注。内伤：心伤。

❷ 物：指回风所摇落之草木，首先是上文之蕙草。微（měi）：借作“媺”，美好，指蕙草等众芳百卉。陨：落；摧伤。性：读作“生”，生机。声：指风声。隐：隐微。倡：通“唱”，始发之歌。

❸ 彭咸：见《离骚》注。造思：追念。暨：读作“冀”，慕求。介：孤高，有操守。

❹ 万变：指遭遇万千挫折事变。情：忠贞之情志。盖：藏。

【原 文】

鸟兽鸣以号群兮，草苴比而不芳。①

鱼葺鳞以自别兮，蛟龙

【译 文】

鸟兽鸣叫，呼唤同类群集，鲜草与枯草聚合一处，而芳华难觅。

众鱼修饰鳞甲，而自以为殊异；蛟

隐其文章。[2]

龙却自隐其文采，而引身遁迹。

故荼荠不同亩兮，兰茝幽而独芳。[3]

苦菜与荠菜不能同在一块田地，兰草、白芷处于幽谷，却芬芳飘逸。

惟佳人之永都兮，更统世而自贶。[4]

思慕先贤的德行永远美善，虽然历经许多世代，也愿与其相近相比。

眇远志之所及兮，怜浮云之相羊。[5]

志之所及，十分高远，爱怜那悠悠的浮云，而与之徘徊飘忽于天际。

介眇志之所惑兮，窃赋诗之所明。[6]

持守耿介高远的志节，心有所感，所赋之诗，就是我要表白的心迹。

注释

❶号群：号鸣而群聚，此指物以类聚。草：指活的草。苴（chá）：枯草。比：比近；紧靠；聚合。不芳：指芳草也不能吐其芬芳。

❷葺：整治；修饰。自别：自己炫示，以为殊异。文章：此指鳞甲之文采。

❸荼：苦菜。荠：一种有甜味的菜。不同亩：不应同在一块田地生长。茝：同“芷”，白芷。幽：幽僻之处。

❹惟：思，思慕。佳人：此指先贤。都：都丽，美好。更：历。统世：犹“世代”。贶（kuàng）：借作“况”，比况。

❺眇：读作“渺”，遥远。及：至。怜：爱。相羊：读作“徜徉”，徘徊；自由往来而无依。既形容浮云，又形容人的情状。

❻介：耿介持守。眇志：高远之志行。惑：当从朱引一本作“感”，指感于世事。窃：私意。赋：本为名词，此处作动词，指作诗。诗：指这篇赋，因为都是韵文，所以也称作“诗”。明：表明。

【原 文】

惟佳人之独怀兮，折若椒以自处。①

曾歔欷之嗟嗟兮，独隐伏而思虑。②

涕泣交而凄凄兮，思不眠以至曙。

终长夜之曼曼兮，掩此哀而不去。③

寤从容以周流兮，聊逍遥以自恃。④

伤太息之愍怜兮，气於邑而不可止。⑤

【译 文】

思慕先贤的胸襟独与众人迥异，我折取芳椒在室，思度何以自处自励。

反复地嗟叹歔欷，隐居伏处于幽远之地，仍为国家思虑不已。

涕泪交流而凄凄悲苦，愁思不眠而通宵达曙。

度完这漫漫无尽的长夜，哀愁留止心怀而难以摒除。

觉醒以后，徘徊流连而周游各地，聊且自在逍遥，消愁要依恃自己。

伤怀自怜而长长地喟叹，不能止息胸中郁悒的怨气。

注 释

❶ 惟：思。佳人：见前注。独怀：胸怀独异于众。若：应从朱本作“芳”，“芳椒”，香椒。自处：安排和对待自己，此处有谨饬自勉、自守之意。

❷ 曾：反复地；屡次地。歔欷：喟叹声。嗟嗟：亦喟叹声。隐伏：隐居伏处。思虑：指为国难民隐而思虑。

❸ 终：尽；竟。长夜：此为双关语，既实指暗夜之长，又喻称苦难岁月与黑暗世态之无尽无休。曼曼：形容长远。掩：止。不去：不能去怀。

❹ 寤：觉醒。从容：犹言“徙倚”，徘徊流连。周流：犹“周游”，遍行。自恃：依靠自己。

❺ 愍怜：哀怜。於（wū）邑：犹“郁悒”。

【原 文】

纠思心以为纕兮，编愁苦以为膺。[1]

折若木以蔽光兮，随飘风之所仍。[2]

存仿佛而不见兮，心踊跃其若汤。[3]

抚珮衽以案志兮，超惘惘而遂行。[4]

【译 文】

将思绪纠结成佩带披在身上，将愁苦编织成心衣穿在身上。

折下若木以遮蔽日光，随着飘风的导引而游荡四方。

现实存在的事物依稀仿佛，看不分明，但思及君国，不免寸心跳动，犹如沸汤。

抚持玉佩和衣襟，而压抑自己的心志，独在惘惘失意中走向无垠的远方。

注 释

❶ 纠：纠缠；缠绕；纠结。思心：愁思；思绪。纕（xiāng）：佩带。编：编织。膺：当胸之内衣，即《释名》所谓“心衣”。

❷ 若木：神木名，见《离骚》注。蔽光：遮蔽日光，意欲自晦其明而无所现，韬光养晦。飘风：旋风；暴风。仍：因；引。

❸ 存：存在的事物。仿佛：不甚分明；形貌似是而非。踊跃：跳起；跳跃；跳动。汤：沸水。

❹ 抚：抚持。珮：玉佩。衽：衣襟。案：压抑；按下。志：心志。超：此指道路遥远。惘惘：失意惶遽貌。

【原 文】

岁曶曶其若颓兮，时亦冉冉而将至。[1]

薠蘅槁而节离兮，芳以

【译 文】

岁月忽忽地迅速没落流逝，生命的时限也渐渐将至。

青薠与蘅草枯槁，叶节断离零落，

歇而不比。[2]

怜思心之不可惩兮，证此言之不可聊。[3]

宁溘死而流亡兮，不忍为此之常愁。[4]

孤子吟而抆泪兮，放子出而不还。[5]

孰能思而不隐兮，昭彭咸之所闻。[6]

芳华已歇而凋残消失。

自悯幽思缠绵而不可抑制，表白这些哀伤之言，既无聊赖，又于事无济。

宁肯忽然死去而随清流远逝，也不忍长期受此无穷的愁惨忧戚。

孤子呻吟着，默默地拭泪，放子出离在外而不能返回故里。

谁能想起忧患而不痛苦？我愿使彭咸的遗则发扬昭著。

注释

❶ 曶曶：同“忽忽”，指迅速流逝。颓：坠落。时：此指生命的时限。冉冉：犹“渐渐”，渐进貌。

❷ 薠（fán）：香草名，见《九歌·湘夫人》注。蘅：亦香草名。节离：草节断离零落。以：此处作“已”字解。歇：息；消失。不比：不合，指叶落香散，“不比”即“歇”的注脚。

❸ 怜：自悯；自叹。思心：见前注。惩：止。此言：指这些哀婉忧伤之言。不可聊：无聊赖。

❹ 溘：一本作“逝”，按，以“溘”为是。宁溘死而流亡：见《离骚》《惜往日》注。常愁：无尽的忧愁痛苦。

❺ 孤子：孤独无依之子。吟：吟叹；呻吟。抆（wěn）：拭。放子：被父母弃逐之子。孤子、放子，均为屈原自哀之称。迁客、逐臣，犹之孤子、放子，古代之君臣关系犹父子。

❻ 隐：痛苦。昭：明；发扬。闻：声名；名誉，此处是指彭咸的“遗则”。

【原 文】

登石峦以远望兮，路眇眇之默默。①

入景响之无应兮，闻省想而不可得。②

愁郁郁之无快兮，居戚戚而不可解。③

心鞿羁而不开兮，气缭转而自缔。④

穆眇眇之无垠兮，莽芒芒之无仪。⑤

声有隐而相感兮，物有纯而不可为。⑥

藐蔓蔓之不可量兮，缥绵绵之不可纡。⑦

愁悄悄之常悲兮，翩冥冥之不可娱。⑧

凌大波而流风兮，托彭咸之所居。⑨

【译 文】

登上岩石层叠的山峦，遥望凄凉的故地，道路渺渺辽远，而又幽静沉寂。

进入杳无人声之地，既无形影，又无声响，耳闻、目视、心思，都得不到故国的消息。

愁闷郁郁而没有快乐，忧思戚戚而不能解脱。

我的心被束缚而不能释放，我的气息缭绕固结而不舒和。

天地渺渺无际，一片空虚寂静，野色莽苍，茫茫无形，模糊不清。

声音虽然隐微细弱，却能互相感应；事物虽然本质纯粹，有时却不起作用。

遐想漫漫邈远，难以测其极边，思绪缥缈绵绵，不能系结，难以切断。

愁思悄悄，常陷悲哀之中，神魂飞翔于冥冥之境，也并无快乐可言。

乘凌大波之上，顺风漂流前行，彭咸所居之处，我愿依托相从。

注 释

❶ 峦：小而尖的山。眇眇：同“渺渺”，遥远貌。默默：幽静沉寂貌。

❷ 景：“影”本字。响：回声。按，影随形，响应声。“景响无应”，是形容山野幽远，阒寂无声，乃人迹不至之处。闻：耳听。省：察看。想：心想。

❸郁郁：犹言“郁悒”“忧郁”。之：犹“而”。无快：无乐。居：疑为“思”之讹。闻一多《楚辞校补》：案“居”与上下文“愁”“心”“气”诸字义不类。王注曰：思念憔悴，相连接也。疑居为思之误。戚戚：忧伤貌。

❹鞿羁：本指马缰绳，此处引申为“束缚”义。开：解开。开，一本作“形”，误。气：气息；呼吸。缭转：缱绻纠结。自缔：自相纽结。

❺穆：虚静。眇眇：同“渺渺”。无垠：无边际。莽：莽苍，野色迷茫貌。芒芒：同“茫茫”，模糊不清貌。仪：象，形。无仪：无形，不分明。

❻隐：微。感：感应。纯：纯粹；纯正。

❼藐：通“邈”，遥远。蔓蔓：通“漫漫”，无涯际貌。缥：缥缈，隐隐约约若有若无貌。纡（yū）：系结。

❽悄悄：忧愁貌。翩：此指神魂飞翔而去。冥冥：幽暗貌。不可娱：不可乐。

❾凌：乘凌于上。流风：顺风而飘流前行。托：依托；相从。彭咸之所居：指先贤彭咸居止之处（即彭咸的归宿）。彭咸因谏殷王不听而投水殉志，此处“彭咸之所居”是其引申义，即指彭咸以死谏君、舍生取义的精神，并不是实指投水之事。屈原此时虽有思想的酝酿，但尚无立即效法彭咸投水之行动，本篇也并非绝命词。“托彭咸之所居”，只是想效法彭咸舍生取义之遗则，愿相从于地下，这是未然之词。

【原 文】

上高岩之峭岸兮，处雌霓之标颠。①

据青冥而摅虹兮，遂倏忽而扪天。②

吸湛露之浮源兮，漱凝霜之雰雰。③

依风穴以自息兮，忽倾寤以婵媛。④

【译 文】

我的游魂登上高峻陡峭的山岩，停息于雌霓的圆拱顶端。

身据青冥的空际，将那彩虹舒展，又倏忽向上抚摩青天。

且将那繁多的清露吸吮，又将那散落的浓霜漱含。

我依倚着生风的地穴而自行休息，忽然翻身醒转，不禁对故国眷恋缠绵。

注释

❶ 峭岸：山岩陡峭高峻处。雌霓：色彩较淡的一种虹，亦称副虹。标颠：犹言“杪颠”，顶点。

❷ 青冥：指青碧冥冥之天际。摅（shū）：舒展。虹：色彩鲜艳的一种虹，又称彩虹。（古代传说，虹为雄，霓为雌。）倏忽：形容时间短促迅速，转瞬之间。扪（mén）：抚摸。

❸ 湛：浓重。浮源：一说当作“浮浮”，“源”为“浮”之形讹。可从。浮浮：纷繁盛多之貌。凝霜：凝结之霜，犹言“浓霜”。雰雰：分散飘落貌。

❹ 风穴：古代传说风从地出之处。倾寤：一侧身而醒转。婵媛：一本作“掸援”，眷恋缠绵；悲思悱恻。

【原 文】

冯昆仑以瞰雾兮，隐岷山以清江。①

惮涌湍之礚礚兮，听波声之汹汹。②

纷容容之无经兮，罔芒芒之无纪。③

轧洋洋之无从兮，驰委移之焉止。④

漂翻翻其上下兮，翼遥遥其左右。⑤

泛潏潏其前后兮，伴张弛之信期。⑥

【译 文】

凭靠着昆仑神山，俯视人寰的雾氛，又依凭岷山而鸟瞰清澈的大江。

惧怕那礚礚的急流之声，却听到汹汹的风涛狂澜。

心思容容纷乱，浑然不辨方位，迷惘恍惚，渺渺茫茫，思绪无端。

神游于悠远之境，洋洋舒缓地前行而不知所从；情思驰骋，逶迤而进，不知在何处驻足盘桓。

神魂飘飞，翻翻上下不定，又展开双翼，摇摇左右回旋。

大水泛滥，潏潏涌出，或后或前，我的心思伴随着潮水的定期涨落而起伏波澜。

注释

❶ 冯：同“凴”（凭），据，依傍。瞰（kàn）：俯视。隐：凭依，即“隐几”之“隐”。见《庄子·徐无鬼》：南伯子綦隐几而坐。岷山：在四川省北部，是岷江、嘉陵江的发源地。清：使之澄清。江：长江。（古人以为岷山是长江的发源地。）又，“隐岷山以清江”句，应从洪兴祖《楚辞补注》引《列子音义》所引此文作“隐岷山之清江”。按，由岷山下瞰，所见江水当为岷江。言清江者，指清澈之岷江水流。其文例犹黄河又称浊河。

❷ 惮：惧怕。涌湍：急流。磕磕（kē）：水石相击之声。汹汹：风波之声。

❸ 纷：指心思纷乱。容容：纷乱变动貌。无经：无经纬之省文。无经纬，指混乱而不辨方位。罔：通“惘”，怅惘；或，迷惘。芒芒：同“茫茫”。纪：端绪。见《方言》：“緤、末、纪，绪也。南楚皆曰緤，或曰端，或曰纪，或曰末，皆楚转语也。”

❹ 轧（yà）：“轧忽”之省文，长远貌。洋洋：舒缓貌。轧洋洋：指意绪彷徨，神驰物外，如入轧忽长远之境，舒缓洋洋地彳亍。无从：不知所从，不知到何处去。驰：指己心驰骋。委移：同“委蛇”“逶迤”，曲折前行貌。焉止：何止，止于何处。

❺ 漂：同“飘”，飘飞。翻翻：忽上忽下貌。翼：指展翼。遥遥：同“摇摇”，忽左忽右摇摆之状。

❻ 潏潏（yù）：水流涌出貌。前后：指水之涌出前后方位不定。伴：偕同；伴随。张弛：指潮水之涨落。信期：犹言“定期”。

【原 文】

观炎气之相仍兮，窥烟液之所积。①

悲霜雪之俱下兮，听潮水之相击。②

【译 文】

且看那火焰和烟气相因不已，观察那云彩凝结为雨水的道理。

悲叹那霜与雪一齐降落，又听到潮水的波涛声声相击。

借着日光月影而神游往来，弯曲的

借光景以往来兮，施黄棘之枉策。③

求介子之所存兮，见伯夷之放迹。④

心调度而弗去兮，刻著志之无适。⑤

马鞭，用的是神木黄棘。

寻求介子推孤高自持而焚身之处，又往观伯夷放浪隐逸而执义饿死之地。

心中仔细思量先贤遗则，而不能去怀，奋勉立志，效法高风亮节，而无他适之意。

注释

❶ 炎：指火焰。气：气体。相仍：相因相成。窥：犹“观”。烟：此指上蒸之云。液：此指由云中水气凝成之水液，即下落之雨水。积：犹“聚结”，即凝结为雨。

❷ 俱下：同下。相击：指水波冲击。

❸ 光景：日光月影。景：“影”本字。施：用。黄棘：传说中的树木名，有棘刺。枉策：弯曲的马鞭。

❹ 介子：见《惜往日》注。伯夷：见《橘颂》注。所存：犹“所居”，指介子推自焚之地，同时也指忠贞、孤高之志行。“所存”，既指其遗迹，又谓其遗则。放迹：放浪隐遁的遗迹，也兼谓其执义而饿死之遗则。按，二句表明作者景慕先贤高风亮节之意。

❺ 调度：认真仔细地思虑度量。弗去：不能去怀。刻：勉励。著：立。无适：别无他适。

【原文】

曰：

吾怨往昔之所冀兮，悼来者之悐悐。①

浮江淮而入海兮，从子

【译文】

乱辞：

我怨恨往昔的希望和理想化为尘泥，悼惜未来的国家命运而忧惧惕惕。

浮行于长江、淮水而投入大海，我

胥而自适。[2]

望大河之洲渚兮，悲申徒之抗迹。[3]

骤谏君而不听兮，任重石之何益？[4]

心絓结而不解兮，思蹇产而不释。[5]

愿追随子胥而顺适己意。

遥望黄河的大洲小渚，悲悯申徒狄投水殉国的高尚行迹。

可是，屡次忠谏君王而不听不纳，抱负白石自沉大河，又有何益？

心中牵挂萦结而不能舒放愁怀，忧思郁塞屈曲而无法宽解自己。

注释

❶ 曰：疑“曰”前脱“乱”字。怨：怨恨。冀：希望。悼：悼惜。来者：未来之事（指国家民族的危难）。悐悐（tì）：同“惕”，忧惧貌。

❷ 浮：浮行。“浮江淮而入海”句，是指关于伍子胥的传说。洪兴祖引《越绝书》云：子胥死，王使捐于大江，乃发愤驰腾，气若奔马，乃归神大海。自适：顺适自己的意志。

❸ 大河：黄河。洲渚：水中可居之地，大的叫洲，小的叫渚。申徒：即申徒狄，殷末之贤臣，谏纣王而不听，不忍见纣之乱，负石自投于河。抗迹：即指投河殉国之高尚行为。抗：读作“亢”，高。迹：行迹；行为。

❹ 骤：屡次。任：抱负。

❺ 絓（guà）：阻绊住。絓结：牵挂萦结。不解：不能解开。蹇产：诘屈，郁塞屈曲而不舒畅。释：释放；消释。按，“乱辞”所表达的思想感情是较曲折复杂的。首先，诗人怨恨往昔的希望已化为泡影，悼惜、怵惕未来危亡之国运；由此产生了对前世贤者义士伍子胥的景慕服膺之情，愿追随子胥之志行；但是又转念申徒狄之死并未能挽救殷代的覆亡命运，死又何益？虽然殉国之志已决，但又审度怎样才能死得更有意义、更有作用？这就不免使诗人踌躇徘徊，终于又不忍立即去死。于是更加愁思郁结，不能自释。他愿效法介子推、伯夷、伍子胥的忠贞志节，是出于爱国；他对申徒狄“死而无益”的悲悯，也是出于爱国。他不怕死，但又不肯轻易地死。所以思想矛盾，心情絓结，惶惑不安。

天问

解题

这是一篇内容博大精深、形式特异的旷古奇文。它采用问难方式，一连提出一百七十多个问题，上天下地、古往今来、天道人事，包罗万象。以“天问”为目，意思是指对自然界和社会发展史的问难。这大概是屈原被放逐以后的作品。

作品对唯心主义的“天命观”、对有关自然现象的传统观念（主要是“盖天说”）、对古代神话传说与历史记载的传统观念（包括哲学、政治、历史、伦理、道德等），提出了一系列的怀疑与批判。屈原要求认识自然和历史的本来面目及其固有规律。他勇于探索真理、坚持真理的精神和忠贞不渝的爱国思想是统一的。这种精神，在我国古代作家中是前无古人的。

作品在形式方面也独具特色，多以四言为句，四句为节；又于严整中见灵活，有一句一问者，有二句一问者，有四句一问者……“参差历落，奇矫活突”（郭沫若《屈原研究》）。用不拘一格的形式，表现诗人积极的浪漫主义精神和自由驰骋的想象，形式的变化与思想感情的起伏相表里、相作用。

郭沫若先生在《天问》解题（《屈原赋今译》）中认为：“这篇诗的次序很零乱，必须加以整理。……我的意见，即使有问题，但原文具在，不会因为我的整理而遭受损坏。”

按，本篇原作确有错简倒文，古今学人颇有异词。笔者姑从郭沫若先生之说，对文句次序作了调整，恳请方家批评指正。

【原 文】

曰：遂古之初，谁传道之？[①]

上下未形，何由考之？[②]

冥昭瞢暗，谁能极之？[③]

冯翼惟像，何以识之？[④]

【译 文】

在那远古的开端，由谁来导引流传？

当时天地尚未成形，依据什么考究分明？

时暗时明，混沌鸿蒙，谁人又能知其究竟？

元气冯翼充盈，只有想象之影，根据什么能够认清？

注释

❶ 曰：发语词，犹“问曰”。林云铭《楚辞灯》：问之词。遂：“邃”之借，训“远”。《说文》：邃，深远也。从穴，遂声。《后汉书·班固传》注、《渊海》卷一引“遂”并作“邃”。遂古：远古；往古。道：即“导”。传道：流传导引（从姜亮夫说）。一说，传道，传说之意。

❷ 上下：此指天地。未形：未成形，犹言“无形”。考：考究；考查。一说，训“成”，指成其为天地。

❸ 冥：幽暗。昭：光明；清明。瞢（méng）暗：混沌昏暗。极：知其究竟。

❹ 冯（píng）翼：冯冯翼翼，元气盛满之象。惟：同“唯”。像：此指臆想的无形之像。识：辨识；认清。

【原 文】

明明暗暗，惟时何为？[①]

阴阳三合，何本何化？[②]

【译 文】

白昼光明，黑夜幽暗，这是什么因缘？

阴阳交合而生万物，什么是其根本，又是怎样演变？

圜则九重，孰营度之？[3]
惟兹何功，孰初作之？[4]

圆天共有九重，是谁对它度量经营？
这是何等伟大功劳！是谁最初将它创造？

注释

❶明明暗暗：此指白天与黑夜的明暗变化。时：犹“是”。何为：为什么；由于什么缘故。

❷阴阳三合：三，“参”之假借，参合、交互之意。一说，“三合”指天、地、人三者结合。另说，“三合”为阴、阳、天三者结合。

❸圜：同“圆”，此指天。古人认为天是圆的，上下共有九层。营度：经营度量。

❹兹：此。功：功力；功绩。一说，功同“工”，天工。作：创造。

【原文】

斡维焉系？[1]
天极焉加？[2]
八柱何当？[3]
东南何亏？[4]

【译文】

天体运转的枢纽，那大绳都向何处维系？
天的极远边际，都是延伸到何地？
八根擎天神柱，都是撑在什么去处？
大地倾陷东南一隅，究竟又是什么缘故？

注释

❶斡（guǎn）：通“管”。管领；枢纽。维：纲，大绳。此指天体昼夜运转的枢纽，有大绳缀系在它的周际，亦即斗枢（从戴震说）。焉：安；何。

❷天极：天的边际。极：极边；边际。加：沈祖绵《屈原赋证辨》：加疑作如，形似而讹。如亏韵。《尔雅·释诂》：如，往也。《小尔雅·广诂》：如，适也。如与系亦对文。

❸ 八柱：据古代神话传说，天是由八座大山作为柱子支撑的。八柱，即八根擎天柱。当：承担；承受；在此有支撑之意。一说，当，值、在之意。

❹ 亏：亏损；缺陷。此指东南大地低陷。

【原 文】

九天之际，安放安属？①

隅隈多有，谁知其数？②

天何所沓？十二焉分？③

日月安属？列星安陈？④

【译 文】

九天之间的边界，各到何处？怎样连属？

天之九野，角落极多，有谁知道它的数目？

天似穹庐，它在哪里与大地会合遮覆？太阳周天运行，十二辰如何划分无误？

太阳、月亮都和什么相连？众多星宿分别陈列何处？

注 释

❶ 九天：此处“九天”之义与“圜则九重”有异，此指天的九个方位。“九重”是天上下有九层，“九天”是天的横面分为中央及八方。据王逸注：九天：东方皞天，东南方阳天，南方赤天，西南方朱天，西方成天，西北方幽天，北方玄天，东北方变天，中央钧天。一说，“九天”即“九重天”之意。际：边际，分界处。安：何；何处。放：至。属（zhǔ）：相连；相附。

❷ 隅（yú）：角落。隈（wēi）：义同“隅”。又指弯曲之处。多有：有许多。《淮南子·天文训》：天有九野，九千九百九十九隅，去地五亿万里。

❸ 沓（tà）：重叠，会合，此谓天地会合。一说，“沓”乃指天象中的日月之会。（《左传》昭七年：日月之会，是谓辰。杜注：一岁日月十二会，所会谓之辰。）十二：此指十二辰，即古人所云黄道周天（太阳运行一圈）的十二等分

（子、丑、寅、卯、辰、巳、午、未、申、酉、戌、亥）。

❹ 属：连缀；系住。列星：众多的各个星宿。陈：陈列。一说，“属”通“烛”，“烛照”义；“陈”，“明示”义。

【原 文】

出自汤谷，次于蒙汜。[①]

自明及晦，所行几里？

夜光何德，死则又育？[②]

厥利维何，而顾菟在腹？[③]

【译 文】

太阳每天从那汤谷出来，又到蒙水之滨止宿。

从日出辉煌到日落黑暗，它到底走过多少路途？

月亮有何本性，它死后又能复生？

对月亮有什么好处，而有蟾蜍在它腹中？

注 释

❶ 汤谷：一作旸谷。古代传说太阳从汤谷出来。次：停留；止息。蒙汜（sì）：蒙，古代传说中的水名，太阳所入之处。汜，水涯。

❷ 夜光：月亮之名。德：此指本性。死：此指晦暗无光之时。育：生，谓月明复生。按，二句意指晦暗之时已过，则又重现光明。

❸ 厥：其，此处称代月亮。利：好处。顾菟：此谓月中蟾蜍。（从闻一多说。）一说，“而顾”连文，犹言“而乃”。另说，顾菟，瞻顾下界之月中玉兔。腹：月之腹。

【原文】

女岐无合，夫焉取九子？①

伯强何处？惠气安在？②

何阖而晦？何开而明？③

角宿未旦，曜灵安藏？④

【译文】

女岐没有配偶，九个儿子怎样生出？

北方的风神伯强身居何地？惠风又在何处？

为何天门关闭就晦暗幽冥？为何天门开启就大放光明？

角宿天门尚未放亮之际，太阳在何处藏形？

注释

❶ 女岐：古代传说中的女神之名。合：配偶，此指丈夫。夫：语首助词。焉：何。取：得。

❷ 伯强：即“隅强”（禺强），古代传说中北方的风神之名（从闻一多说）。惠气：和顺之气，即“和风”。气，犹风。

❸ 阖（hé）：关闭，此指关闭天门。

❹ 角宿（xiù）：二十八宿之一，由两颗星组成。古代传说，二星之间是天门，天门之内是天庭，黄道（太阳运行的轨道）从这里通过，七曜（日、月、火、水、木、金、土）都沿着黄道运行。未旦：东方未明。因角宿在东北，故借以代称东方之位。曜灵：太阳。

【原文】

蓱号起雨，何以兴之？①

撰体协胁，鹿何

【译文】

雨师蓱翳，能呼云起雨，云雨是怎样沛然而兴？

风伯飞廉，体似柔美之鹿，又是怎样吹

膺之？[2]

鳌戴山抃，何以安之？[3]

释舟陵行，何以迁之？[4]

起大风而与云雨相应？

灵龟挥动四足，负载仙山，怎能使之安然不动？

龙伯巨人将灵龟钓离大海，又如何将其转移陆路而行？

注释

❶ 蓱（píng）：蓱翳，雨师之名。号：呼号。一说，"蓱号"连读，雨师之称。起雨：兴起大雨。

❷ 撰体：撰，巽之本字，顺、卑顺、柔顺之意。撰体，身体柔顺。协胁：协，合，也有柔美之意。胁，腋下肋间部分。协胁，柔美的两胁。以上是形容作为风伯的神禽飞廉。据古代传说，它的头像酒爵而有角，身似鹿，尾如蛇。膺：通"应"。

❸ 鳌（áo）：古代传说中的巨大的灵龟，它曾受天命负载东海上的仙山，以免仙山随波上下往还。戴：载。抃：此指四肢挥动，努力负载仙山之状。

❹ 释：舍弃；此处有离开之意。舟：舟行于水，此处以舟代称水。陵：此指陆地。迁：迁移。据古代传说，龙伯国的巨人将东海的六只巨鳌钓起，搬回国去。

【原文】

九州安错？川谷何洿？[1]

东流不溢，孰知其故？[2]

东西南北，其修孰多？[3]

【译文】

九州都是安放何处？为何又有深陷的河谷？

百川东流而大海不溢，谁又知道它的原故？

大地从东到西、自南至北，何者为长，何者为短？

南北顺椭，其衍几何？④

大地南北顺长，它比东西超出多远？

注释

❶ 九州：古代传说，大禹治水成功后，将中国的中原地区划分为九个州。错：“厝”之通假。安置。川谷：河谷。洿（wū）：低凹；深陷。

❷ 东流：指众水东流入海。溢：水满外流。

❸ 修：长。

❹ 椭（tuǒ）：长圆形。古人认为大地的南北距离比东西距离短。此处“顺椭”有“顺长”之意，又以南北概东西，“南北顺椭”，是指南北的顺直长度与东西的顺直长度。其：称代南北、东西二者。衍：多余，指“差距”。

【原 文】

昆仑县圃，其尻安在？①

增城九重，其高几里？②

四方之门，其谁从焉？③

西北辟启，何气通焉？④

【译 文】

巍峨的昆仑、县圃，它的山尾迤逦到何地？

昆仑之上又有增城九重，它究竟高达几里？

四方的大门很多，让谁出入其中？

西北大门敞开，从此吹过哪方之风？

注释

❶ 昆仑：见《离骚》注。县（xuán）圃：又作“悬圃”，传说为昆仑之巅。

尻："尻"之讹，尻（kāo），训尾。（从戴震说。）按，山之尾，即山麓所终之处。

❷ 增城九重：据古代传说，昆仑山上又有增城九重，高一万一千余里。

❸ 四方之门：此指昆仑山四方的门。从：由此出入。

❹ 西北：指昆仑山西北方的大门。辟启：开启。气：《淮南子·地形训》：昆仑虚……玉横维其西北之隅，北门开以内不周之风。

【原 文】

日安不到？烛龙何照？①

羲和之未扬，若华何光？②

何所冬暖？何所夏寒？③

焉有石林？何兽能言？

【译 文】

太阳的光辉何处不至？为何烛龙又来照耀北方？

羲和的神车尚未开动，为何若木之花便大放光芒？

何处冬季温暖？何处夏季寒凉？

何处有石树如林？什么野兽能把话讲？

注释

❶ 烛龙：古代传说中的神龙之名，据《山海经·海外北经》云：钟山之神，名曰烛阴，视为昼，瞑为夜，吹为冬，呼为夏，不饮不食不息，息为风，身长千里……人面，蛇身，赤色。注曰：即烛龙也。古代传说，西北方有幽冥之地，太阳照不到，而由烛龙来照耀。

❷ 羲和：古代传说中驾太阳车的神。扬：飞腾，此指开动太阳车。若华：若木之花。若木，是古代神话传说中的树名。光：在此是"放光"之意。

❸ 何所：何处。

【原 文】

雄虺九首，倏忽焉在？①

何所不死？长人何守？②

靡蓱九衢，枲华安居？③

一蛇吞象，厥大何如？④

【译 文】

九头雄蛇忽来忽往，它在何处隐藏？

哪里是不死之国？长人防风氏又守卫何方？

蔓生的九瓣浮萍和枲麻之花，都在何处生长？

巴蛇吞噬大象，它是如何又大又长？

注 释

❶ 虺（huǐ）：古代传说中的一种九头毒蛇。倏（shū）忽：迅疾、忽然；飘忽不定。

❷ 不死：古代传说有不死之国。长人：古代传说有长人防风氏，身高数丈，曾守卫封、嵎二山。一说，长人即长寿之人。

❸ 靡蓱：蔓生的浮萍。靡，蔓延。蓱，萍。九衢：此指萍叶有九歧（多叉）。枲华：枲麻的花。枲（xǐ），一种高大有子的麻。

❹ 一蛇：此指古代传说中的巴蛇，《山海经·海内南经》云：巴蛇食象，三岁而出其骨。……其为蛇青黄赤黑。

【原 文】

黑水玄趾，三危安在？①

延年不死，寿何所止？

【译 文】

黑水河、玄趾山、三危山，它们各在何地？

延长寿命以享天年，绵绵寿命哪有终期？

鲮鱼何所？鬿堆焉处？②

羿焉彃日？乌焉解羽？③

人面的鲮鱼，虎爪的鬿雀，又在何处何所？

后羿怎样勇射九日？日中金乌如何羽翼脱落？

注释

❶ 黑水：古书所载的水名。玄趾、三危：古书所载的地名与山名。

❷ 鲮（líng）鱼：古代传说中的一种怪鱼，人面鱼身。鬿（qí）堆：当为“鬿雀”，“堆”为“雀”之讹。古代传说中的一种怪鸟，虎爪鸡身，凶残食人。

❸ 羿（yì）：古代传说中善射的力士。彃（bì）：射。乌：乌鸦，古代传说尧时有十日并出，每一日中有一乌鸦。解羽：指羽翼脱落，即被羿射中而死。

【原文】

登立为帝，孰道尚之？①

女娲有体，孰制匠之？②

干协时舞，何以怀之？③

平胁曼肤，何以肥之？④

【译文】

古之圣者立为帝王，由谁导引、尊奉而登上宝座？

女娲具有奇异之体，是谁设计制作？

舜帝以干协之舞娱乐宾客，为何就能使有苗氏怀归？

丰胸润肤的有苗之众，何以养得如此之肥？

注释

❶ 登：登帝位。孰：谁。道：同“导”，导引。尚：崇尚，尊奉。

❷ 女娲（wā）：古代传说中的上古女帝之名，人首蛇身，一日之间七十变，曾用泥土造人。

❸ 干协：即“胁盾”，“协”乃“胁”之假，胁盾，掩身之盾。时：通“是”，助词。干协时舞，即“干协舞”，亦即“协万舞”，是一种武舞。一说，协训和平，指干羽舞象征和平。朱熹《楚辞集注》又云：协，合也。……言舜以干羽合是舞于两阶，何以怀有苗而格之也？按，干舞、羽舞本为二事，朱氏所云，恐未安。怀：怀来；宾服；归顺。此指舜对叛乱的有苗氏以文德感召，使之在七十日之后宾服归顺。一说，“怀”字是指王亥以干协舞挑逗有易氏之女，使她怀思。

❹ 平胁：丰满的胸脯。曼肤：柔润的肌肤。此指有苗之众。一说，指有易氏之女。又说，指纣王。肥：肥胖。一说，“肥”是“婓”的省借，“婓”即“妃”，匹配，指王亥与有易之女私通。按，从郭沫若先生说，二句言有苗氏的人们都丰胸润肤，为何这样肥壮？

【原 文】

不任汨鸿，师何以尚之？①

佥曰“何忧”，何不课而行之？②

鸱龟曳衔，鲧何听焉？③

顺欲成功，帝何刑焉？④

【译 文】

鲧不能胜任治水大业，民众为何对他拥戴推崇？

大家都说：“何必为此担忧？”为何不对他加以试用？

头似鸱鸟的巨龟，前后衔接，相随而行，鲧为何听用其法，而筑长堤防洪？

伯鲧顺从众望而图谋成就治水之功，帝尧为何却将他处以极刑？

注释

❶ 任：胜任。汩（gǔ）：治。鸿：同“洪”，洪水。师：众民。尚：推崇，举荐。此谓：鲧不能胜任治水的大业，众民为何大力推崇他？言外之意是：如果众人不相信鲧能治水，也就不会推崇他了。（古代传说，鲧是禹的父亲，曾奉命治天下之水，因失败而被舜幽禁以死。）

❷ 佥（qiān）：众人。课：考核；试验。行：犹“用”。

❸ 鸱（chī）：鹞鹰，是一种猛禽。一说为猫头鹰之类。鸱龟，或即《山海经》所说的头似鸱鸟，尾似鳖的“旋龟”，亦即“蠵龟”。曳（yè）：拖，此指龟拖尾爬行。衔：此指前后相衔接。

❹ 顺欲：顺从众人的愿望。帝：指尧。刑：此谓处极刑。

【原 文】

阻穷西征，岩何越焉？①
化为黄熊，巫何活焉？②
咸播秬黍，莆雚是营。③
何由并投，而鲧疾修盈？④

【译 文】

道路险阻，由西东行，鲧如何越过崇山峻岭？

鲧死后化为黄熊，巫师怎又使他复生？

大家都要播种黑黍，就在蒲苇丛生之地开垦耕种。

为何将鲧投弃边荒，而对他疾恨满盈？

注释

❶ 阻穷：险阻艰难，此指鲧被放逐羽山之野所经行之险途。西征：此指鲧自西向东而行。征：行。岩：山岩。

❷ 化为黄熊：古代传说，鲧死于羽山之野以后，其灵魂化为黄熊。巫：巫师。活：使鲧复活。

❸ 咸：全，都。秬黍：黑黍。莆：即“蒲”，是一种生长于浅水的植物。雚（huán）：即“萑”，是荻苇一类的植物。营：指耕耘。

❹ 何由：什么原由。并投：此指鲧与共工等并遭投弃边荒之刑罚。疾：疾恨；憎恶。修盈：长满；盛满。

【原 文】

永遏在羽山，夫何三年不施？①

伯禹腹鲧，夫何以变化？②

纂就前绪，遂成考功。③

何续初继业，而厥谋不同？④

【译 文】

鲧被长期囚禁羽山，为何三年还不将他释放赦免？

夏禹是由鲧腹所生，他的性行如何发生异变？

夏禹继承前人之业，成就先考之功。

他继续完成治水之事，为何传说禹和鲧所用方法不同？

注释

❶ 永：长，长期。遏：止；此指幽闭、囚禁。施：舍，指释放而赦免其罪。《周礼·司圜》：上罪三年而舍，中罪二年而舍，下罪一年而舍。

❷ 伯禹：即禹。禹称帝之前，曾被封为夏伯，故又称伯禹。腹鲧：古代传说，鲧死后三年，有人便从鲧的腹中取出了禹。变化：此指禹性行不同，发生了变化。

❸ 纂：通“缵”，继承。就：从；趋；因；随。纂就，犹言继续从事。绪：本谓丝端，引申为“连绵不断”之意，再发展为“未竟之功业”之意。前绪，前人未竟之业。遂成：同义词连文，成就之意。考功：考，已死之父称显考、先考。考功，先考所始之功业，与“前绪”义近。

❹ 续初继业：犹云“继续初业”。谋：谋划，方法。按，据古代传说，鲧治水用的是堙塞、壅防、疏泄之法，未成其事；而禹续成之，以竟其功。鲧、禹治水，本无二法。洎乎后世，则产生了鲧主堙塞、壅防，而禹主疏泄之新说，

以抑鲧扬禹，遂将鲧视为治水不力的千古罪人。诗人屈原对此提出了自己的疑问，透露了他的观点。

【原 文】

洪泉极深，何以窴之？①

地方九则，何以坟之？②

应龙何画？河海何历？③

焉有虬龙，负熊以游？④

【译 文】

洪水非常深广，夏禹怎样用息壤将它填平？

禹将九州分列九等，又如何筑堤防洪？

应龙助禹，以尾画地，江河怎样顺势入海？

哪里有无角虬龙，背负黄熊游戏往来？

注 释

❶ 洪泉：洪水之原，此指洪水渊泉。一说，泉当作渊，唐本避讳而改。非是。窴：同“填”。

❷ 方：比；列。九则：九等。则，等第。据传说禹将九州的土地分列为九等。坟：大堤，此指筑大堤以防洪涝。

❸ 应龙：古代传说中的有双翼的神龙，它以尾画地，形成一些线路，禹便依照这些线路开凿河道，疏导洪水。历：经过，流经。

❹ 虬（qiú）：古代传说中没有角的龙。

【原 文】

鲧何所营？禹何所成？[1]

康回冯怒，地何故以东南倾？[2]

禹之力献功，降省下土四方。[3]

焉得彼嵞山女，而通之于台桑？[4]

【译 文】

鲧曾经营何事？禹又成就何功？

共工愤懑暴怒，大地何故向东南斜倾？

禹致力献进其功，降临察看天下地形。

怎又求得涂山少女，和她在台桑私通？

注 释

❶ 营：经营；谋求。

❷ 康回：即古代传说中的英雄共工氏，他与颛顼相争，怒而触不周之山，天柱折断了，地的维系也断了，于是天倾西北，地陷东南。（这传说与治水有关。闻一多认为，触山倾地之说似本为共工治水之策，意谓水在地中，倾之以弃于海，为弃盆水然也。）冯（píng）：愤懑；或盛怒貌。

❸ 力：致力，勤勉从事。献功：献进功劳。降：降下。省（xǐng）：省察；察看。下土四方：即“天下四方”之意。

❹ 焉：何。嵞山：即涂山，古国名。古代传说，禹娶涂山氏之女。通：指私通。一说，指通婚。台桑：古地名。

【原 文】

闵妃匹合，厥身是继。[1]

胡为嗜不同味，而快鼌饱？[2]

【译 文】

禹爱涂山之女而匹配交合，生育夏启为其后嗣。

为何禹和众人嗜欲相同，而一朝快

启代益作后，卒然离蠥。[3]

何启惟忧，而能拘是达？[4]

于情爱之事？

夏启代益为王，却又突遭叛乱之患。

夏启罹难，为何又从挫折中顺利脱险？

注释

❶ 闵：同“悯”，怜念；怜爱。妃：即配偶之意。匹合：匹配。继：继嗣。

❷ 胡为：何为；为什么。嗜不同味：一本作“嗜欲同味”，谓禹与众人有共同的嗜欲。如作“嗜不同味”，则又有二解：一谓禹与涂山之女嗜好不同；一谓禹与众人嗜好不同。快：快意。鼌饱：疑为“朝食”或“朝饥”。（鼌：即“朝”。饱：为“食”或“饥”之讹。）据闻一多先生考证，“朝食”“朝饥”皆为男女之事的隐语，《诗》中多有此例。

❸ 启：禹之子。益：伯益，是禹的大臣，据《战国策·燕策》记述，禹曾将天下授予伯益，启率他的徒众从伯益手中夺得了政权，取代伯益作了帝王。卒（cù）：同“猝”。突然。离：通“罹”。遭遇。蠥（niè）：“孽”之古体，引申为忧患之意。离蠥，指启遭到有扈氏叛乱之患。

❹ 惟：应读作“罹”，遭遇。“罹忧”与“离蠥”为互文，仍指遭受有扈氏叛乱之患。拘：受束缚；受阻碍，引申为受挫折。达：顺利，指启打败有扈氏，取得胜利。

【原文】

皆归躲鞠，而无害厥躬。[1]

何后益作革，而禹播降？[2]

【译文】

禹与益均以谨敬为宗旨，本身并无恶行。

为什么益的君位被启所取代，而禹的子孙得以蕃衍昌盛？

启棘宾商，《九辩》《九歌》。[3]

启向上帝恭行至上的宾礼，演奏那《九辩》《九歌》之乐。

何勤子屠母，而死分竟地？[4]

太康之母为其子忧苦成疾，为何在启死之后国土分裂？

帝降夷羿，革孽夏民。[5]

上帝遣命夷羿，革除中国民众的忧患。

胡䠶夫河伯，而妻彼雒嫔？[6]

为何夷羿又射穿河伯的眼睛，而将他的妻子霸占？

注释

❶ 皆：都，此指下文之禹与后益而言。（益，人名。因在禹死后，曾任三年君王，故又称后益。）归：指趣；归属；指归。䠶鞫：䠶，躬字之异体。鞫，鞠字之异体。躬鞠即鞠躬之倒文，这里指谨敬劳瘁。害：恶。厥：其，此处称代禹与后益。躬：身。

❷ 何：为何。作革：作，祚之借字，君位；国统。革，变更；更代。此言益之君位为启所取代。播：读为蕃，蕃衍。降：读为隆，隆盛；昌盛。

❸ 棘：读为极，至上；至极。宾：宾礼，古代诸侯朝觐天子之礼。此指启行朝天（祭天）之礼。据《山海经·大荒西经》载：开上三嫔于天，得《九辩》与《九歌》以下。商：帝字之讹（从朱骏声说）。《九辩》《九歌》：古代传说中的舞曲名。

❹ 勤：劳；苦；忧。屠：瘏之借，伤病。母：此指太康之母。死：此指启之死。分：分裂。竟：境之本字，境地，即指国土。分境地，国土分裂（谓失国）。据传说，启死后，其子失国，五子降居闾巷。

❺ 帝：上帝；一说指尧。降：遣命。夷羿：古代传说为夏时东夷族的首领，名羿。他曾夺取夏后相的帝位。一说，羿乃尧时之诸侯。袁珂先生考证：后羿是夏代有穷国之君（故地在今山东德州），也是传说中的人物，与射九日之羿并非一人。革：革除。孽：忧患。夏民：中国之民。孽夏民，即“夏民之孽”的倒文。

❻ 胡：何；为何。䠶：射。河伯：水神之名。射河伯：古代传说，羿将河伯的眼睛射瞎。妻：以之为妻，此指强占为妻。雒嫔：雒，同洛，水名。洛嫔即洛神（宓妃），河伯之妻。

【原文】

冯珧利决，封豨是䠶。①

何献蒸肉之膏，而后帝不若？②

浞娶纯狐，眩妻爰谋。③

何羿之䠶革，而交吞揆之？④

【译文】

羿有宝弓珧弧与上好的扳指圈，前去将那肥大野猪射猎追赶。

为何羿将野猪肉献祭于天，天帝却又不以为善？

寒浞娶了羿妃纯狐，又曾迷乱她秘密合谋。

为何羿有射穿重革的神技，却被寒浞、纯狐合力杀戮？

注释

❶ 冯（píng）：大。珧（yáo）：珧弧之省文，羿所用的宝弓之名，以贝壳饰弓之两梢。利：便利；好用。决：玦之借字，俗名扳指，是骨制的指圈，套在拇指上，用来钩弦发矢。封豨：封，大。豨（xī）：野猪。封豨，大野猪。䠶：见前注。

❷ 蒸肉：盛于俎内之猪羊肉，此指古代帝王狩猎完毕，以所获猎物祀天祭神。膏：油脂；肥腴。后帝：天帝。不若：若，顺；善。不若，不以为善；不以为然。

❸ 浞（zhuó）：即寒浞，人名，是工谗之人，曾为羿相。后来，浞乘田猎的机会，将羿杀死，自立为王。纯狐：本为羿妃，寒浞与之私通，并密谋杀羿，纯狐便被寒浞强占为妻，即此句所云“浞娶纯狐”。一说，纯狐本为浞妻。眩：

迷惑；惑乱。此指寒浞惑乱羿妃纯狐而与之私通。爰谋：爰，于是。谋，合谋。爰谋，于是合谋（指浞与纯狐合谋杀羿）。

❹ 躲革：射革，此指贯革之射，传说羿能射穿以七层皮革制成的靶子。交：指浞与纯狐交相为用，同谋合力。吞：吞灭；消灭。此指杀死羿。或即《左传》所谓“家众杀而亨之，以食其子”。揆：度量，引申为“算计”。

【原 文】

白霓婴茀，胡为此堂？①

安得夫良药，不能固臧？②

【译 文】

嫦娥戴着项链、发饰，穿着白霓之衣，她为何装扮得这般美盛堂堂？

她从何处得到不死良药，而又不能牢牢收藏？

注 释

❶ 霓（ní）：虹的一种，亦名雌虹、副虹。白霓，白虹。此指嫦娥以白虹为衣（所谓霓裳羽衣）。婴茀：妇女之饰物。婴，可能是系于颈上的一串贝壳（如今之项链），见《说文》：“婴，颈饰也，从女賏，賏其连也。”茀（fú）：“髴”之通假，妇女的首饰，可能是饰发的簪笄之属。堂：犹言“堂堂”，此处形容服饰盛大。

❷ 安：何；由何处。夫：语助。良药：指不死之药。臧：即“藏”字。

【原 文】

天式从横，阳离爰死。①

大鸟何鸣？夫焉丧厥体？②

【译 文】

天栻经纬纵横，象征阴阳消长之道。如果阳气离绝，生命就会终了。

大鸟为何飞腾长鸣？又为何溘然丧生？

注释

❶ 天式：天栻。式，栻之省借。栻是古代占卜之具，即后世所谓星盘。天式指自然的规律、法则。从横：纵横，指天栻上的经纬纵横；又指这经纬所象征的阴阳消长之道。阳：阳气（天之气）。离：离绝。爰：于是。

❷ 大鸟：指古代传说中王子侨的尸体所化的大鸟。王逸引《列仙传》云：崔文子取王子侨之尸，置之室中，覆之以弊筐。须臾则化为大鸟而鸣，开而视之，翻飞而去。一说，大鸟即日乌（据羿射九日之事为说）。鸣为“鳴”字之讹，鸟肥大之貌。焉：安；何。丧厥体：丧其生。

【原文】

惟浇在户，何求于嫂？①

何少康逐犬，而颠陨厥首？②

女歧缝裳，而馆同爰止。③

何颠易厥首，而亲以逢殆？④

【译文】

过浇擅入兄嫂门户，对她究竟有何相求？

为何少康纵犬逐兽，而趁机砍落过浇之头？

女歧为浇缝制衣裳，而且与浇同宿一房。

为何又把她的头颅砍落，而使她亲身遭殃？

注释

❶ 惟：语首助词。浇：通“奡”（ào）。人名，寒浞之子，传说他膂力过人，残暴贪淫。户：此指浇嫂之门户。何求：何所求。

❷ 少康：人名，是夏朝第五代君主，帝相之子。逐犬：以犬逐兽，指狩猎之事。颠陨：陨落，此指砍落。厥首：其首，指浇的头颅。传说，浇曾杀死帝相，后来少康趁打猎的机会，杀死浇，为父报仇，并恢复夏朝统治政权。

❸ 女歧：此处是浇嫂之名，闻一多《天问疏证》：案女歧当从《左传》作女艾。缝裳：为浇缝裳。馆：舍。“馆同”为“同馆”之倒文。爰：语中助词。止：息；宿。

❹ 颠易：犹颠陨。厥首：此指女歧之首。亲：此指女歧自身。逢：遭遇。殆：危亡。

【原 文】

汤谋易旅，何以厚之？①

覆舟斟寻，何道取之？②

桀伐蒙山，何所得焉？③

妺嬉何肆，汤何殛焉？④

【译 文】

过浇图谋整治军旅，为何那样重视武力？

浇使斟寻的战船翻沉，采用何计夺取胜利？

夏桀攻伐蒙山之国，所得的是什么好处？

妺嬉为何那样放荡？商汤为何对其无情诛戮？

注 释

❶ 汤：浇字之讹。谋：谋划；图谋。易：治；修整；制造。旅：本为古代军队编制的单位名称，以五百士卒为一旅；又为军队之泛称。厚：优厚；重视。之：称代军旅。

❷ 覆舟：舟船翻沉。斟寻：夏代的诸侯国之名，后为浇所灭。见《竹书纪年》（今本）：帝相二十七年，浇伐斟鄩，大战于潍，覆其舟，灭之。道：方法。取：得；攻取；夺取；引申为吞灭。之：称代斟寻国。

❸ 桀：夏桀，是夏代最后一个君主。蒙山：夏代的国名。

❹ 妺嬉（MòXǐ）：相传为古代女子之名；一说为蒙山之女；一说为岷山之女；或云蒙、岷同音，实指一事。未得其详。肆：放肆；放荡，此指放纵其情欲。汤：商汤，又号成汤，灭夏而建商，为商朝第一代君主。殛（jí）：诛罚。

据《列女传》记载，汤打败了夏桀，将夏桀与妹嬉流放南巢（今安徽省巢湖市西南），后死于其地。一说，夏桀战败后，与妹嬉南逃，死在南巢。

【原 文】

缘鹄饰玉，后帝是飨。①

何承谋夏桀，终以灭丧？②

帝乃降观，下逢伊挚。③

何条放致罚，而黎服大说？④

【译 文】

伊尹以美器进献美馔，让汤帝欣然品尝。

为何辅佐商汤策划伐桀，终于使桀因此灭亡？

商汤俯察四方的民情风俗，巧遇并赏识伊尹。

为何夏桀自鸣条被放受罚，而黎民大为欢欣？

注 释

❶ 缘：在此，缘与饰义近，《汉书·公孙弘传》有“缘饰以儒术”句，缘饰犹文饰之意。缘鹄与饰玉对文，即指以鹄形为文饰之酒器（方壶之属）与以美玉为饰之饪器（鼎、鬲之属）。鹄（hú）：鸟名，又叫天鹅。此指用作装饰的天鹅形象（大概是铸于酒器的盖上）。一说，鹄，指鹄羹（用鹄鸟肉做的带汁食品）。据传说，伊尹善烹调之术，“缘鹄饰玉”，是指伊尹以美器盛美食进献于汤，并借此受到汤的赏识。后帝：此指商汤。飨：食用。

❷ 何：为何。承：“丞”之借字，辅佐，此指佐汤。谋：谋划；图谋。以：因；因此。灭丧：指夏桀灭亡。

❸ 降观：俯察民情。逢：遇。伊挚：即伊尹。

❹ 条：地名，即鸣条。放：指汤败桀于鸣条，并自鸣条放逐他到南巢。致罚：使桀得到应有的惩罚。黎服：黎民。服，古文作艮，艮、民形近，故民讹作艮（服）。说：悦。

【原 文】

舜闵在家，父何以鳏？①

尧不姚告，二女何亲？②

简狄在台，喾何宜？③

玄鸟致贻，女何喜？④

【译 文】

舜在家中饱受忧患，其父为何使他无妻单身？

尧不告知舜父，何以就将二女嫁为舜的亲人？

简狄在坛台之上，帝喾为何祭社祈求上苍？

玄鸟致赠其卵，简狄为何就得生子之嘉祥？

注释

❶ 舜：古帝名，尧死后就位，号有虞氏，史称虞舜。闵：同“悯”，忧郁；忧患。父：此指舜父瞽叟。鳏（guān）：同“鳏”，成年男子无妻或丧妻称鳏。相传舜在家中受其父、后母及弟的虐待，其父瞽叟不给舜完婚，使为鳏夫。

❷ 尧：古帝名，号陶唐氏，史称唐尧。姚：舜的姓，此处以“姚”代称舜父瞽叟。告：告诉。不姚告，谓尧不告诉舜的父亲（就将自己的两个女儿许嫁于舜）。二女：两个女子，指尧的两个女儿娥皇、女英。亲：指尧将二女嫁给舜为亲近之人（妻室）。

❸ 简狄：人名，有娀氏之女，古代传说帝喾之妃，契之母。台：坛台，古代祭社，必筑土为坛台。一说，指瑶台，富丽堂皇的楼台。喾（kù）：古帝名，号高辛氏。宜：祭社。

❹ 玄鸟：凤凰。贻：赠。古代传说，简狄与其妹行浴，有玄鸟飞过，遗卵于其侧，简狄爱而吞之，遂生契（商之始祖）。喜：嘉字之讹，指嘉祥而有子。

【原 文】

舜服厥弟，终然为害。①

何肆犬体，而厥身不危败？②

眩弟并淫，危害厥兄。③

何变化以作诈，后嗣而逢长？④

【译 文】

舜依从他的弟弟，其弟终于危害兄长。

为何象恣肆其犬豕之心，而自身却未遭殃？

昏乱的弟弟与父母共同作恶，谋害他的长兄。

为何变化无常、奸诈邪恶的象，他的后代却绵延昌盛？

注释

❶ 服：事；顺从。厥：其，代舜。弟：指舜的异母弟，名象。他常虐待舜。终然：终于如此。为害：指象谋害舜。传说舜的父亲、后母、异母弟屡次合谋害舜，在舜修葺粮仓时放火，想烧死舜；在舜掏井时填土，想闷死舜。舜都死里逃生，他们都未得逞。

❷ 肆：恣肆；肆无忌惮，为所欲为。犬体：洪、朱同引：一本作“何得肆其犬豕”。朱本径作“何肆犬豕”。犬豕，指象有犬豕之心。厥：其，代象。不危败：指象虽作恶，却没有遭受危败。一说，此指舜屡遭陷害，却未被害死。

❸ 眩弟：昏乱之弟（指象）。并淫：与其父母共同做邪恶的事（指谋害舜）。淫，邪恶之行。厥兄：其兄，指象的兄长（舜）。

❹ 变化：指象施阴谋诡计，变化无常。作诈：行奸诈之事。后嗣：指象的后嗣。逢长：兴盛久长。逢，大，盛。

【原 文】

该秉季德，厥父是臧。[①]

胡终弊于有扈，牧夫牛羊？[②]

有扈牧竖，云何而逢？[③]

击床先出，其命何从？[④]

【译 文】

王亥继承季的德行功业，以他父亲为完美的榜样。

为何终在有易国被害，并由别人放牧他的牛羊？

寄居有易国的牧人，怎样与有易氏之女相逢？

王亥在床上先被击杀，由谁传达了那道命令？

注 释

❶ 该：人名，即亥，又称王亥，为殷之先王，契之六世孙。王国维认为即《山海经·大荒东经》所云“两手操鸟，方食其头”的王亥。秉：承。季：人名，即冥，亦为殷之先王，契之五世孙，亥之父。德：德行功业。臧：善。

❷ 胡：何。弊：害；败；此指被杀。有扈：应作有易，古国名。相传亥曾居有易，与有易氏之女私通，被有易国的国君绵臣所杀。夫：语中助词。

❸ 有扈：仍为“有易”之讹。牧竖：放牧牛羊的童仆，这是对王亥的鄙称。逢：指亥与有易氏之女相逢（幽会）。

❹ 击床：指击杀王亥于床上。先出：先发。其命：那（杀王亥的）命令。何从：从何，来自何人。

【原 文】

恒秉季德，焉得夫朴牛？[①]

【译 文】

王恒秉承季的德行功业，又怎样获得失去的大牛？

何往营班禄，不但还来？②	为何王恒营求颁赐的爵禄，而不得回来享受？
昏微遵迹，有狄不宁。③	昏微遵循祖先之德，征伐有易，使其不得安宁。
何繁鸟萃棘，负子肆情？④	但是为何又如众鸟集棘，淫人妇女，情欲放纵？

注释

❶ 恒：亥之弟。焉：安；何；何处。朴牛：壮大的牛。相传恒又夺回亥失去的大牛。

❷ 营：营谋；营求。班禄：帝王颁命之爵禄。但：可能是“得”字之讹。

❸ 昏微：人名，即上甲微，是王亥之子。遵：遵循；秉承。迹：犹言祖武，祖德。有狄：即有易。不宁：相传上甲微借河伯之师伐有易，杀其君绵臣。故曰“有狄（易）不宁”。

❹ 繁鸟：众鸟。萃：集；群栖。棘：荆棘。此处似借《诗·陈风·墓门》诗意，以“繁鸟萃棘”喻上甲微有不良之行。一说，“繁”为“击”之讹，“击鸟萃棘”，指上甲微耽于猎取萃棘之鸟。一说，是借解居甫调戏陈辩女的故事影射上甲微有淫乱之行。负子：负，或为“媍”之借字，“媍”即“妇”之异体。一说，负，背负，指抢夺；子，犹言女。肆情：放纵情欲。

【原文】	【译文】
成汤东巡，有莘爰极。①	成汤前往东方巡视，一直到达有莘之地。
何乞彼小臣，而吉妃是得？②	他本想得一小臣，为何却又娶得贤淑美妻？
水滨之木，得彼	从水滨桑木之中，有莘之人得到了小

小子。[3]

子伊尹。

夫何恶之，媵有莘之妇？[4]

又为何厌恶他，而使他充当陪嫁仆臣？

注释

❶ 成汤：商汤。东巡：到东方巡视。有莘：古国名。极：到达。“有莘爰极”，为“爰极有莘”之倒装句法。

❷ 乞彼小臣：据《吕氏春秋·本味篇》的记载，成汤听说有莘国的小臣伊尹是贤才，便向有莘国求伊尹，有莘氏不同意，而伊尹也想归汤，成汤于是娶有莘之女为妃，伊尹便陪嫁到达。吉妃：贤美的妃。

❸ 据古代传说，伊尹的母亲有孕，梦见神女告诉她：“臼出水时，就向东跑，不要回顾。”第二天，她看到臼出水了，告诉邻居后便东去，跑了十里而回顾，结果全邑都被洪水淹没，她自身化为空桑。水消后，有莘国的人从空桑中得到一个婴儿，便是伊尹，大有奇才。但是，人们厌恶他是从空桑中而出的，就又将他当作媵人陪嫁。

❹ 恶：厌恶。之：代称伊尹。媵（yìng）：本指古代陪嫁之侄及妹，又指陪嫁的奴仆（包括男女）。有莘之妇：犹言“有莘之女”，因出嫁而称妇。

【原文】

【译文】

汤出重泉，夫何罪尤？[1]

汤在重泉被桀囚禁，后又放出，他究竟有何罪过？

不胜心伐帝，夫谁使挑之？[2]

成汤不堪忍受而伐桀，是谁挑起他心中的怒火？

初汤臣挚，后兹承辅。[3]

起初成汤将伊尹用作小臣，后来便使他辅佐汤王。

何卒官汤，尊食宗绪？[④]

为何最终伊尹做汤的相，死后也在汤庙荣受祭享？

注释

❶ 出：释放。据《史记·夏本纪》所载，夏桀曾召汤而囚禁于夏台，后来又放了他。重泉：夏台所在之地。罪：本字作“辠”，“罪”乃借字。秦始皇认为“辠”字似“皇帝”连写之形，故以“罪”代之。其实，“罪”乃捕鱼竹网。罪尤，罪过。

❷ 不胜心：心不堪；心中难以胜任；心中受不住。伐：征伐。帝：指夏桀。挑：挑起；挑动。之：指汤以及他所代表的势力。

❸ 臣：以之为臣（一般的臣子）。后兹：以后；后来。承辅：辅佐大臣。

❹ 卒：终；最后。官：此指为相。一说，官为“追”之讹，追，随享。尊食：庙食，在宗庙中受祭祀。宗绪：此指祭汤的宗庙。

【原文】

彼王纣之躬，孰使乱惑？[①]

何恶辅弼，谗谄是服？[②]

厥萌在初，何所亿焉？[③]

璜台十成，谁所极焉？[④]

【译文】

那纣王本身，是谁使他成为惑乱之君？

他为何憎恶辅臣，而信任谗谄小人？

事物萌芽之初，谁能将它的后果预料？

玉石楼台共有十层，是谁把它筑得这样高？

注释

❶ 王纣：纣王。躬：自身。乱惑：昏乱迷惑。

❷ 恶：憎恶。辅弼：帝王左右辅佐之臣。谗：谗言，说别人的坏话。谄：说奉承话。服：用。

❸ 萌：萌芽。何：应作“谁”解。亿：度；预料。

❹ 璜台：玉石砌成的高台；或指雕饰华贵，富丽堂皇的高台。十成：十重。极：至；达到，此指达到高度。

【原 文】

比干何逆，而抑沉之？①

雷开何顺，而赐封之？②

何圣人之一德，卒其异方？③

梅伯受醢，箕子详狂？④

【译 文】

比干怎样触犯了纣王，而被埋没残杀？

雷开怎样顺从其主，而使纣王厚赐爵禄于他？

为何圣人本有一致的品德，最后却各行其道？

为何梅伯因直谏而被剁成肉酱，箕子又装疯远逃？

注 释

❶ 比干：人名，是纣王的忠良之臣，因劝谏纣王而遭杀害。逆：拂逆，违背，此指违逆纣王的骄固之心。抑沉：压抑，沉沦，埋没。之：称代比干。

❷ 雷开：人名，是纣王的奸臣，他因善于奉承纣王而大受爵禄重赏。顺：顺承，逢迎。

❸ 一德：具有一致的品德。卒：终；最后。其：乃。异方：不同的方法和途径。

❹ 梅伯：人名，纣的诸侯，因屡次劝谏纣王，纣施淫威，杀害了他。受：被。醢（hǎi）：肉酱，此指把人剁成肉酱的一种酷刑。箕子：人名，纣的忠臣，

谏纣不纳，他便披发装疯而逃到远方做奴隶。详狂：详，即“佯”，假装。佯狂，假装疯狂。

【原 文】

会鼂争盟，何践吾期？①

苍鸟群飞，孰使萃之？②

列击纣躬，叔旦不嘉。③

何亲揆发足，周之命以咨嗟？④

【译 文】

诸侯聚会盟誓，为何都能践履武王会盟之期？

王师猛如苍鹰群飞，谁使他们同心会集？

武王将纣王裂体斩首，叔旦并不以此为然。

为何当初却共谋发兵讨纣，并为周朝号令天下而赞叹？

注 释

❶ 会：会合。鼂：同“朝”（cháo），聚会之意。会朝，是朝会之倒文。争盟：一本作“请盟”。请，告于天。盟，誓于神。此言周武王在盟（孟）津大会诸侯，准备联合伐商。据《史记·周本纪》载：不期而会盟津者八百诸侯。践：践约；赴会。吾：可能是“武”字之声误，指武王。期：会盟之期。

❷ 苍鸟：苍鹰，此处以这种鸷禽比喻武王之师十分强大勇猛。萃（cuì）：会集。

❸ 列：王逸《章句》原作“到击纣躬”。洪兴祖校文：到，一作列。朱熹《集注》(《天问》)即以“列击纣躬”出之，并注曰：列，一作到。非是。游国恩《天问纂义》云：到，当作列，形近而误。按，列，杀也。一说，“列”通“裂”，此指分裂纣的尸体。击：刺。躬：体。据《史记·周本纪》所载，武王曾对纣王的尸体射了三箭，又用轻剑击之，用黄钺斩其头，悬挂在白旗之上。

叔旦：即周武王之弟，又称周公。嘉：嘉许；称赞。

❹ 揆：度量；谋虑。发足：举足；启行，谓武王兴师伐纣事。周之命：指周武王灭商，号令天下。以：而。咨嗟：表示感叹，赞美。

【原 文】

授殷天下，其德安施？①

及成乃亡，其罪伊何？②

争遣伐器，何以行之？③

并驱击翼，何以将之？④

【译 文】

上帝将天下授予殷人，他们怎样施行德政？

殷人成功后却又灭亡，他们究竟有何罪行？

天下诸侯争先拿起武器，武王怎样将他们发动？

并驾齐驱攻敌两翼，武王又是如何指挥官兵？

注 释

❶ 授殷天下：言天帝以天下授予殷。其德：指称殷人之德政。“德”，一作“位”。施：行。

❷ 及：到；达到。成：成功。乃：却。其：代称殷人。伊：是。

❸ 遣：使；用，此处有动用、拿起之意。伐器：攻伐之器，各种兵器。行：动，发动。行之，指武王发动八百诸侯。

❹ 并驱：并驾齐驱。击翼：攻敌两翼。将：统率，指挥。

【原 文】

稷维元子，帝何竺之？①

投之于冰上，鸟何燠之？②

何冯弓挟矢，殊能将之？③

既惊帝切激，何逢长之？④

【译 文】

后稷既是元妃的长子，为何帝喾又对他憎恶？

将后稷投弃于河冰之上，大鸟为何用羽翼暖燠遮护？

后稷为何挟弓带箭，特具将才而指挥有方？

他的降生使天帝大受惊扰，为何又保佑他子孙繁昌久长？

注释

❶ 稷：即后稷，名弃，古代传说帝喾的长子。维：是。元子：长子，特指嫡妻所生的长子。帝：指帝喾。一说指天帝。（实际上，古人心目中，帝喾也是天帝之一，他既是人，又是神。）竺："毒"之通假，憎恶之意。之：称代后稷。

❷ 之：代后稷。燠（yù）：温暖。据《诗·大雅·生民》，帝喾元妃姜嫄踩了巨人的脚印，便怀了孕，生下后稷，其父母以为不吉利，将他抛弃在河冰之上，有神鸟飞来，用羽翼覆盖着温暖他，他因而没有冻死。

❸ 冯（píng）：持；挟。冯弓挟矢，是指后稷挟弓带箭，精通武艺。这大概是说后稷任司马时候的事（从刘盼遂先生说）。殊：极；很；特出。将：统率，此指统率军队之才能。

❹ 既：既然。惊帝：惊动天帝。《诗·大雅·生民》：以赫厥灵，上帝不宁，不康禋祀，居然生子。是说后稷始生时，大有灵异，上帝也受到激烈震惊，不得安宁。切激：激烈。逢：遇。长：昌盛久长。

【原 文】

伯昌号衰，秉鞭作牧。[1]

何令彻彼岐社，命有殷国？[2]

迁藏就岐，何能依？[3]

殷有惑妇，何所讥？[4]

【译 文】

文王伯昌于衰微末世发号施令，执掌政权做西方牧伯。

是怎样下令撤除岐地社庙，而天命武王伐殷享国？

周之先祖携带财宝率众迁岐，广大族众为何追随影从？

殷有那惑人之妇，对纣王谏诤又有何用？

注 释

❶ 伯昌：即周文王，名昌，因为纣时他是西方诸侯之长，所以称为西伯。号衰：言文王在殷朝衰微末时而能发号施令。秉鞭：秉，执。鞭，比喻政令。秉鞭，谓执政。作牧：做西方六州之牧，行使政治权力。此句犹贾谊《过秦论》所云“振长策而御宇内”之意。

❷ 何：如何。令：命令；使。彻：通“撤”，撤除；毁弃。岐社：岐地的社庙。古代建国必立社庙以祭祀土地之神，并作为政权的象征。岐社，即周的社庙。周武王伐纣灭殷之后，迁都于丰，另立社庙于新都，故令撤彼岐社。命：天命。有：享有；占有。有殷国，犹言取代殷朝统治而有天下。

❸ 迁：迁移。藏（zàng）：宝藏，资财。就：到。依：依附；相从。

❹ 惑妇：迷惑人的妇女，指妲（dá）己。据史书记载，殷纣王迷恋妲己，暴虐荒淫。讥：讽谏。

【原 文】

受赐兹醢，西伯上告。[1]

何亲就上帝罚，殷之命

【译 文】

纣王将梅伯的肉向诸侯、大臣分赐，文王向上帝告发纣的倒行逆施。

以不救？[2]

为什么殷纣王身受天罚，殷朝的国运不可救拔？

注释

❶ 受：即纣王之名。兹：此。醢：肉酱，此指纣王将直言敢谏的梅伯剁成肉酱。西伯：即周文王。上告：指上告于天。

❷ 就：受。命：命运。

【原 文】

师望在肆，昌何识？[1]

鼓刀扬声，后何喜？[2]

武发杀殷，何所悒？[3]

载尸集战，何所急？[4]

伯林雉经，维其何故？[5]

何感天抑地，夫谁畏惧？[6]

皇天集命，惟何戒之？[7]

受礼天下，又使至代之？[8]

【译 文】

太师吕望在店铺中卖肉，周文王是怎样识别他的贤能？

吕望操刀砍肉之声从店中传出，为何文王听到就大为高兴？

武王斩掉纣王头颅，为何那样忧心忡忡？

武王车载文王木主与纣会战，究竟如何这样忙迫倥偬？

纣王投火烧死，妃嫔悬梁自尽，那是什么根源？

为何武王伐纣，要感动天地，是谁使他畏惧不安？

皇天降命赐殷享国，殷应如何自知谨饬？

纣王统治天下，皇天为何又命周取而代之？

注释

❶ 师望：吕望，即姜太公，因为他是太师，所以称作师望。肆：商店。昌：周文王之名。

❷ 鼓刀扬声：操着屠刀宰牲畜，发出砍肉之声。鼓刀，也可解为敲击屠刀。后：指文王。《说苑》载，太公尝屠牛于朝歌，卖饭于孟津。

❸ 武发：周武王之名。殷：指称殷纣王。据《史记·殷本纪》载，纣兵败，见大势已去，登鹿台，投火而死。周武王便斩下他的头颅，悬在大白旗的旗杆上。悒（yì）：郁郁忧闷。

❹ 载尸：此指武王以车载着文王的木主，继承文王未竟之业，誓师伐纣。集战：会战。

❺ 伯林：伯，疑为“燔”字的声误，烧。林，薪木。雉经：吊死。

❻ 感天抑地：感天动地。抑，动。此“感天抑地”，指武王载文王木主与纣王会战，以求感动天地神灵。

❼ 集命：降赐天命，让某姓享国，此指让殷统治天下。惟：语首助词。戒：戒慎警惕。

❽ 受：见前注。礼：同理、履。至：周之假借。

【原 文】

昭后成游，南土爰底。[①]

厥利惟何，逢彼白雉？[②]

穆王巧梅，夫何为周流？[③]

环理天下，夫何索求？[④]

【译 文】

周昭王以车马随从南巡，到达南方楚地。

昭王所求何利？难道只为迎那白羽山鸡？

穆王耽于驱策狩猎，他为何四方周游？

巡行天下各地，他究竟有何索求？

注释

❶ 昭后：即周昭王。成游：成，或为“盛”之讹，盛游，是以兵车随从而出巡，即《吕氏春秋》所说的昭王亲征荆之事。南土：南方，指荆楚之地。爰：助词。底：至。《史记·周本纪》正义引《帝王世纪》云：昭王德衰，南征，济于汉，船人恶之，以胶船进王，王御船至中流，胶液船解，王及祭公俱没于水中而崩。

❷ 厥：其，代昭王。利：贪求之利。惟：为；是。逢：迎。白雉：白羽的山鸡。毛奇龄《天问补注》引《竹书纪年》云：昭王之季，荆人卑词致王曰：“愿献白雉。”昭王信之而南巡，遂遇害。按，现今可考见之《竹书纪年》遗文中无此段文字。

❸ 穆王：周穆王。巧：淫贪喜好。梅：王夫之以为是“枚”字之讹。枚，即策，马鞭。巧枚，即耽于驱策游猎。梅，一作挴。王逸注：挴，贪也。桂馥《札朴》：按，挴，当作拇。《广韵》：拇，贪也。周流：犹周游。

❹ 环理：即还履，犹周游。

【原文】

妖夫曳衒，何号于市？①

周幽谁诛？焉得夫褒姒？②

天命反侧，何罚何佑？③

齐桓九会，卒然身杀？④

【译文】

妖异夫妇互相牵挽而行，叫卖什么而招摇过市？

周幽王曾诛伐何国？为何得到美女褒姒？

天命反复无常，对谁保佑，对谁惩罚？

齐桓公九次会盟诸侯，最后又为何被杀？

注释

❶ 妖夫：此指行动怪异反常的夫妇。曳：牵挽。衒（xuàn）：炫耀。号：叫，此指沿街叫卖。据《国语·郑语》及《史记·周本纪》所载，周幽王的祖父周厉王时，有一个宫女碰到龙沫所化的玄鼋而怀孕，无夫而生一女，以为不祥，便将女孩扔掉。宣王时有童谣说："檿弧箕服，实亡周国。"（檿弧：山桑所制之弓。箕服：箕木所制之箭袋。）一天，果然有一对夫妇在市上叫卖檿弧箕服，宣王下令杀他们，他们就在深夜逃亡，在路上见到那被弃女婴，便带着她跑到褒国。后来，幽王伐褒，褒人就献上该女以讨好，这女子便是褒姒。幽王宠爱褒姒，荒淫无道，终于灭亡。

❷ 周幽：周幽王。谁诛："诛谁"之倒文，诛伐何国。焉：安，何。

❸ 天命：上天之命；上天之道。反侧：反复无常。何罚何佑：疑为"何佑何罚"之误倒。佑：保佑；佑助。

❹ 齐桓：齐桓公，春秋五霸之一。九会：指齐桓公曾九次会盟诸侯，成为盟主。卒然：终于；最后。身杀：自身被杀。据《管子·小称》《韩非子·十过》，齐桓公后来任用奸臣易牙、竖刁等人，引起内乱，终于被困宫中身亡。

【原文】

彭铿斟雉，帝何飨？①
受寿永多，夫何久长？②
中央共牧，后何怒？③
蜂蛾微命，力何固？④

【译文】

彭铿调治雉羹进献，帝尧为何欣享？

帝尧享有高寿，他的寿命有多么久长？

中央政权由共伯执掌，厉王显灵降灾，为何忿怒？

蜂蛾般微命之叛民，他们的力量何等强固！

注释

❶ 彭铿：即彭祖之名，相传他是八百岁的长寿老者。斟雉：烹调雉肉以为羹。帝：此指帝尧。飨：享用，指享用雉羹。

❷ 受寿：指帝尧吃了彭铿调制的雉羹而得享高寿。永多、久长：义同，指寿命长久。

❸ 中央：此言周朝统治政权。共：此指共伯和。据《史记·周本纪》载：共伯名和，好行仁义，诸侯贤之。周厉王无道，国人作难，王奔于彘，诸侯奉和以行天子事。牧：牧民，即治民，执政。“中央共牧”，就是指周厉王奔彘后，共伯和代天子执政的情况。后：此指厉王。怒：指厉王之灵怒而降灾为祟。据史书所载，厉王崩于彘，共伯准备篡位自立为天子，适时大旱为灾，房屋被烧，卜辞说是厉王为祟。(以上参用闻一多先生《楚辞校补》说。)

❹ 蜂蛾：古代史籍多有以蜂蛾、蜂蚁喻叛民之例，如《汉书·陈胜传》“楚蜂起之将”；《陈球后碑》“蜂聚蛾动”；《淮南子·兵略篇》“天下为之麋沸蚁动”；《后汉书·冯衍传上》“天下蚁动”。此处“蜂蛾”是比喻奋起反叛周厉王的民众。微命：本指细小的生命，此处似又有社会地位低微的含义。力何固：力何强。据史书载，厉王无道，国人怒而攻之，厉王逃彘，又包围搜求太子，最后召公以自己的儿子冒充太子，被国人杀掉。(以上参用闻一多先生《楚辞校补》说。)

【原 文】

惊女采薇，鹿何祐？①

北至回水，萃何喜？②

兄有噬犬，弟何欲？③

易之以百两，卒无禄？④

【译 文】

淑女之言警醒了采薇的夷、齐，为何白鹿又对他们哺乳佑助？

夷、齐北行，到达回水，饥饿憔悴，他们为何乐于就死而不反顾？

兄长秦景公有那猛犬，弟弟为何很想得此心爱之物？

甘愿以百辆大车交换，为何终于丧失爵禄？

注释

❶ 惊女：为“女惊”之倒文。惊又通儆（警），警戒，劝止。《文选》刘孝标《辩命论》云：夷叔毙淑媛之言，子舆困臧仓之诉。李善注引《古史考》云：伯夷、叔齐者，殷之末世孤竹君之二子也，隐于首阳山，采薇而食之，野有妇人谓之曰：“子义不食周粟，此亦周之草木也。”于是饿死。五臣注：夷、齐饿于首阳，白鹿乳之。祐：一本作佑，助。

❷ 回水：河曲之水，即首阳山之所在。萃：古通“悴”。悴何喜：意谓伯夷、叔齐北至回水，饥饿憔悴，视死如归，究竟为何那样乐于就义？一说，萃，训“聚”，指夷、齐兄弟相聚。

❸ 兄：指春秋时之秦景公。噬犬：善噬的猛犬。弟：指秦景公之弟。

❹ 百两：百辆。禄：爵禄。

【原 文】

吴获迄古，南岳是止。①

孰期去斯，得两男子？②

勋阖梦生，少离散亡。③

何壮武厉，能流厥严？④

【译 文】

吴国得以传世绵长，居留于南岳一方。

谁能想到在这吴地，得到了两位英明男子为王？

建树功勋的阖庐是寿梦之孙，少小时却遭流亡。

为何壮大时则能奋发勇武，赫赫威严施及四方？

注释

❶ 吴：古代南方诸侯国名。迄古：终古。南岳：此处泛称会稽山水。（会稽山一名衡山，又称南岳。）止：居留。

❷ 期：希望；想到。去：疑为“夫”之讹，犹“于”。斯：指示代词，这里指吴地。两男子：指古公亶父的长子太伯及次子仲雍。古公亶父偏爱幼子季历并想将王位传给他。太伯、仲雍得知后，相率奔吴。吴地之民拥戴太伯为君，太伯死后，又继立仲雍为君。

❸ 勋：功勋。阖：阖庐。梦：寿梦，阖庐的祖父。生：古“姓”字，子孙，或专指孙子。勋阖梦生（姓），是说“有功勋的阖庐，是吴王寿梦的孙子”。少：年少，此指阖庐年少时。离：同“罹”，遭遇。少离散亡：是指吴王阖庐少年时流亡外地之事。王逸《章句》云：寿梦卒，太子诸樊立；诸樊卒，传弟余祭；余祭卒，传弟夷未；夷未卒，太子王僚立。阖庐，诸樊之长子也，次不得为王，少离散亡，放在外。

❹ 壮：壮大。武厉：厉武之倒文，奋发其武威。流：行；施。严：“庄”字之借。

【原文】

吴光争国，久余是胜？①

何环穿自闾社丘陵，爰出子文？②

吾告堵敖以不长。③

何试上自予，忠名弥彰？④

【译文】

吴公子光与王僚争国得立，为何这不义之君能常常战胜我们？

伯比环绕穿行于闾社、丘陵之间，与女私通邪淫，为何却生出贤才子文？

熊恽与堵敖抵触，弑君而自立为王，因而堵敖享国不长。

为何弑君篡位的熊恽，反而更加忠名昭彰？

注释

❶ 吴光：吴公子光，即阖庐。争国：指阖庐与王僚争国而得立（言外之意是阖庐取之不以道）。久：长，常。余：指楚。

❷ 一本作："何环闾穿社，以及丘陵？是淫是荡，爰出子文？"环穿：环绕穿行。闾：古制二十五户为闾，或称社、里。爰：乃。子文：楚令尹子文。据传楚大夫斗伯比与子之女私通而生子文。《左传·宣公四年》云：初，若敖娶于䢵，生斗伯比。若敖卒，从其母畜于䢵，淫于䢵子之女，生子文焉。䢵夫人使弃诸梦（指云梦泽）中，虎乳之。䢵子田，见之，惧而归，以告，遂使收之。楚人谓乳谷，谓虎於菟，故命之曰斗谷於菟。以其女妻伯比。

❸ 吾告：疑二字为"牾"字之讹。"牾"同"啎"（忤），忤逆；不顺；抵触。堵敖：即楚文王之子熊囏（古艰字）。楚文王死后，堵敖继位。其弟熊恽弑堵而自立为王（即成王）。堵敖只享国五年。

❹ 试："弑"之讹。上：主上，指堵敖。予：疑为"干"字之讹，求取。自干，指熊恽自取君位。弥：更加。彰：昭彰。

【原 文】

薄暮雷电，归何忧？①

厥严不奉，帝何求？②

伏匿穴处，爰何云？③

荆勋作师，夫何长？④

悟过改更，我又何言？⑤

【译 文】

日暮黄昏，雷电交加，将要归于居处，我是何等忧伤？

国君之威严不能保持，还有什么要祈求上苍？

我被流放而伏匿洞穴之中，又有什么可讲？

楚国动辄兴师作战，国运如何长远？

君王如能悔过自新，改弦易辙，我又有何可言？

注释

❶ 姜亮夫《屈原赋校注》云：余疑自此以下至篇末，皆就当时楚事发为慨

感；盖呵问之义已毕，因以思及家国，问义未竟，而哀感袭来，不能自已，遂牵连揉杂，唅呼为问而作结也。薄暮雷电云云，即“风雨如晦”之义。

❷ 严：国家与君王的威严。奉：遵奉；保持。帝：天帝。

❸ 穴处：住在洞穴中。爰：乃。按，这两句是屈原自伤之词。

❹ 荆：即楚国。勋：疑为“动”字形近之讹，动，动辄。作师：兴师。此指发兵与秦国作战。

❺ 悟过：觉悟而悔过。改更：改过自新。

招魂

解题

关于本篇作者：一说为屈原；一说为宋玉；一说非屈非宋，乃汉代辞赋家之拟作。聚讼千载，各言其是。现在，姑且采取较有代表性的说法，即根据《史记·屈原贾生列传》认为《招魂》是屈原所作。

至于所招之魂为谁，古今学人，颇有异词：或云屈原自招生魂，或云屈原招怀王生魂，或云屈原招怀王亡魂，或云宋玉招屈原生魂，等等。然细绎文义，似以屈原招怀王亡魂之说为妥。

怀王因受欺诈，入秦而被扣留，竟客死于秦国。顷襄王即位，恣情淫逸，朝政昏乱，置国难父仇于不问。屈原当时已被流放江南，哀悼怀王，蒿目时艰，便根据楚地民间传统方式，作“招魂词”以招唤怀王之亡魂；且欲借此启发顷襄王发愤图强、复仇雪耻之志。

作品借助于丰富的想象力，运用民间传说，假设上帝命令巫阳到下界为其所暗示的人招魂。巫阳招魂之词，主要有两方面内容：一方面极力描述天地四方的险恶恐怖，警告亡魂不要上天，不要入地，不要淹留四方，而要尽快返回故居；一方面百般铺叙故居的宫室苑囿之富丽堂皇，饮食乐舞之美盛，车马服御之华奢，劝告亡魂归来安享人间洪福。最后，在“乱辞”中，追忆往昔楚王游猎之盛况，感念目前的国忧君难，隐约透露爱国思君之情。“伤春心”“哀江南”，正是本篇主旨所在。

【原 文】

朕幼清以廉洁兮，身服

【译 文】

我自幼至今清白廉洁啊，一身行义

义而未沫。[①]

主此盛德兮，牵于俗而芜秽。[②]

上无所考此盛德兮，长离殃而愁苦。[③]

而永无终止。

我将此盛德之人奉为君主啊，无奈他牵于世俗而败坏变质。

君上不能成全这盛德啊，久已深陷愁苦而遭逢灾祸。

注释

❶ 朕：我，屈原自称。身：自身。服：行。沫：消散；终止；泯灭。一说，沫当作“沬”，通“昧”，幽微；暗淡；昏暗。

❷ 主：本义为君主，人主。此处作动词，以之为君主。盛德：此指有盛德之人君。牵：牵缠；牵累。俗：世俗，此指当时楚国统治集团腐朽贪暴的风气。芜秽：本指荒芜多草。此指品行有污点；败坏变质。一说，芜，“无”之借字。无秽，没有污点。

❸ 上：君上；主上。考：成。又训考察。长：久；长远。离：通“罹”，遭逢。殃：祸殃。

【原 文】

帝告巫阳曰：“有人在下，我欲辅之。[①]

魂魄离散，汝筮予之。”[②]

巫阳对曰：“掌梦。上帝，其难从。[③]

若必筮予之，恐后之谢，不能复用。”[④]

【译 文】

上帝将旨意向巫阳下达：“有人在那下界，我想辅助保佑于他。

如今，他的魂魄已和躯体离散，你要占卜魂魄飘在何处，招来给他。”

巫阳回答：“我只是掌管占梦。上帝，我难以完成您的使命。

如果一定要我占卜，而又还他生魂，恐怕已在灵魂消散之后，不能再有何用。”

注释

❶ 帝：上帝。（自此以下，是作者假想上帝与巫阳的对话。）巫阳：古代神话中的女巫，名阳。有人：此谓楚怀王。下：下界；人间。辅：佑助。

❷ 魂魄：古人迷信，认为人有一种无形的精神灵气，能离开人的形体而存在的精神叫魂，依附人的形体而显现的灵气叫魄。在此，魂魄即指灵魂。离散：此言怀王死后，其魂魄已脱离躯体而逸散四方。汝：称巫阳。筮（shì）：古代以蓍草占卜之术。予：同“与”，给。之：称代怀王。

❸ 掌梦：这是巫阳对上帝说，自己是掌管占梦的巫师。难从：此指难以从命，而将怀王之魂招来还于其身。按，古本“其”字前有“命”字，是。按，尽管巫阳如此说，可是，他仍然要执行上帝的命令，前去招怀王之魂。

❹ 后：落在后面。之：指亡魂。谢：凋谢；消失。按，此三句是解释上文“其难从”的理由。

以上是第一部分，即全篇的引言，以虚构的上帝与巫阳的对话，道出招魂之原委。以下即转入“招魂词”的主体。

【原 文】

巫阳焉乃下招曰：①

魂兮归来！去君之恒干，何为四方些？②

舍君之乐处，而离彼不祥些。③

【译 文】

巫阳于是面向下界招魂，说道：

灵魂啊，回来吧！离开您常寄之躯体，为何到那四方飘零？

舍弃您的安乐住所，而遭罹那灾异险凶。

注释

❶ 按，实则作者借巫阳之言抒发自己之情志。焉乃：犹“于是”。

❷ 去：离开。君：对灵魂的敬称，犹言“您”。恒：常，经常。干：躯干，

躯体。何为：为何。些（suò）：楚地方言的语气助词，也是巫术中的专用语。据宋代沈括《梦溪笔谈》云：今夔、峡、湖、湘及南北江獠人，凡禁咒句尾皆称“些”，此乃楚人旧俗。

❸ 舍：舍弃；抛开。乐处：安乐居息之所。离：同“罹”，遭遇。不祥：不吉利之事，指天地四方之险恶灾异。

【原 文】

魂兮归来！东方不可以托些！①

长人千仞，惟魂是索些。②

十日代出，流金铄石些。③

彼皆习之，魂往必释些。④

归来兮，不可以托些！

【译 文】

灵魂啊，回来吧！东方大荒之中，不可托命寄身啊！

那里有千仞巨人，专门觅食人的灵魂啊。

东方同出十个太阳，将那金属化为水液流淌，将那山石熔为岩浆。

那东方长人都习于酷热，而您的灵魂必将熔为粉末。

回来吧，寄身于东方大荒，万万不可！

注 释

❶ 东方：据《山海经》记载神话传说，东海之外，大荒之中，有大人之国。托：寄托，身居其地。

❷ 长人：巨人。仞（rèn）：古制八尺为一仞。一说七尺。索：搜求。蒋骥《山带阁注楚辞》曰：《大荒经》：有神名赤郭，好食鬼。《神异经》：东方有食鬼之父。即长人之类也。

❸ 十日：十个太阳。古代传说东方有扶桑之木，上有十日。代：“并”字之讹。古本“代”作“并”。《艺文类聚》卷一、《白帖》卷一、《太平御览》卷

四、《合璧事类前集》卷十一注引此文皆作“并出”，是。又，《庄子》云：昔者十日并出，万物皆照。《淮南子》云：尧时十日并出，草木焦枯。可为旁证。并出，指同时出现于天空。流金：由于酷热，使金属熔为液体而流动。铄(shuò)：销熔。铄石，将石头销熔。

❹ 彼：指那东方长人。习：习惯于。之：指代“十日并出”的酷热。释：熔解，熔化。

【原 文】

魂兮归来，南方不可以止些！①

雕题黑齿，得人肉以祀，以其骨为醢些。②

蝮蛇蓁蓁，封狐千里些。③

雄虺九首，往来倏忽，吞人以益其心些。④

归来兮，不可以久淫些！⑤

【译 文】

灵魂啊，回来吧！不可停留在南方边荒啊！

南方野人用漆染黑牙齿，又把花纹刺刻在额上。取来人肉祭祀鬼神，又把筋骨锉成肉酱。

蝮蛇群聚蓁蓁，大狐在千里之地出没来往。

大毒蛇一身九首，吞人以补其心，习以为常。

回来吧！不可久久滞留南方边荒！

注 释

❶ 南方：指南方边荒之地。止：停留。

❷ 雕：雕刻，刺。题：额。雕题，是说南方的野蛮人将额上刺刻花纹，并以颜色涂之。黑齿：指南方的野蛮人用漆把牙齿涂黑，作为装饰。得人肉以祀：此指南方的野蛮人得到人肉而用来祭祀鬼神。一说，此句“人”下无“肉”字。醢（hǎi）：肉酱。或云，杂骨之肉酱。

❸ 蝮蛇：一种毒蛇，体有黑褐色斑纹。蓁蓁（zhēn）：此指群蛇聚集貌。封狐：大狐狸。千里：指大狐狸出没往来于千里之地，遍及各处。

❹ 雄：大。虺（huǐ）：一种毒蛇。首：头。倏（shū）：极快地。倏忽，是联合式的合成词。益其心：补益其心。一说，指满足心愿。

❺ 久淫：久久淹留。淫，淹留。又训“游”。

【原 文】

魂兮归来，西方之害，流沙千里些！①

旋入雷渊，爢散而不可止些。②

幸而得脱，其外旷宇些。③

赤蚁若象，玄蜂若壶些。④

五谷不生，丛菅是食些。⑤

其土烂人，求水无所得些。⑥

彷徉无所倚，广大无所极些。⑦

归来兮，恐自遗贼些！⑧

【译 文】

灵魂啊，回来吧！西方的灾害可怕，暴风掀起滚滚千里流沙。

您将被暴风卷入雷渊，粉身碎骨而大难不已。

即使幸而从中脱险，雷渊之外又是莽莽荒野无际。

又有体大如象的赤蚁，还有腰如葫芦的黑蜂。

那地方五谷都不生长，只吃丛生的菅草活命。

那里的土地灼热，能将人体烤得焦烂，无处求得救命的水源。

游荡不定，无依无靠，那一片瀚海广袤无边。

回来吧，回来吧！我真担心您会自招祸患。

注 释

❶ 西方：西方荒凉的大沙漠地带。流沙：指沙漠在狂风中，沙石被风吹得滚

滚滔滔，如大水奔流。千里：形容流沙之广，纵横千里。

❷ 旋：旋转。旋入，卷进。雷渊：古代神话传说中的大泽名，或指雷泽，《山海经·海内东经》云：雷泽中有雷神，龙身而人头。靡（mí）：粉碎，破碎。靡散，碎裂。不可止：指身陷绝地，大难不止。

❸ 脱：脱身于雷渊。旷宇：旷远无际之荒野，即无人之境。

❹ 赤蚁：红色巨蚁。若象：形体如象之硕大。玄蜂：黑色毒蜂。若壶：蜂腹大如葫芦。按，壶，读作“瓠”，大葫芦。即《诗·豳风·七月》“八月断壶”之“壶”。传说赤蚁、玄蜂都有毒刺，能螫死人畜。蒋骥《山带阁注楚辞》：《八纮译史》：蚁国在极西，其色赤，大如象。《五侯鲭》：大蜂出昆仑，长一丈，其毒杀象。盖即此类。又，洪兴祖《楚辞补注》：言旷野之中有赤蚁，其状如象；又有飞蜂，腹大如壶，皆有蠚毒，能杀人也。（按，蠚，即“螫”义。又，俗称之胡蜂，或即“壶蜂”一声之转，谓“腹大如壶”之蜂。又，本文之“壶”字，是指能做“腰舟”的一种葫芦，体长腰细，蒂之近端如蜂腹，远端呈圆球形。）

❺ 菅（jiān）：一种多年生草本植物，叶细长，根坚韧，俗称茅草。

❻ 其土：那西方的土地。烂人：指西方土地灼热，能将人的身体炙烤到焦烂程度。

❼ 彷徉（pángyáng）：犹“彷徨”，游荡无定，徘徊各处。倚：依托，依靠。极：尽，终，止境，边际。

❽ 遗（wèi）：给予。贼：害。

【原　文】

魂兮归来，北方不可以止些！[①]

增冰峨峨，飞雪千里些。[②]

归来兮，不可以久些！[③]

【译　文】

灵魂啊，回来吧！北方极边也不可停留啊。

层层凝积之冰，峨峨如山，飞雪千里，寒风怒吼。

回来吧，回来吧！那里也不可久久滞留啊！

注释

❶ 北方：指北方极边之地。止：停留。

❷ 增："层"之通假。增（层）冰，层层凝积之坚冰。峨峨：高耸貌。

❸ 久：长久滞留。

【原文】

魂兮归来，君无上天些！①

虎豹九关，啄害下人些。②

一夫九首，拔木九千些。③

豺狼从目，往来侁侁些。④

悬人以嬉，投之深渊些。

致命于帝，然后得瞑些。⑤

归来，往恐危身些！⑥

【译文】

灵魂啊，回来吧！您不要上天求神啊！

虎豹把守九重天门，专要噬啮上天的人。

一个九头巨人，从早到晚拔树九千。

常常竖起豺狼之目，迅疾地来往奔窜。

将人倒悬，用来嬉戏，并把人任意投入深渊。

人在其中，求死不得，只好委命于天。获准去死，才能瞑目长眠。

回来吧，回来吧！您若前往天国，恐怕会给自身招致危难。

注释

❶ 无：勿，不要。

❷ 虎豹九关：虎豹把守着九重天门。啄：噬啮。害：杀害。下人：下方之人。按，二句意指，天也不可上。

❸ 夫：成年男子之称。此处指传说中的巨人。九首：九个头。拔木九千：指

这九头巨人从朝至暮拔大树九千棵，强梁有力。九千：极言其多。

❹ 从：通“纵”。直，竖起。豺狼从目，是说那九头巨人像豺狼一样竖起眼睛。王夫之《楚辞通释》：豺狼从目，言此九首之夫，纵目直视如豺狼。另说，即直指豺狼而言。侁侁（shēn）：往来迅疾貌。一说，众多貌。

❺ 致命：委命，将命交出。瞑（míng）：闭目，此指瞑目而死。

❻ 归来：疑“来”下脱“兮”字。往：指前往天上。危：危害。

【原 文】

魂兮归来，君无下此幽都些！[①]

土伯九约，其角觺觺些。[②]

敦脄血拇，逐人駓駓些。[③]

参目虎首，其身若牛些。[④]

此皆甘人。[⑤]

归来，恐自遗灾些！[⑥]

【译 文】

灵魂啊，回来吧！您不要下这阴曹地府。

土伯身多弯曲，它的犄角尖锐突兀。

背肉丰厚隆起，指爪沾满人血，到处追人，迅速。

它有三只怪眼，又有老虎巨首，它的身躯又像壮牛。

这些土伯都爱吞食人肉。

回来吧，回来吧！您若前往阴曹地府，恐怕要使自己大祸临头。

注 释

❶ 幽都：幽暗的地下都邑，即旧称阴曹地府。

❷ 土伯：幽都之魔君。约：屈。九约，指土伯之身躯有许多屈曲。一说，九约即“纠钥”之声转，有守门把关之意。一说，约训尾。待考。觺觺（yí）：角尖锐貌。

❸ 敦脄：背上的夹脊肉很厚，高高隆起。敦：厚。脄（méi）：脊侧之肉。

血拇：经常沾着人血的拇指，说明土伯吃人。拇：本称手、足之大指，此处是对指爪之统称。駓駓（pī）：兽类疾速奔跑状。

❹ 参目：三只眼睛。参，同“三”。

❺ 此：指土伯，并非一个。甘人：以人肉为美食；喜食人肉。

❻“来”下似脱“兮”字。遗（wèi）：给予。遗灾，给自己带来灾难。

【原 文】

魂兮归来，入修门些！①

工祝招君，背行先些。②

秦篝齐缕，郑绵络些。③

招具该备，永啸呼些。④

魂兮归来，反故居些！⑤

【译 文】

灵魂啊，回来吧！快快进入郢都的修门。

擅长招魂的男巫，招您的灵魂，他倒退着走，在前面引导于您。

提着秦地的竹笼，用齐地的丝绳拴系，又以郑地的丝网作为笼衣。

招魂之具全部备齐，长声呼唤您的灵魂回来附体。

灵魂啊，回来吧！盼您返回故居安息。

注释

❶ 修门：楚国郢都的城门之名，是郢都南关三门之一。修，高大深邃之意。王夫之《楚辞通释》：修，长也。修门，深邃之门也。

❷ 工祝：巧于巫术的男巫。工，善，巧，擅长。祝，男巫。招：招魂。君：此指怀王之魂。背行：倒退着走路。先：先导。

❸ 秦篝齐缕：指秦地出产的竹笼，系着齐地出产的丝绳。秦篝，秦地出产的竹笼。篝（gōu），竹篾编制的竹笼。齐缕，齐地出产的丝绳。缕，线，丝绳。古代巫术，招魂时，由巫祝提竹笼（或竹篮），笼内放着被招者的贴身衣服，表

示魂有依附。绵：丝绵，此指丝绵线。络：网状编织物。郑绵络：此谓用郑地出产的丝绵线编织的网，罩在竹笼上。

❹ 招具：招魂用的器物。该："赅"之通假，包括全部。该备，齐备。永：长。啸呼：以悠长清越之声呼叫。啸，蹙口发出悠长清越之声。

❺ 反故居些：返回楚国郢都的故居（王宫）。

【原 文】

天地四方，多贼奸些。①

像设君室，静闲安些。②

【译 文】

天地四方，都不可寄托，各有很多害人恶魔。

可是，在那故国之都，您的宫室依然按法式布置，清静、空阔，无比安适。

注 释

❶ 贼奸：残害人的各种奸凶恶毒之物。按，二句概括上文，说明天地四方都充满残害人的各种奸凶恶毒之物。

❷ 像：法式。洪兴祖《楚辞补注》：像，法也。一说，是想象之意。一说，是指被招者之画像。设：设置，陈设。君室：此指怀王平素所居之宫室。静：清静，宁静。闲：空宽。安：安适。静、闲、安，均形容宫室之美好。二句总领下文，以下便是对宫廷内之建筑、陈设、器用等诸多方面作具体而夸张的描述。

【原 文】

高堂邃宇，槛层轩些。①

层台累榭，临高山些。②

网户朱缀，刻方连些。③

冬有突厦，夏室寒些。④

川谷径复，流潺湲些。⑤

光风转蕙，泛崇兰些。⑥

【译 文】

高大的殿堂，深邃的檐宇，层层廊轩，围以栏杆。

重重高台，累累亭榭，嵬然耸峙，面临高山。

门上花棂如网，花纹回环，红漆闪闪。又镂刻方形图案，互相套叠，连属不断。

结构重深的大厦，冬日温暖；这复室又御炎热，夏季凉寒。

宫中的溪水曲直宛转，缓缓流动，水声潺潺。

晴日的和风吹拂着香蕙，又流转于丛丛庭兰之间，缕缕幽香，飘溢宫院。

注释

❶ 堂：位置在前之正屋。邃（suì）：深。宇：屋檐。邃宇，是说屋檐伸出很长（即飞檐），因而檐下显得深邃。一说，宇即屋。槛（jiàn）：栏杆。此处作动词用，以栏杆围绕。轩：堂前檐下的平台，即长廊。层轩，谓多重之轩。一说，“轩”是障风日之楼上板。

❷ 层、累：都是重叠之意。台：以土石筑成的高台。榭（xiè）：台上所建敞屋。临：面对着。

❸ 网户：指有镂空花棂的门。因花棂如网而得名。朱缀：涂着红漆的花棂互相连属在一起。缀，连属。一说，门缘。方连：方形的花纹相连接，如常见之“卍”形之类。

❹ 突（yào）：通“窔”。深邃。此谓复室结构重深（这种复室冬天暖和）。厦：大屋。

❺ 川谷：此指宫中的溪流。径：直，此指川谷直流。复：曲，此指川谷曲流。潺湲（chányuán）：水缓缓流动貌。一说，流水声。些：一本作“兮”。

❻ 光风：朗日之和风。转：摇动，拂动。蕙：一种香草，俗名“佩兰”。泛：摇动貌。崇：通“丛”。兰：一种香草，即兰草。

【原文】

经堂入奥，朱尘筵些。①

砥室翠翘，挂曲琼些。②

翡翠珠被，烂齐光些。③

蒻阿拂壁，罗帱张些。④

纂组绮缟，结琦璜些。⑤

【译文】

经过正面的殿堂，进入幽深的内寝；上有朱红顶棚，下有竹席铺陈。

宫室四壁是用磨光石砌筑，墙上插着翠羽拂尘，又有玉钩悬挂衣物。

丹红鸟羽、翠绿鸟羽、明月珍珠缀饰锦被，五彩斑斓，灿烂交辉。

细软之缯披覆四壁，纱罗单帐在床上张起。

红色丝带、五色丝带束系丝绸帷帐，又在帐上缀饰美玉琦璜。

注释

❶ 堂：见前注。奥：本指室西南隅，此谓房屋深处，即内室。朱：红色。尘：“承尘”之省称，即今顶棚。筵：竹席。

❷ 砥室：用平整光滑的石块砌成的宫室。翠翘：以翠鸟的长长的尾羽为拂尘之具。翠，翠鸟。翘，鸟尾长羽。曲琼：以玉石雕琢之衣钩。

❸ 翡：一种赤羽雀。翠：一种青羽雀。珠：珍珠。被：锦被。烂：灿烂。齐光：同光，交辉。

❹ 蒻：同“弱”，细软之意。阿：细缯，是一种丝织品。拂：遮覆。壁：室内床周之四壁。罗：也是一种丝织品。帱（chóu）：单帐。张：张挂。

❺ 纂（zuǎn）：纯红的丝带。组：五色的丝带。绮：有花纹的丝绸。缟（gǎo）：素色的丝绸。结：系。琦：美玉名。璜：形似半壁的玉器。

【原 文】

室中之观，多珍怪些。[1]

兰膏明烛，华容备些。[2]

二八侍宿，射递代些。[3]

九侯淑女，多迅众些。[4]

盛鬋不同制，实满宫些。[5]

容态好比，顺弥代些。[6]

弱颜固植，謇其有意些。[7]

姱容修态，絙洞房些。[8]

蛾眉曼睩，目腾光些。[9]

靡颜腻理，遗视矊些。[10]

离榭修幕，侍君之闲些。[11]

【译 文】

宫室之中纵观所见，满目尽是无数的珍奇古玩。

烛火用的是香兰脂膏，明光灿灿，将宫室照耀；侍驾的美女们都一齐来到。

十六个美女平分二列，侍候君王良宵宴乐；如有厌腻，就依次更换一个。

各国诸侯进献的女子美貌贤淑，真是多得难计其数。

浓密的绿鬓梳着不同的发型，如许美发女子充满了王宫。

容貌俏丽，体态优雅，和蔼可亲，真是盖世无双的美人。

淑女们容颜柔美，亭亭玉立，又都脉脉含情，大有深意。

不仅有苗条的体态，又有那娇好的姿容；美人遍布于幽深的洞房之中。

秀眉仿佛蛾须，又弯又长；柔美地向人投以青睐，明眸闪射着青春的光彩。

细嫩的面颊，柔滑的肌肤；投送秋波，含情相顾。

在宫外台榭之上，张设宽大帷幕帐篷；在您闲暇游宴之时，无数美女左右侍奉。

注释

❶ 观：指纵目所见的各种事物。珍怪：珍贵奇异之物。

❷ 兰膏：加入兰草炼成的脂膏，用以灌制火烛，点燃时有香气。或泛称含香气的脂膏。明烛：明亮地照耀着。烛，作动词，照耀。华容：美丽的容颜，指美女。一说，容，当作"登"，即"镫"，今作"燈"（灯），华灯，是装饰华美的灯盏。备：齐，此指美女已来齐了。

❸ 二八：古代宫中侍夜的宫娥，以十六人分为二列，每列八人。侍宿：侍君宴宿。射（yì）：又作"斁"，厌。《诗·周颂·清庙》：无射于人斯。《礼记·大传》作"无斁"。一说，射，古本有作"夕"者，夕暮之意。然无的据。递代：依次更替，轮流换班。

❹ 九：泛称多数。九侯，指楚国属下的各附庸国诸侯。淑：善，美。淑女，美貌善良的女子。迅："洵"之借字。真正的；诚然。

❺ 鬋（jiǎn）：鬓发。盛鬋，浓密的鬓发（此处是以鬓发概称全发）。不同制：有多种不同的制式（即发型）。说明各诸侯国有不同的发型。实：充盈。

❻ 容态：容颜姿态（或体态）。好：美。比：亲。顺："洵"之通假，真正的；实在是。弥：遍；满。弥代，犹言"盖世"。

❼ 弱：柔嫩。颜：容颜。固：坚；健壮立定貌。植：立。一本作"立"。一说，"植"通"志"，"固植"，有坚贞的心志。謇（jiǎn）：语首助词，无实义。其：指代美女。有意：有情意。

❽ 姱（kuā）：美好。姱容，娇美的面容。修：长，此指长而美。修态：苗条的体态。絙（gèng）："亘"之通假，周遍，布满。洞房：深邃的内室，即安寝的房间。

❾ 蛾眉：像蚕蛾须那样又弯又长的眉。曼：柔美。睩（lù）：目光一瞥。腾光：闪射出光彩；神采飞扬。

❿ 靡：细致。腻：柔滑。理：肌理，此指皮肤。遗（wèi）：投送；留下。遗视：投送眼波；顾盼。矊（mián）：含情脉脉而顾盼。

⓫ 离榭：宫廷外的台榭等建筑，犹言"离宫""行宫""别馆""别墅"。修幕：长大的帷幕（大帐篷）。游猎时张设之。闲：闲暇。按，二句说明不论深居宫内，或者出游于外，凡有游宴行乐，都有美女随侍。

【原 文】

翡帷翠帐，饰高堂些。①

红壁沙版，玄玉梁些。②

仰观刻桷，画龙蛇些。③

坐堂伏槛，临曲池些。④

芙蓉始发，杂芰荷些。⑤

紫茎屏风，文绿波些。⑥

文异豹饰，侍陂陁些。⑦

轩辌既低，步骑罗些。⑧

兰薄户树，琼木篱些。⑨

魂兮归来，何远为些！⑩

【译 文】

翡翠鸟羽点缀的帷帐，装饰着高大的殿堂。

红泥涂的墙壁，丹砂涂的户版，又用黑玉镶嵌屋梁。

仰望那刻花的方椽，上面刻画着龙蛇图案。

可以安坐在高堂之中，伏倚栏杆；下临曲水清池，碧水微波涟涟。

芙蓉初放粉红花瓣，间杂着青青荷叶如伞。

紫茎的屏风草，水中丛生；池水粼粼，绿波一片。

花纹斑斑的豹皮做奇异的服饰，侍卫君王，在那倾斜的山坡路畔。

有篷的轿车，有窗的卧车，到此停留；随从的步兵、骑兵队列肃然。

丛丛兰草种植门前，又栽玉树围作篱藩。

灵魂啊，回来吧！为何远去异邦受苦受难？

注 释

❶ 翡、翠：见前注。帷、帐：均指帐幕。帐，一作“帱”。是。朱季海

《楚辞解故》：按，刘氏《楚辞考异》：案《书钞》百三十二，《类聚》六十一、九十二，《御览》六百九十九、七百及九百二十四并引作翠帱。寻上文云“罗帱张些”，明此作“帱”是也。《考异》所出及日本古写《文选集注》残卷卷第六十六：《招魂》字并作“帱”，是唐本犹未误……按《释训》：帱谓之帐。郭《注》：今江东亦谓帐为帱。郭氏所引，正楚语之遗。饰：装饰。高堂：见前注。

❷ 红壁：红泥涂的墙壁。沙版：丹砂涂的户版。玄玉梁：以黑色玉石装饰的屋梁。一说黑漆漆的屋梁光泽如玉。

❸ 桷（jué）：方的屋椽（chuán）。刻桷，雕刻花纹的方椽。

❹ 槛：栏杆。曲池：曲水清池。

❺ 芙蓉：荷花。芰荷：出水之荷。指荷叶、荷花均可，此处专指荷叶，跟上句“芙蓉”对举。

❻ 屏风：此为永生植物名，其茎紫。文：水纹。绿：一本作“缘”。今从《文选》，作“绿”。

❼ 文异豹饰：此言服装文彩奇异，以豹皮为饰。一说，本句乃“文豹异饰”之误倒。闻一多《楚辞校补》：疑当作“文豹异饰”。古书多言文豹。《三国志·魏书·东夷传》曰“土地饶文豹”，而《拾遗记》一曰“帝乃更以文豹为饰”，与此语意尤近。其说可从。古代侍从之武士有以豹皮为衣饰者，不仅为了美观，而且借以炫耀其孔武有力。又见《诗·郑风·羔裘》：羔裘豹饰，孔武有力。如从闻一多先生说，作“文豹异饰”，则谓：以有文章之豹皮为奇异的服饰。陂陁（pōtuó）：亦作“陂陀”“陂阤”，倾斜不平的山坡。

❽ 轩：有篷的轿车。辌（liáng）：有篷有窗的卧车，又名辒辌。低：通“邸”。舍：停，此指车停。步：步兵。骑：骑兵。罗：列，列队。

❾ 薄：丛草或丛木。兰薄，丛丛的兰草。树：栽植。琼木：玉树，此处泛称上好的树木。篱：围作篱笆。

❿ 何远为些：为何远适他方？按，自此以下，极力铺陈、描述乐舞、饮食之豪华美盛。

【原 文】

室家遂宗，食多方些。①

稻粢穱麦，挐黄粱些。②

大苦咸酸，辛甘行些。③

肥牛之腱，臑若芳些。④

和酸若苦，陈吴羹些。⑤

胹鳖炮羔，有柘浆些。⑥

鹄酸臇凫，煎鸿鸧些。⑦

露鸡臛蠵，厉而不爽些。⑧

粔籹蜜饵，有餦餭些。⑨

瑶浆蜜勺，实羽觞些。⑩

挫糟冻饮，酎清凉些。⑪

华酌既陈，有琼浆些。⑫

归来反故室，敬而无妨些。⑬

【译 文】

家人宗亲都会敬奉于您，为您置备又多又好的食品。

饭食用的是稻米、稷米、麦粉，黄米蒸糕香味宜人。

苦、咸、酸、辣、甜，善用佐料，五味俱全。

精选肥牛的大蹄筋，煮得烂熟，又香又软。

调和酸味和苦味，将那精制的吴羹进献。

甲鱼烧得嫩鲜，羊羔烤得最烂，又加上糖汁甘甜。

醋熘天鹅肉，清炖浓汁野鸭，又煎烹鸧鹧和大雁。

熏烤全鸡，红烧龟肉，芳香浓烈，肉的本味特鲜。

甜点心，用油煎炸，蜜制糕饼又甜又黏，糖酥麻花形如钏环。

澄清如玉、甘美如蜜的名酒，时时将鸟形耳杯斟满。

筛糟滤酒，加上冰块冷饮，醇酒清凉而又新鲜。

雕花酒斗已经摆齐，又有琼浆玉液供人饮宴。

望您灵魂返回故居，族人对您都钦敬爱戴，一定没有妨害，没有祸患。

注释

❶ 室家：家人；家族；宗亲。遂：就。宗：尊；敬奉。食：饮食肴馔。多方：多种多样。

❷ 粢（zī）：稷米。穱（zhuō）麦：一种早熟的麦。挐（rú）：混合；掺杂。黄粱：一种香美的黄小米。

❸ 大：正，此指味正。苦、咸、酸、辛、甘：此指做菜肴时五味俱全。行：运用，使用。

❹ 腱（jiàn）：大蹄筋。臑（ér）：通“胹”。此指煮得烂熟、嫩软。若：犹“而”。

❺ 和：调和。若：犹“和”。陈：陈列；进献。吴羹：吴地特有风味的菜汤。羹：以肉、菜烧成的菜汤；带浓汁的菜。

❻ 胹（ér）：煮得烂熟。鳖：俗称甲鱼，是一种美味。炮（páo）：指将禽兽之肉用泥封裹严实，放在火上烤熟的方法。羔：小羊羔。柘（zhè）：同“蔗”，甘蔗。古代调甜味用“柘浆”（甘蔗汁）。

❼ 鹄（hú）：旧称鸿鹄，即天鹅。鹄酸，“酸鹄”之误倒。闻一多《楚辞校补》：梁章钜曰：以上下句例之，当是“酸鹄臇凫”。案梁说是也。王注曰，“言复以酸酢烹鹄为羹，小臇臛凫”，是王本不误。《类聚》二五引亦作“酸鹄臇凫”，尤其确证。酸鹄，即以醋烹制带酸味的天鹅肉。臇（juǎn）：清炖而带浓汁。凫（fú）：野鸭。鸿：雁。鸧（cāng）：又名鸧鹒，也是一种涉禽。

❽ 露：或为“烙”之借字。高亨《楚辞选》：露可能借作烙字。烙是用火烤，烙鸡如同现在的烤鸡。可从。又，朱季海《楚辞解故》引《文选·七命》李善注“霜露降，鹄鹚美”云：露鸡，与露鹄何异？亦当以霜露降，鸡始腴美耳。待考。臛（huò）：不加菜的红烧。蠵（xī）：一种大龟之名。厉：烈，此指香味浓烈。爽：失，此指失其本味。

❾ 粔籹（jùnǚ）：用蜜和米面，油煎而成的一种甜点心。蜜饵：以蜜和黍米面，做成的一种又甜又黏的糕饼。餦餭（zhānghuáng）：一种油炸的甜点心，类似现今的糖麻花。《通雅·饮食》：“餦餭、环饼……皆寒具，糤子也。”又，《本草纲目·谷部》：寒具，即今馓子也，以糯粉和面，入少盐，

牵索纽捻成环钏之形，油煎食之。一说，即饧，指饴糖。

⑩瑶：美玉名。浆：此指酒。瑶浆，指澄清如美玉的好酒。勺（zhuó）："酌"之通假。蜜酌，是称甜美如蜜的美酒。实：此谓斟满。觞（shāng）：羽觞，古代的一种酒杯，作鸟雀形，有头、尾、羽翼，故称"羽觞"。

⑪挫：此谓挤压。挫糟，压去酒糟，滤出清酒。冻饮：冷饮，以冰和酒。酎（zhòu）：重复酿造的醇酒。

⑫华酌：是指雕饰着华美花纹的酒斗。一说，华酌，指华筵。酌，通"杓"，舀酒的斗。陈：陈列；备好。琼：赤色玉。琼浆，指色美如赤玉的酒浆。

⑬反：同"返"。故室：故居，此指故日所居处之宫室。敬：尊敬。无妨：无害。

【原文】

肴羞未通，女乐罗些。①

陈钟按鼓，造新歌些。②

《涉江》《采菱》，发《扬荷》些。③

美人既醉，朱颜酡些。④

嬉光眇视，目曾波些。⑤

被文服纤，丽而不奇些。⑥

长发曼鬋，艳陆离些。⑦

【译文】

美味的荤素菜肴还未备齐，歌女舞伎已列队表演。

设置钟鼓，敲击伴奏，创作的新歌悠扬宛转。

唱那《涉江曲》《采菱曲》，又将《扬荷曲》齐声歌唱。

美人们已经微醉，双颊红润，神采飞扬。

目光流转，欣然顾盼，宛如泛着层层秋波。

披着花纹艳丽的绉纱衣裳，华美无比，款式繁多。

长长的黑发，柔美的双鬓，发式多样，五光十色。

二八齐容，起郑舞些。[8]

十六个美女，服饰划一，翩翩表演郑地的舞乐。

衽若交竿，抚案下些。[9]

两排舞袖相交如竿，又变换舞姿，垂手敛臂徐徐退下。

竽瑟狂会，搷鸣鼓些。[10]

吹竽弹瑟，汇成交响乐曲，又咚咚地将响鼓敲打。

宫庭震惊，发《激楚》些。[11]

鼓乐大作，响震宫廷，演奏《激楚曲》，激越清高。

吴歈蔡讴，奏大吕些。[12]

演唱吴歌、蔡讴，又奏大吕乐调。

士女杂坐，乱而不分些。[13]

男女交杂地坐在一起，比肩嬉戏，乱而不分。

放陈组缨，班其相纷些。[14]

绶带和冠缨分散置放，座次错杂，男女纷然欢欣。

郑卫妖玩，来杂陈些。[15]

郑地、卫地的妖艳美女，前来杂然并排而坐。

《激楚》之结，独秀先些。[16]

最后演奏《激楚曲》的尾声，比先前的曲调更加独具特色。

注释

❶ 肴：肉、鱼等做成的菜。羞：美味的菜。又，菜肴的总名。通：遍设；齐备。女乐：此指由女歌舞伎组成的乐舞队。罗：列，此指列队表演歌舞。

❷ 陈：设置。按，此训“击”。造：创作。

❸《涉江》《采菱》：均为楚曲名。发：出，唱出。此一“发”字，也概称上句之《涉江》《采菱》。《扬荷》：也是楚曲名。又作《阳阿》《扬阿》。

❹ 既：已。酡（tuó）：因酒而脸色红润。

❺ 嬉光：欢乐逗人的目光；目光流转动人。嬉，一作“娭”“娱”。眇视：此指含情而羞怯地偷眼看。目：此指目光，眼神。曾波：指眼睛含水，如泛起层层波纹。曾，即“层”（層）。

❻ 被：同“披”。文：指有花纹的艳丽服装。服：穿着。纤：细软的罗縠（hú）衣裳。罗縠，细而薄的丝织绉纱。奇（jī）：单调，清一色。

❼ 曼：美，此指鬓发柔美，有光泽。一说，曼为“鬗”之借，《说文》：鬗，发长也。亦可信。鬋：见前注。陆离：参差貌，即长短、高低不等。此指女子的发式多种多样。洪兴祖《楚辞补注》：言美人长发工结，鬋鬓滑泽，其状艳美，仪貌陆离而难具形也。

❽ 二八：见前注。齐：同。容：此指服饰。齐容，服饰是相同的。起：起舞。郑舞：郑地的舞蹈。郑，古国名，故地在今河南新郑一带。

❾ 衽（rèn）：袖。《广雅·释器》：衽，袖也。交竿：指舞者腰肢回转，衣袖相交如竿。案：同“按”，抑，此言手势压低。抚案：此指舞袖低抚，并且收敛手臂。下：徐徐退下。

❿ 竽（yú）：古代的一种簧管乐器名，有三十六簧者，有二十二簧者，形似笙而大，其管分两行排列（1972年长沙马王堆汉墓中有出土的明器）。瑟：古代的一种弦乐器名，有二十五弦者，有五十弦者。狂会：急管繁弦，多种乐器竞相鸣奏，汇成交响乐曲。搷（tián）：犹“填”，鼓声。鸣鼓：响鼓。

⓫ 震惊：震动惊骇。发：作；奏出。激楚：楚曲名，可能是由于其音调清激昂扬而得名。

⓬ 吴：古国名，故地在今江苏、安徽、浙江、上海一带。歈（yú）：歌曲。蔡：古国名，故地在今河南上蔡、新蔡一带。讴（ōu）：犹“歈”。大吕：古代的乐调名，六律之一。古乐分十二律，阴阳各六，阴六皆为吕，其四曰大吕。一说，大吕为齐钟之名（见《史记索隐》）。

⓭ 士女：男女。古代称未婚男子为“士”。杂坐：交错相杂地坐在一起。乱而不分：座次混乱，比肩嬉戏，男女不分。

⓮ 放：分散；散乱。陈：置。组：古代服饰，用丝织成的大带，以之佩印或佩玉，又称绶。缨：古代系冠冕的带子。班：座次，此指男女座次。相纷：互相交错，纷然杂乱。

⑮郑：古国名，故地在今河南新郑一带。卫：古国名，故地在今河南淇县、滑县、濮阳一带。妖玩：此指艳丽之女子。一说，指新奇的玩好之物（乐曲歌舞等）。杂陈：交杂地列坐在一起。陈：列，并排坐着。一说，错杂交互地表演各种乐舞。

⑯激楚：见前注。结：此指楚曲的尾声。秀：优秀；高超。先：此指先前所表演的乐曲。一说，先，也是优秀之意。

【原文】

菎蔽象棋，有六簙些。①

分曹并进，遒相迫些。②

成枭而牟，呼五白些。③

晋制犀比，费白日些。④

铿钟摇簴，揳梓瑟些。⑤

娱酒不废，沉日夜些。⑥

兰膏明烛，华镫错些。⑦

结撰至思，兰芳假些。⑧

人有所极，同心赋些。⑨

酎饮尽欢，乐先

【译文】

好竹制的筹码，象牙制的棋子，筹码六枚，棋子六对。

分组对弈，竞相进子走棋，互相争胜而紧紧急追。

走成枭棋，赢取筹码，呼喊着“五百”掷骰，愿得大采。

晋国制的博具，以犀角作为雕饰，如同太阳之光，灿烂可爱。

用力敲击铜钟，钟架摇晃起来，又弹奏梓木之瑟，激扬清越。

饮酒作乐不止，沉湎于此，日夜不辍。

含兰香的脂膏做烛火，光灿灿地照耀。灯盏雕琢鎏错，十分美好。

酒酣赋诗，谋篇撰句，尽心构思，借助具有兰蕙之芳的辞藻。

人人极尽情思所至，同心吟诵精妙之作。

畅饮醇酒，演奏音乐，纵情欢娱，借

故些。[10]

魂兮归来，反故居些！

以使长辈、故旧安乐。

灵魂啊，回来吧！盼您返回故居安息。

注释

❶ 菎（kūn）：一作箟，箟簬，竹名。蔽：一作蔽，古代对弈时所用的筹码。以竹制成，故名菎蔽（箟蔽）。一说，蔽乃簬（簬）之讹。象棋：用象牙制成的棋子。六簙：古代的一种博戏，有六个筹码（即簙，或叫箸），十二个棋子（六白、六黑），二人对局时，筹码共用，棋子则人各六枚，白、黑分用。簙（bó）：一作博。古代博戏用的一种竹制筹码，形似箸而扁。按，古代的博戏方法，已难详究竟。仅据《古博经》所云，略述如次：棋盘为长方形，竖十二格，横六格，在竖格中间平分处空出一档叫作“水”。又用“鱼”二枚置于“水”中。棋子十二枚，六白六黑，双方各用一色的六枚。又备有五个骰子，各呈六面长方块状，有相对的两个带尖头的面，其余四面，有一面空白，有三面分别刻钻圆眼（有一眼、二眼、三眼）。博戏时，双方对坐，面向棋盘，将各方的一色棋子放在第一档的六个方格内。双方互相掷骰，成采行棋，棋子行到“水”边，就立起来，叫作骁（枭）棋。如果已立骁棋的一方再掷骰成采，就可入“水”牵“鱼”（又曰“食鱼”）。每牵一“鱼”，得两枚筹码。既牵一“鱼”之后，如又成纯采再牵一“鱼”，就叫作“翻”，每“翻”一“鱼”，则获三枚筹码，是为大胜。

❷ 分曹：分组。古代博戏，分两组对弈，每组二人。曹，偶。并进：各自运用技巧，竞相进子走棋。遒（qiú）：急。相迫：相互争胜而不放松。

❸ 成枭：成为枭棋。牟：取，此指牵“鱼”得筹。五白：指五个骰子都是白面朝上，是一种纯大之采，掷中者可再“翻”一“鱼”，获大胜。呼五白：是指掷骰者呼叫“五白”而掷，希望得“五白”之采。一说，成“五白”之采者，可杀对方的枭棋。

❹ 晋：古国名，故地在今山西西南部。晋制犀比：此处是指晋国精制的博具（棋，簙等物）比集犀角为雕饰。费：通“昲”，日光。白日：明亮的

太阳。

❺ 铿（kēng）：本指钟声，此处动词化，指敲钟。簴（jù）：悬挂钟、磬的木架两侧的柱子，此处概称整个木架。亦作“虡”。揳（jiá）：通“戛”。敲击；弹奏。梓（zǐ）：树木名，木质轻软，是制作乐器的上好木材。梓瑟，是以梓木制成的瑟。（瑟，见前注。）

❻ 娱酒：饮酒作乐。不废：不止。沉：沉湎。日夜：日夜相继。

❼ 兰膏明烛：见前注。华：英华；华美。镫：即“燈”（灯）。一本作“雕”，可从。王逸注曰：言镫锭尽雕琢错镂，饰设以禽兽，有英华也。

❽ 结：指安排篇章结构。撰（zhuàn）：指撰述词句。至思：尽思，极思，指构思缜密深刻。兰芳：此指辞藻华美犹如兰蕙之芳。假：假借。

❾ 极：至，尽。人有所极：此指人们极尽其情思所至。同心：此谓意趣一致。赋：此为动词，吟诵，指人们酒酣兴浓，各自吟诵所作之诗，以相酬答。

❿ 酎（zhòu）：经过多次反复酿制的醇酒。饮：当作“乐”。见朱季海《楚辞解故》：洪本所出异文，与唐本都不相应，自是宋人妄改，今所不取。酎饮字当从《音决》、陆善经本作乐，酎、乐并举，本皆实字，于文为略，故注云“饮酒作乐”以申之。唐本已或作饮者，盖当时《文选》诸师有嫌于语复，故易其字，避下文耳。其说甚是。按，此“乐”字，读 yuè，名词。下句“乐”字，读 lè，动词。酎、乐：皆为名词，转化为动宾词组，“饮醇酒”“演奏音乐”。尽欢：极尽欢娱燕饮之乐。乐：使他人娱乐。先：先于己者，长于己者。先辈，长辈。故：故旧。按，至此，《招魂》之主体部分结束。这一大部分，对比地描述天地、四方都有奸凶灾难，十分可怖；故居的宫室苑囿、乐舞饮食则是豪华纷奢的，可以恣情享用。借此劝告“灵魂”避祸就福，速速归来。

【原文】

乱曰：

献岁发春兮，汩吾南征。①

菉蘋齐叶兮，白

【译文】

乱辞：

新岁伊始而春气奋发啊，我在明媚的春光中匆匆南行。

绿蘋齐生新叶啊，白芷葳蕤丛生。

芷生。[2]

路贯庐江兮，左长薄。[3]

倚沼畦瀛兮，遥望博。[4]

途中穿过庐江之水啊，傍着绵延无际的丛莽长林。

沿着池沼与大泽分界的道路而行啊，遥望水乡辽远无垠。

注释

❶ 献岁：始进于新岁，新岁伊始。献，进；始。发春：春气奋发，万物充满生机。汩（yù）：迅疾貌。南征：南行；南游。（或指被流放南行。）

❷ 菉：通“绿”。蘋：生于浅水中的一种蕨类植物，又叫“四叶菜”“田字草”。齐叶：齐生新叶。叶，此处作动词，生叶。白芷：香草名，又叫“辟芷”。

❸ 贯：通过；出自。庐江：水名。王夫之《楚辞通释》云：庐江，旧以为出陵阳者，非是。襄汉之间，有中庐永，疑即此水。左：近；或训江之左。长薄：绵延无际的林薄丛莽。薄：草木茂密丛生。一说，长薄为地名。

❹ 倚：靠近；傍着。沼：池。畦：此处作动词，划界。又，朱季海《楚辞解故》以为“畦”乃“洼”之借字。瀛：大水泽。博：远。

【原文】

青骊结驷兮，齐千乘。[1]

悬火延起兮，玄颜烝。[2]

步及骤处兮，诱骋先。[3]

抑骛若通兮，引车

【译文】

往昔君王狩猎，青马、黑马连接成驷，千乘车马齐辔并进。

熊熊猎火蔓延升腾啊，浓烟将长空染得黑云沉沉。

猎手们有的步行，有的驰马，有的停止，而向导却策马疾奔于众人之前。

士众或止或进，猎事顺利畅达，有的回

右还。[4]

与王趋梦兮，课后先。[5]

君王亲发兮，惮青兕。[6]

转车子将野兽遮拦。

随从君王奔赴梦泽啊，在畋猎中考察比试谁后谁先。

君王亲自引弓射箭啊，青角犀牛应弦毙命于神箭。

注释

❶ 青：铁青色的马。骊：纯黑色的马。驷：指驾一车的四匹马。齐：同。乘（shèng）：四马驾一车，叫一乘。

❷ 悬火：打猎时为焚烧山林而用的火把。按，古代有火田，即焚烧山林，将禽兽驱迫出来，以便猎获。“悬火”，或指“玟烛”。（烛：火。）延起：蔓延升腾。玄颜：此指天空变成黑色。烝：犹“尘”，有“尘秽”“污染”之意。《尔雅·释言》：烝，尘也。玄颜烝：言猎火烟气上升，将天空染成黑色。一说，烝是烟火上行之意。

❸ 步：徒步，指徒步之从猎者。及：以及。一说，训“至”。骤：策马疾奔。处：止，指停止在一个地方，待机而动。一说，指骤马所至之处。诱：先导；向导。骋先：奔驰于众人之前。

❹ 抑：制，止。骛（wù）：驰骋。若：顺利。通：畅达。引车：掉转车子。还：音义同“旋”。

❺ 王：君王，此指楚怀王。趋：奔赴。梦：古代大泽名，故地在今湖北中南部，全称“云梦泽”，江北曰“云泽”，江南曰“梦泽”，亦可简称“云”“梦”。课：考察评比。

❻ 亲发：亲自射箭。惮（dān）：“殚”之讹，尽，此指毙命。兕（sì）：犀牛之属。青兕，有青色独角的犀牛。

【原 文】

朱明承夜兮，时不可以淹。①

皋兰被径兮，斯路渐。②

湛湛江水兮，上有枫。③

目极千里兮，伤春心！④

魂兮归来，哀江南！⑤

【译 文】

承继长夜，太阳东升啊，时光不能久留人间。

泽畔高坡的兰草满径啊，这香径却转眼又被水淹。

江水深深湛湛啊，岸上有枫林一片。

纵目望尽千里大地啊，面对无边春色，不禁伤心肠断！

君王的灵魂啊，回来，回来！哀怜这忧难深重的故国江南！

注 释

❶ 朱明：太阳之称。朱，朱红；明，明亮。承夜：继夜。淹：久留。

❷ 皋（gāo）：泽畔之高地。兰：香草名。被：遮覆，此指长满于地。径：路，与下文“路”字变文避复。斯：此，指示代词。渐：没，指水涨而淹没路径，以至皋兰。按，此处比喻贤者久处山野，君王不能任用，反而被埋没，被摧折。

❸ 湛湛（zhàn）：水深貌。枫：枫树。

❹ 极：尽。目极千里：放眼望尽千里。伤春心：意谓望着这无边春色，感念国事日非，不禁悲伤欲绝。

❺ 按，这一部分，是全文的尾声。描述诗人南征中所见、所感，追忆随从怀王游猎之盛况，感念目前顷襄王为政昏庸，国事蜩螗，如沸如汤，便倾注其忠直的忧君爱国之情，呼出了“伤春心”“哀江南”的心声，点出了主题。

卜居

解 题

本篇和《渔父》，经古今学者论证，并非屈原作品。但因它们的“作者离屈原必不甚远，而且是深知屈原生活和思想的人”（郭沫若《屈原赋今译》后记），这两篇作品对研究屈原生平及其思想有重要作用，所以，我们作为附录，列于屈赋之后，以供参考。

《卜居》，是以第三者的角度，设想屈原如何问卜决疑，以便确定“自处之方”，即如何清醒而正确地对待社会现实与自己的志行。名为“卜居”，实际上屈原并无待决之疑，他对“何去何从”是坚定而分明的；只不过借这种方式来表达诗人对黑暗现实的愤激和不妥协的精神。

《卜居》与《渔父》的句式长短相间，错落有致；音韵和谐而变化自如；并运用问答体，自成一格。它是初具散文诗特色的、由“骚”而“赋”的过渡形式。这种风格与形式，为汉代及以后的赋家所祖述，在我国文学史上影响颇巨。

从内容与语言特征来看，应是先秦的作品。

【原 文】

屈原既放，三年不得复见。①竭智②尽忠，而蔽障于谗③，心烦虑乱，不知所从。乃往见太卜④郑詹尹⑤，曰：“余有所疑，愿因⑥先生决之。”詹尹乃端策⑦拂龟⑧，曰：“君将何以教之？”

注释

❶“屈原既放”二句：可能指楚怀王初放屈原于汉北之事。 ❷智：今行本作“知”，二字古通，据洪、朱同引一本作“智”改，以与下文“智有所不明”之“智”统一，免滋歧义。 ❸蔽障于谗：被谗人阻碍了忠谏报国之路。 ❹太卜：掌管国家卜筮的官员。 ❺郑詹尹：太卜名。 ❻因：借，借助。 ❼端策：筮用策（蓍草），所谓“揲策定数”，在占卦之前，将“策”端端正正地摆好，以示恭敬虔诚。 ❽拂龟：卜用龟（龟甲），所谓“灼龟观兆”，“拂龟”，是先将龟甲拂拭干净，以示虔敬。

【原文】

屈原曰：“吾宁悃悃款款[①]朴[②]以忠乎？将送往劳[③]来斯无穷[④]乎？宁[⑤]诛锄草茅[⑥]以力耕乎？将游大人以成名[⑦]乎？宁正言不讳[⑧]以危身[⑨]乎？将从俗富贵[⑩]以媮生[⑪]乎？宁超然高举[⑫]以保真[⑬]乎？将哫訾[⑭]栗斯[⑮]，喔咿[⑯]儒兒[⑰]，以事妇人[⑱]乎？宁廉洁正直以自清[⑲]乎？将突梯[⑳]滑稽[㉑]，如脂[㉒]如韦[㉓]，以絜楹[㉔]乎？宁昂昂[㉕]若千里之驹乎？将泛泛[㉖]若水中之凫[㉗]乎，与波上下[㉘]，偷[㉙]以全吾躯乎？宁与骐骥[㉚]亢轭[㉛]乎？将随驽马之迹乎？宁与黄鹄[㉜]比翼[㉝]乎？将与鸡鹜[㉞]争食乎？此孰吉孰凶？何去何从？

“世溷浊而不清：蝉翼为重，千钧[㉟]为轻。黄钟[㊱]毁弃，瓦釜[㊲]雷鸣。谗人高张[㊳]，贤士无名[㊴]。吁嗟默默[㊵]兮，谁知吾之廉贞[㊶]！”

注释

❶悃悃（kǔn）款款：忠诚勤恳貌。 ❷朴：质朴。 ❸劳：慰劳。送往劳来：犹言“送往迎来”，指随世俗进退应酬。 ❹无穷：无穷无尽。 ❺宁：愿词，有“宁肯”“宁可”之意。将：有“还是”之意。这两个词是表示选择、

诘问语气的。“宁……?”“将……?”一正一反，前后两问，二者必择其一，是非取舍昭然若揭。 ❻ 诛：借为“芟”，刈草。诛锄草茅：指开辟长满野草的荒地。 ❼ 游大人：游说于贵人之间。大人：指贵人，王侯卿相等。成名：指策士说客以游说手段进身求荣，甚至在顷刻之间，凭三寸不烂之舌取得卿相之高官厚禄。 ❽ 正言不讳：直言谏君，不加隐讳。 ❾ 危身：危及自身，准备受谴罚罪尤，以至杀身之祸。 ❿ 从俗富贵：指随从世俗，食重禄享富贵。 ⓫ 媮：借为“愉”，喜乐。媮生：安乐地活着。 ⓬ 超然高举：超然物外，隐逸自放。 ⓭ 保真：保持质直天真的本性。 ⓮ 哫訾（zúzī）：犹“趦趄”之倒文，于行曰“趦趄”，且进且退，犹豫不前貌。于言曰“哫訾”，欲言又止，忸怩承颜，吞吞吐吐，阿谀逢迎之貌。 ⓯ 栗斯：当从一本作“粟斯”，朱本亦作“粟斯”，惊惧貌，指“宠辱若惊”，胁肩局蹐畏得罪貌。 ⓰ 喔咿：奴颜婢膝，仰人鼻息，言语支吾不定之貌。 ⓱ 儒兒（ní）：一本作“嚅唲”，柔顺谨饰欲言又止的献媚之貌。 ⓲ 妇人：此指楚怀王的宠姬郑袖。 ⓳ 自清：洁身自好；修身洁行。 ⓴ 突梯：委曲宛转油滑应付之貌。 ㉑ 滑稽（gǔjī）：此指圆转谄媚，能言善辩而滔滔不绝貌。 ㉒ 如脂：像油脂那样滑。 ㉓ 如韦：像熟牛皮那样软。如脂如韦：形容圆滑世故，巧于应付。 ㉔ 絜楹：量圆曰絜，屋柱曰楹，“絜楹”，是指絜量其柱，欲削方为圆，比喻随顺世俗以邀宠求荣。 ㉕ 昂昂：志行高迈、超群特立貌。 ㉖ 泛泛：浮游貌。 ㉗ 凫（fú）：野鸭。 ㉘ 与波上下：随波上下。 ㉙ 偷：苟且偷生。 ㉚ 骐骥：骏马之名。 ㉛ 亢：相对举。轭（è）：古代车具，是车辕前端衡（横木）下的軥（曲木），套在马颈上。亢轭：犹言“并驾”。 ㉜ 黄鹄：大鸟名，相传它能一举千里。 ㉝ 比翼：并翼飞翔。 ㉞ 鹜（wù）：鸭。 ㉟ 钧：古制三十斤为钧。 ㊱ 黄钟：古乐中十二律之一，器最大而声最宏。 ㊲ 瓦釜：陶制之锅。 ㊳ 高张：此指谗人张大于朝，居高位享尊荣。 ㊴ 无名：默默无闻，身处困顿之境。 ㊵ 默默：不言貌。 ㊶ 廉贞：廉洁忠贞。

【原 文】

詹尹乃释策而谢[①]，曰：“夫尺有所短，寸有所长[②]。物有所不足[③]，智有所不明[④]。数有所不逮[⑤]，神有所不通[⑥]。用君之心，行君之意⑦，龟策诚不能知此事⑧。”

注释

❶谢：辞谢。 ❷尺有所短，寸有所长：量一尺的长度，有时实际不足一尺；量一寸的长度，有时实际超过一寸。此言尺、寸不一定完全从形式上看。❸物有所不足：指事物不一定十全十美。 ❹智有所不明：指人的智慧不一定无所不晓。如“尧舜知不遍物”“孔子不如农圃”。 ❺数有所不逮：数术（天文阴阳历算）之事也有做不到的（如有时难测日月星辰等自然现象的异变）。逮：及。 ❻神有所不通：神明也有不通达之时、之事。 ❼用君之心，行君之意：自行其志，自持其节，“我行我素”。 ❽龟策诚不能知此事：此句说明对卜筮的怀疑与批判态度。名曰“问卜”，实则“自问”，何去何从，屈原是没有什么疑惑而待他人指点的。本文虽非屈原自作，却是由深知其思想的楚人阐明屈原的观点，屈原的怀疑与批判精神在《天问》等作品中表现得十分集中。

渔父

解 题

本篇也是以第三者角度，叙述隐逸山水的渔父和屈原的对话，从而表现两种不同的观点和态度：一方面是渔父的避世隐身、韬光含章、“与世推移”；另一方面是诗人屈原的“举世皆浊我独清，众人皆醉我独醒”“伏清白以死直”。实际是对渔父逃避现实、明哲保身的消极态度加以否定和批判，对屈原面对现实、热爱楚国、坚持真理、至死不渝的积极态度加以肯定和赞扬。

【原 文】

屈原既放，游于江潭[①]，行吟[②]泽畔，颜色[③]憔悴，形容[④]枯槁[⑤]。渔父见而问之，曰：“子非三闾大夫[⑥]欤？何故至于斯[⑦]？”屈原曰：“举世皆浊[⑧]我独清[⑨]，众人皆醉我独醒[⑩]，是以见[⑪]放。”渔父曰：“圣人不凝滞[⑫]于物[⑬]，而能与世推移[⑭]。世人皆浊，何不淈[⑮]其泥而扬其波？众人皆醉，何不餔[⑯]其糟[⑰]而歠[⑱]其釃[⑲]？何故深思高举，自令放为[⑳]？”屈原曰：“吾闻之：新沐者必弹冠，新浴者必振衣[㉑]。安能[㉒]以身之察察[㉓]，受物之汶汶[㉔]者乎？宁赴湘流[㉕]，葬于江鱼之腹中。安能以皓皓[㉖]之白，而蒙世俗之尘埃乎？”

渔父莞尔[㉗]而笑，鼓枻[㉘]而去。乃歌曰：“沧浪[㉙]之水清兮，可以濯吾缨[㉚]；沧浪之水浊兮，可以濯吾足！”遂去，不复与言。

注释

❶ 潭：深水。❷ 行吟：且行且吟。❸ 颜色：面色。❹ 形容：形体和容态。❺ 枯槁：清癯瘦瘠貌。❻ 三闾大夫：官名，掌管楚国三大王族（昭、屈、景），“序其谱属，率其贤良，以厉国士”。屈原曾任是职。❼ 至于斯：到此地步。❽ 浊、醉：王夫之曰：没于宠利曰浊，瞀于安危曰醉。❾ 清：高洁自奉，不慕利禄。❿ 醒：对安危有清醒的认识和态度。⓫ 见：被。⓬ 凝滞：此指固守执着。⓭ 物：外物，客观事物、现象。不凝滞于物：指对客观事物的观点、态度不要固守执着，要随波逐流。⓮ 与世推移：随着世俗进退转移，即“随俗方圆”。⓯ 淈（gǔ）：浊，使之浊。淈泥扬波，犹今言“同流合污”。⓰ 餔（bū）：吃。⓱ 糟：酒糟（渣滓）。⓲ 歠（chuò）：饮。⓳ 釃（lí）：薄酒。餔糟歠釃：指与世人同醉。⓴ 何故深思高举，自令放为：《史记》作“何故怀瑾握瑜而自令见放为”。深思：指忧国忧民，与上文“独醒”之义合。高举：指志行高洁，异于世俗，与上文“独清”之义合。自令放为：为何使自己遭受放逐。㉑“新沐者”二句：又见《荀子》：新浴者振其衣，新沐者弹其冠，人之情也。沐：洗发。浴：洗身。弹冠、振衣：是为了去掉衣冠上的灰尘，以免玷污刚洗干净的头发和身体。㉒ 安能：何能；怎能。㉓ 察察：洁白貌。㉔ 汶汶（mén）：本谓昏暗不明貌；此处引申为蒙受污垢玷辱。㉕ 宁赴湘流：指自沉之志。㉖皓皓：洁白而有光彩貌。㉗ 莞尔：微笑貌。㉘ 鼓枻：叩舷。枻（yì），船舷，船旁板。㉙ 沧浪：水名，其说不一。蒋骥曰：在今常德府龙阳县（今湖南汉寿县），本沧、浪二山发源，合流为沧浪之水。较可信。㉚ 缨：冠系带。

九辩

解题

“九辩”，本是古代乐调之名，在《离骚》《天问》《山海经》中都曾提到它。王逸《楚辞章句》云：辩者，变也。《周礼·大司乐》郑注：变，犹更也，乐成则更奏也。又，王夫之《楚辞通释》云：辩，犹遍也。一阕谓之一遍。盖亦效夏启《九辩》之名，绍古体为新裁，可以被之管弦。其词激宕淋漓，异于风雅，盖楚声也。准此，“九辩”犹“九阕”，即由多数乐章组合而成的一种乐调。所以，总的看来，“九辩”在内容上是统一的有机的整体；分开来说，“辩”又是整个乐调的组成部分。

宋玉的《九辩》，是借古乐旧题来抒写自己贫士失职、怀才不遇、老而无成、报国无路之愤慨的，主要内容是悲秋、感遇、思君。这三者又互相交织、彼此渗透融为一体。

《九辩》具有借景抒情、情景相生的艺术特色。“有我之境”与“无我之境”相因相生，“情”与“景”互相感荡、互相催化，进一步升华、结晶、萌发，达到了“物我两忘”“物我同一”的化境。“悲秋”成了宋玉作品的风格与个性，给后世某些文人影响最大的也是这一点。《九辩》在语言艺术方面也是领异标新的：句法参差错落，富于变化，有丰富生动的建筑美；用韵灵活多样，声律谐美，悦耳动心；大量地运用双声、叠韵、叠字，读来朗朗上口，增强了感染力与节奏感；活用语气助词，例如“兮”字，或在句末，或在句中，运用自如，提高了它的表情达意作用。这些艺术手法都很高妙。

【原 文】

悲哉！秋之为气也。[1]

萧瑟兮，草木摇落而变衰。[2]

憭慄兮，若在远行。[3]

登山临水兮，送将归。[4]

【译 文】

悲凉啊！寒秋呈现的肃杀气象啊！

萧萧瑟瑟啊，草木摇落而变为衰亡。

秋风多么凄厉啊，我踽踽远行而自叹自伤。

登山临水，极目遥望啊，送别将要离去的秋光。

注 释

❶ 悲：悲凉；悲凄。此处描写秋日气象的悲凉，唤起作者身世飘零之慨叹，开首一个“悲”字，构成了全篇的主旋律。哉：一作“夫”。相当于“啊”。气：古人认为充溢于宇宙间的一种东西。此处似指气象、节气、天气或气氛，即习语所云“秋高气爽”之气，它是无形的，又是可感的。“秋之为气”，意谓：秋天所形成的（或“呈现的”）肃杀悲凉之气。

❷ 萧瑟：本指草木被风吹动之声；引申为秋风冷落草木萧条之象。又，朱熹《楚辞集注》云：萧瑟，寒凉之意。摇落：动摇，败落。一本“落”下有“兮”字。变衰：化为衰亡颓败之象。

❸ 憭慄（liáolì）：凄凉；凄怆。兮：语气词，相当于“啊”。若：语助词，无实义；一说，“若”训“如”“象”。远行：此谓远行途中。

❹ 登山：此指登上高山远眺。临水：此指从高处俯临流水。临：从高处朝向低处；或，面对。送：送别。将归：此谓将要离去的秋光；一说，指将归之人。

【原 文】

泬寥兮，天高而气清。[1]

宗廫兮，收潦而水清。[2]

【译 文】

空旷清明啊，天高云淡，大气清清。

寒凉澄澈啊，水潦收尽，汇入河川

憯凄增欷兮，薄寒之中人。[3]	之中。心中凄怆，无限感伤啊，薄寒袭人，一片清冷。
怆怳懭悢兮，去故而就新。[4]	怅惘失意啊，远离故土，奔走异地谋生。
坎廪兮，贫士失职而志不平。[5]	道路坎坷啊，贫士失职而意气难平。
廓落兮，羁旅而无友生。[6]	空虚孤独啊，羁泊四方而无良朋。
惆怅兮，而私自怜。[7]	惆怅无主啊，私自怜惜而慨叹浮生。

注释

❶ 泬（xuè）：空旷貌。寥：一本作“嵺”。清朗貌。按，作者的“泬寥”之感，是承“登山”而言。天高：形容秋季的天空由于晴朗而愈见高远。气清：此指秋天空气爽静，澄澈如水。清，古本作“瀞”；一作“平”。按，瀞，《说文》云：无垢秽也。亦通。

❷ 宋廖：即“湫漻”（qiūliáo）。寒凉清澈貌。宋，“湫”之借。廖，“漻”之借。朱季海《楚辞解故》：《淮南·兵略训》曰，是故将军之心，滔滔如春，旷旷如夏，湫漻如秋，典凝如冬。宋，古音同“湫”（同在幽部），宋廖即湫漻，此郢都遗言，下逮汉之淮南，犹无改旧俗耳。“宋廖”又作“寂寥”，旧说“平静清澄貌”。亦可从。收潦（lǎo）：指积水汇流归入川泽。潦，积水；或指汇积之雨水。清，此指秋季的川泽之水因无骤雨暴涨而澄澈。屈复《楚辞新注》云：清，当作澄，断未有连句重韵理。此说可从。

❸ 憯（cǎn）凄：悲伤；悲凄。憯，同“惨”。增，“层”之通假。重复；反复；加重。扬雄《甘泉赋》：增宫参差。（“增”同“层”）又，《说文》：增，益也。增（层）欷：反复地叹息不已，形容感伤已极。欷（xī），叹息声；或指叹息。薄寒：轻微的寒气，犹云“轻寒”“嫩凉”。中（zhòng）人：袭人。中：侵袭。

❹ 怆怳（chuànghuǎng）：惆怅失意貌。懭悢（kuànglǎng）：愁恨，与“怆怳”义近。去故：离开故地，此谓离乡背井。就新：去到（前往）新的地方谋求出路。似指前往郢都。

❺ 坎廪（kǎnlǐn）：犹“坎坷”，本指道路不平貌；又喻遭遇不好，困顿，失意，不得志。贫士：贫困落魄之士，此乃宋玉自谓。失职：被贬斥而失去职位。志：心意；心志；意气。

❻ 廓落：空虚，落寞，孤独。羁旅：羁留异地。友生：朋友；知交。一说，“生”为语助，无实义，犹现代汉语中之“好生”“做么生”等。

❼ 惆怅：因失意或失望而哀伤、苦恼。私自：两个同义词连用，犹云“自己”。怜：哀怜、自悲。

【原 文】

燕翩翩其辞归兮，蝉宋漠而无声。①

雁廱廱而南游兮，鹍鸡啁哳而悲鸣。②

独申旦而不寐兮，哀蟋蟀之宵征。③

时亹亹而过中兮，蹇淹留而无成。④

【译 文】

紫燕翩翩辞归啊，秋蝉寂寞无声。

鸿雁廱廱地叫着飞向南天啊，鹍鸡啁哳地悲啼秋风。

愁人彻夜不眠啊，伤心地静听蟋蟀夜鸣。

时光匆匆流逝，转瞬度过半生啊，久久滞留异乡而一事无成。

注释

❶ 燕：此指候鸟燕子。翩翩（piān）：此谓轻捷飞翔貌。辞归：指燕子到秋天便辞别北方而南归。宋漠：同“寂寞”，此指寂静无声。

❷ 雁：大型游禽，候鸟，有鸿雁、豆雁等多种。廱廱（yōng）：此处形容大

雁悠扬和谐的鸣声。南游：此指南飞。大雁在春分后从南方向北方飞，秋分后从北方向南方飞。鹍（kūn）鸡：古籍中说的一种鸟，形似鹤，有黄白色羽毛。啁哳（zhāozhā）：形容繁杂而细碎的声音。

❸ 独：孤独；独自。申旦：通宵达旦。申，达。旦，清早。不寐（mèi）：不能入睡；失眠。哀：哀伤；伤感。宵征：夜行，此指秋虫蟋蟀在夜间跳跃而振翅鸣叫。

❹ 时：时光；岁月。亹亹（wěi）：运行不息貌。过中：已过中年，渐趋衰暮。蹇（jiǎn）：通“謇”，楚地方言，发语词。淹留：久久滞留。无成：指事业无所成就。按，以上是作者因秋兴感，自叙身世之悲与客居失意之叹。

【原 文】

悲忧穷戚兮独处廓，有美一人兮心不绎。①

去乡离家兮徕远客，超逍遥兮今焉薄？②

【译 文】

处境穷蹙，勾起我无端愁绪啊，走投无路而孤独空虚。有一美人啊，心中充满抑郁。

依依难舍地离开家乡啊，来到远方的国都客居。天涯海角漂泊无依啊，于今又到何处羁旅？

注 释

❶ 穷戚：处境穷困。戚：一作“蹙”。按，字通“蹙”（cù），局促；紧迫。处：处于；陷于。廓：空虚；或指空旷之地。有美一人：“有一美人”，作者自谓之词。绎（yì）：“怿”之假，喜悦。

❷ 去：义犹“离”。徕远客：来到遥远的郢都做客。徕：同“来”。远：远方，此指楚都（郢）。客：此谓做客。超：远。逍遥：此处指萍踪浪迹漂泊无依。焉薄：到达何处。焉：犹“安”，何；何处。薄：到；止。

【原 文】

专思君兮不可化，君不知兮其奈何！[1]

蓄怨兮积思，心烦憺兮忘食事。[2]

愿一见兮道余意，君之心兮与余异。[3]

【译 文】

专诚思念君王啊，赤心不变，忠贞报国。君王不解我心啊，可又奈何！

怨意久积胸怀啊，思慕又常将我折磨。忧烦惊惧啊，不思饮食，百事皆辍。

但愿有幸一见君王啊，将我的心意郑重诉说。遗憾那君王的心思啊，却完全不同于我。

注 释

❶ 专：专诚；专一；一心一意。思：思慕。化：改变；解开。其：一作“可”。奈何：怎么办。

❷ 蓄怨：怨恨久积胸中。积思：思念久积胸中。烦：烦恼；烦闷；忧烦。憺(dàn)：通“惮”，惊惧；震惊；惊愕。又训忧愁。食：吃饭。事：做事。

❸ 一见：一见君王。道：申述；表达。意：心意；心迹。异：不同。

【原 文】

车既驾兮朅而归，不得见兮心伤悲。[1]

倚结軨兮长太息，涕潺湲兮下沾轼。[2]

忼慨绝兮不得，中瞀乱兮迷惑。[3]

私自怜兮何极？心怦怦兮谅直。[4]

【译 文】

已经备好车马啊，即将离此而归。临行不得见君啊，又使我无限伤悲。

我凭依着车軨啊，不禁长长地叹息。我涕泪潺湲交流啊，沾湿了胸前的车轼。

愤激地想与君王决绝啊，但又不能了此心意。心神昏乱无主啊，愈加迷惑不已。

自我悲戚伤怀啊，苦痛何有终极！我心怦怦激动啊，自信一片至诚而正直不倚。

注释

❶ 既：已经。一本无“既”字。驾：将马匹套在车上，即已备好车马。朅(qiè)：离去。归：指返回故地。见：见君王。

❷ 倚：身体靠着。结軨（líng)：古代车厢前面及左右均有栏木，纵横联结，故称。軨，车栏木。太息：长叹。一本“太”前无“长”字。涕：泪水。潺湲(chányuán)：水徐流貌，此处形容泪流不止。沾：沾湿。一本“沾”前无“下”字。轼（shì)：古代车前用以凭倚的横木。

❸ 忼慨：即“慷慨”，此处是激愤之意。忼，同“慷”。绝：断绝，此指与君王断绝关系。不得：不能；做不到。中：心；心中。瞀（mào)：昏乱。

❹ 私自：同义词连用，指“自己”。怜：哀怜；自悲。极：终极；终了。怦怦（pēng)：忠诚貌；或形容心跳加速。谅直：忠实正直。按，以上是作者自叙身世及思想感情的变化起伏。

【原文】

皇天平分四时兮，窃独悲此凛秋。①

白露既下百草兮，奄离披此梧楸。②

去白日之昭昭兮，袭长夜之悠悠。③

离芳蔼之方壮兮，余萎约而悲愁。④

【译文】

皇天平分一年四季啊，我却独自悲叹这凄戾的秋意。

白露已使百草飘零凋谢啊，又使菩萧忽然纷纷散离。

辞别光明灿烂的白昼啊，漫漫长夜又赓续相继。

华盛的少壮之年渐渐离去啊，衰病约缩，真令人悲观消极。

注释

❶ 皇天：对天的敬称。皇：大。平分：平均划分。四时：指一年之四季。

窃：暗自。独：独独地。凛（lín）：寒凉。按，“凛”原作“廪”，据洪兴祖《楚辞补注》所引一本改。

❷ 白露：清露。白：清，如“白水”即“清水”。既：已经。下：一作“降”。指草木叶落。奄（yǎn）：匆遽；忽然。离披：纷乱貌；分散貌。披：一作“被”。梧楸：借作“萿萧”。《说文·艸部》：萿，艸也，从艸，吾声。《楚辞》有萿萧。按，萧又作萩。陆玑《草木疏》云：萧，今人所谓萩蒿者是也。许氏所见当作“萿萧”，方是本字。今人多解“梧楸”为梧桐与楸树，非。

❸ 去：离开，此指度过。白日：本指光辉灿烂的太阳，此谓阳光灿烂的白昼。昭昭：光明貌。袭：承接；继续。悠悠：形容漫长无尽。

❹ 芳蔼：芳美繁盛。蔼（ǎi）：繁盛貌。方壮：正当壮盛之年。萎：借作“痿”，病。又，《文选》萎作委。洪兴祖《楚辞补注》曰：萎，草木枯也。约：约缩。此指贫穷。

【原 文】

秋既先戒以白露兮，冬又申之以严霜。①

收恢台之孟夏兮，然欿傺而沉藏。②

叶菸邑而无色兮，枝烦挐而交横。③

颜淫溢而将罢兮，柯仿佛而萎黄。④

萷櫹槮之可哀兮，形销铄而瘀伤。⑤

惟其纷糅而将落兮，恨其失时而无当。⑥

揽騑辔而下节兮，聊逍

【译 文】

冷秋早以白露警戒在先啊，寒冬再横加严霜的摧残。

收敛夏日草木的繁荣润泽啊，使它生机止息而埋藏沉潜。

叶子枯萎而无鲜明绿色啊，桠杈纵横而交错纷乱。

草木的形貌由过盛而变衰啊，枝柯的颜色枯黄而暗淡。

树木疏落耸立，诚然可悲啊，它外形受损，内部又遭伤残。

想到它纷然错杂将要落尽啊，遗憾它失去盛年，再无良好机缘。

总揽马缰驰驱，继而驻车不进啊，

遥以相佯。⑦

姑且优游自得地徘徊往返。

岁忽忽而遒尽兮，恐余寿之弗将。⑧

岁月倥偬，转瞬便流逝终结啊，唯恐我的寿命十分短浅。

注释

❶ 戒：警戒。一本“戒”下有“之”字。白露：见前注。申：重；又加上。严霜：严寒之霜雪。严：厉害，此指冷得厉害。

❷ 收：此指收敛生机。恢：广大貌。此处形容草木滋长，日益壮盛。台：“胎”之借字，象征物类生机勃勃、繁茂润泽的样子。洪兴祖《楚辞补注》引黄鲁直云：恢，大也。台，即“胎”也。言夏气大而育物。孟：闻一多先生《楚辞校补》：疑孟当为盛，字之误也。又，《艺文类聚》卷三《岁时部上·夏》引《楚辞》正作“盛夏”。今作“孟”字者，乃后世传写致讹。然：犹“焉”。王引之云：然犹“焉”也。《礼记·檀弓》曰：穆公召县子而问然。郑注：然之言焉也。乃；就；于是。飲：同“坎”，此指沉陷。傺（chì）：止；停住。沉藏：深深收藏起来。

❸ 菸邑（yūyì）：枯萎暗淡貌。邑：一作“莒”。无色：指草木之叶失去了鲜明的色泽。烦挐（rú）：纷乱貌。交横：纵横交错。

❹ 颜：此指草木的外形（犹人之容颜）。淫溢：过度；过分。罢：通“疲”。衰弱；衰败。此指草木生机衰竭。柯：树枝。仿佛：此指色泽暗淡，不鲜明。萎黄：枯萎而暗黄，形容树木之病色。洪兴祖《楚辞补注》云：萎，一作委，一作矮。矮，枯死也。《仓颉篇》曰：萎黄，病也。

❺ 前（xiāo）：疏秃貌。櫹椮（xiāosēn）：树木高耸貌。销铄（shuò）：销熔；损毁。瘀（yū）伤：本指受损伤而致内部积血；此谓树木枝干内部受伤病。瘀：积血。

❻ 惟：思；念及。其：代称树木。纷糅（róu）：繁多错杂貌。恨：遗憾。失时：失去繁盛生长之时令。无当（dàng）：没有良好的际遇。

❼ 揽：总持；全握在手中。騑（fēi）：古代位于车辕两外侧驾车的马；在此统指驾车的马。辔（pèi）：用于驾驭牲畜之缰绳。下节：犹《离骚》中之“弭

节”，意为“停车不行”。下：犹“弭”，停止。节：车行之节度。聊：聊且；暂且；姑且。逍遥：优游自得貌。相佯（chángyáng）：同“徜徉”，徘徊。佯：一作“羊”。

❽ 岁：年岁；岁月。忽忽：迅速貌；一说，运行貌。遒（qiú）：迫近；一说，遒即“隤”之坏字。《说文》：“隤，下坠也。”《楚辞章句》注：年岁逝往，若流水也。寿：寿命；寿数。弗：一作“不”。将：长久。

【原 文】

悼余生之不时兮，逢此世之俇攘。①

澹容与而独倚兮，蟋蟀鸣此西堂。②

心怵惕而震荡兮，何所忧之多方！③

印明月而太息兮，步列星而极明。④

【译 文】

伤感自己生不逢时啊，遭遇这扰攘不宁的乱世。

心情淡漠，独倚着楹槛沉思啊，西堂阶砌之间，蟋蟀鸣声如泣。

内心怵惕而震荡不安啊，我为何这样百忧交集！

仰望明月而感喟叹息啊，伴着繁星徘徊，直到渐现晨曦。

注释

❶ 悼：悲伤；悼惜。不时：不逢吉善之时。逢：遭遇；适逢。俇攘（kuāngrǎng）：纷扰混乱貌；又，忧惧貌；一说，狂遽貌。

❷ 澹：同“淡”，淡漠。容与：闲散貌。倚：依靠着。此处似指依靠着楹槛栏杆。西堂：此指西堂阶砌之间。

❸ 怵惕：戒惧；惊惧；忧惧。震荡：指心中震动不安。所忧之多方：所忧思之事是多方面的；犹言“百忧交加”。

❹ 印：通“仰”，一作“仰”。仰望。太息：见前注。步：行步；徘徊。列

星：列宿；众星；群星。极：至；达到。明：天亮；清晨。按，以上部分，以秋树凋零为喻，寄托诗人自悲命途多舛、生不逢辰之情思。

【原 文】

窃悲夫蕙华之曾敷兮，纷旖旎乎都房。①

何曾华之无实兮，从风雨而飞飏。②

以为君独服此蕙兮，羌无以异于众芳。③

【译 文】

为蕙花簇簇盛放而暗自悲伤啊，它纷盛旖旎，一时显荣于华丽殿堂。

为何繁花累累却无果实啊，终于随着风雨而零落飞扬。

本来以为君王专爱佩此香蕙啊，他却认为香蕙无异于众芳。

注释

❶ 窃：暗自；私意。蕙（huì）：香草名，又名“佩兰”“蕙草”。华：同“花”。曾（céng）：重；重叠；一说，“曾”训“曾经”。敷：布；张；引申为“开放”义。一说，敷，借作尃。《说文·艸部》：尃，华叶布，从艸，傅声，读若傅。纷：繁盛貌。旖旎（yǐnǐ）：繁茂貌；柔美貌。都房：犹言“华屋”。都：华丽。

❷ 何：为何。曾华：累累重叠的花朵。曾：见前注。实：果实；种子。从：随着。飏：通“扬”，飞扬。按，此处是作者以蕙草有花无实，且又随风雨飞扬，比喻自己曾一时被任用，却被群小谗害而遭贬斥，政治理想不能实现。或云“旖旎都房”，乃比喻作者曾以文采照耀宫廷。又，“曾华无实”，或谓君王只把作者当作仅有词采而无实际政治才能的人，所以并不想真正重用他。

❸ 独：唯独；专一。服：佩用，比喻专一信任人才。羌：楚方言，此处作发语词，无实义。众芳：各种花草，比喻一般庸人。按，二句比喻君王对待优异人才与对待一般庸人相同。

【原 文】

闵奇思之不通兮，将去君而高翔。①

心闵怜之惨凄兮，愿一见而有明。②

重无怨而生离兮，中结轸而增伤。③

【译 文】

伤叹自己的奇思不能上达君王啊，我将离别他而远走高翔。

忧念自身遭际而心中凄恻啊，我愿一见君王，将忠忱明白宣讲。

无罪被弃，使我百思莫解啊，心中郁结沉痛而黯然神伤。

注 释

❶ 闵：通“悯”，怜惜；伤念。奇思：超群出众的思想；或，曲折的思绪。不通：不能上达于君王。去君：离开君王。高翔：远走高飞。

❷ 闵怜：悯恤怜惜。惨凄：形容心中悲痛凄楚。一见：指一见君王。有明：有以自明；有所表达；表白心迹。

❸ 重：用如动词，“看得很重”；或读 chóng，重复，指“一次又一次地想着”。无怨：自己的言行无可责怨（即无罪过）；或，无取怨于君之事。生离：离别，此指被斥弃。中：中心；心中；心。结轸（zhěn）：心中郁结而沉痛。轸：通“紾”。心绪纠结。增伤：增加悲伤；愈益悲伤。

【原 文】

岂不郁陶而思君兮，君之门以九重。①

猛犬狺狺而迎吠兮，关梁闭而不通。②

【译 文】

岂不愁思郁积而思念君王啊，只因君门九重，悬隔万仞宫墙。

猛犬迎着人们狺狺地狂吠啊，道路不通，我阻于门关、桥梁。

注释

❶ 岂：难道。郁陶（yáo）：愁思郁结貌。陶，指精神愤结积聚。君之门：宫廷之门。此处似指君王被奸佞包围，层层障蔽，犹如门墙。九重：九重大门，形容君门深邃，层层设障，臣民难以进见君王。旧说天子之门九重，谓关门、远郊门、近郊门、城门、皋门、库门、雉门、应门、路门。按，此处不一定实指。

❷ 猛犬：此喻众奸群小。狺狺（yín）：犬吠声。关：门关。梁：桥梁。闭：闭塞，此喻群小障阻。

【原 文】

皇天淫溢而秋霖兮，后土何时而得漧？①

块独守此无泽兮，印浮云而永叹！②

【译 文】

天上洒着绵绵无尽的秋雨啊，大地何时能干，水潦何时收去？

孤独地守着荒芜的薮泽啊，仰望那蔽日的浮云，便使我长叹唏嘘。

注释

❶ 皇天：见前注。淫溢：过度，此指久雨逾常。秋霖：绵绵不尽的秋雨。霖，经久不止的雨。后土：大地之称。漧：同“乾”（干）。

❷ 块：块然孤独貌。独：独自；孤零零地。守：守着；处在。无：“芜”之借，荒芜。泽：水泽；薮泽。芜泽：形容处境恶劣，犹如处在荒芜之泽。印：同“仰”，此谓仰望。浮云：此处比喻蒙蔽君王的群小。永叹：长叹。按，以上部分，以蕙花的不幸遭遇自况，惋伤自己不能得到君王的了解与信任，身处困境，报国无路。

【原 文】

何时俗之工巧兮，背绳墨而改错！①

却骐骥而不乘兮，策驽骀而取路。②

当世岂无骐骥兮？诚莫之能善御。③

见执辔者非其人兮，故駶跳而远去。④

凫雁皆唼夫粱藻兮，凤愈飘翔而高举。⑤

【译 文】

为何世俗如此善于诈巧啊，违弃绳墨而改变正常之举。

对骐骥拒绝乘用啊，却鞭策驽骀取道而去。

当代岂无良马骐骥吗？其实只是无人善于驾驭。

看来驭者不是那高明身手啊，良马因此腾跃着远远驰去。

野鸭、大雁得意地吃着粱米、水藻啊，凤凰却只得高高翱翔云际。

注 释

❶ 何：为何。时俗：犹“世俗”，当世的社会风气习俗。工巧：擅长玩弄权术，投机取巧。背：背弃；违背。绳墨：本指画直线用的墨线墨斗，此处比喻正道常规。错：通“措”，措施；举措。

❷ 却：拒绝；摒弃。骐骥（qíjì）：骏马之名，此处比喻贤能之士。乘：驾乘，此处比喻任用良才。策：本指马鞭，此处用如动词，指策马（用鞭赶马）。驽骀（nútái）：劣马之称，此处比喻庸劣之辈。取路：上路；赶路。按，二句比喻君王重用庸劣之群小，不任用贤良之士。

❸ 当世：当代；当今。诚：真的；的确；确实。莫：无；不。之：语中助词，无实义。善御：善于驾驭车马，此处比喻知人善任。按，二句比喻君王不能识别忠奸贤愚，不善于任用人才。

❹ 执辔者：手握缰绳驾驭车马的人，此处喻当政者。非其人：不是那具有驾驭才能的人。駶（jú）：跳跃。洪兴祖《楚辞补注》曰：马立不常谓之駶，音局。《释文》曰：跳，徒聊切，跃也。朱熹《集注》作“跼跳”，云：跼，音

局。一作驹跳，一作驹跳，皆非是。待考。按，二句比喻当政者不是理想的人，贤才则自疏远引。

❺ 凫（fú）：野鸭。唼（shà）：水鸟或鱼类吞食东西。粱：粱米。藻：水藻。飘翔：闻一多先生《楚辞校补》云：案《御览》九一五，《事类赋注》一八引翔并作翱，殆是。“飘翱”叠韵连语。此说可从。高举：此指高飞。按，二句比喻群小得宠，贤者远去。

【原文】

圜凿而方枘兮，吾固知其鉏铻而难入。①

众鸟皆有所登栖兮，凤独遑遑而无所集。②

愿衔枚而无言兮，尝被君之渥洽。③

太公九十乃显荣兮，诚未遇其匹合。④

【译文】

圆的凿孔，方的榫头啊，我本知彼此不合而难以插进。

众鸟都有升登集止之所啊，凤凰却遑遑无处栖身。

我情愿衔枚而闭口不言啊，但因曾蒙君恩而于心不忍。

太公九十才得显扬荣耀啊，实乃由于未遇契合之君。

注释

❶ 圜凿：圆形插孔。圜，同“圆”。方枘（ruì）：方形榫头。枘，榫头。固：本来。其：指称“圜凿方枘”之事。鉏铻（jǔyǔ）：同“龃龉”，彼此抵触，不相配合。

❷ 众鸟：喻指凡庸之辈，谗谀之群小。登：鸟升树上。栖：鸟类止息。凤：此处以传说中的神鸟凤凰比喻贤士英才。遑遑：匆遽不安貌；往来不定貌。集：栖止；鸟停在树上（此处比喻贤士适得其所）。按，二句喻群小窃据要津而贤才失职。

❸ 衔枚：古时行军，为了肃静保密，常令军士口衔竹木制成的类似短箸之物

（枚），以防说话出声。此处“衔枚”，是闭口不言之意。尝：曾经。被：蒙受；承受。渥洽（wòqià）：指深厚优隆的恩泽。

❹ 太公：姜太公，即姜尚，又名吕尚、吕望（因其前人封邑在吕，故又以吕为姓）。乃：才；方。显荣：名位大显，富贵荣耀。此指姜太公受到周文王、周武王的重用。诚：见前注。匹合：指互相投契配合。匹，配。

【原 文】

谓骐骥兮安归？谓凤皇兮安栖？①

变古易俗兮世衰，今之相者兮举肥。②

骐骥伏匿而不见兮，凤皇高飞而不下。③

鸟兽犹知怀德兮，何云贤士之不处？④

【译 文】

骐骥啊，你归于何地？凤凰啊，你何枝可依？

改变古道，移易良俗啊。时世已陷于衰微之际。当今相马的人们啊，只知道选肥汰瘠。

良马隐匿而不得显现啊，凤凰高飞而不能落地。

鸟兽尚知怀恋有德之人啊，为何却责怪贤者不肯留任京畿？

注 释

❶ 谓：告语之词。骐骥：见前注。安归：依归于何处。安，何；何处。凤皇：见前注。安栖：栖止于何处？按，二句比喻贤士良才不在其位，不得其所。

❷ 变古：改变古代的常道（如礼法、典章制度、世风等）。易俗：改易良好的习俗遗风。世衰：时运衰微。相者：相马的人（比喻当政者）。举肥：挑选肥马（比喻只重外表）。按，二句比喻当政者不以贤选士。

❸ 伏匿：隐藏不露。见：同“现”，显现。下：从空中落下。按，二句比喻贤良隐逸避世。

❹ 鸟兽：指凤凰、骐骥。怀德：感恩戴德。云：讲说；犹言“责怪”“数

说”。不处：不留处于朝廷之位（指君臣离异）。

【原 文】

骥不骤进而求服兮，凤亦不贪餧而妄食。[①]

君弃远而不察兮，虽愿忠其焉得？[②]

欲宗漠而绝端兮，窃不敢忘初之厚德。[③]

独悲愁其伤人兮，冯郁郁其何极！[④]

【译 文】

骏马不肯飞驰以求人乘用啊，凤凰不贪求饲养而偷生苟活。

君王疏远贤士，不察善恶啊，贤士虽愿效忠，君臣如何相得？

曾想自甘寂寞而与君王决裂啊，但又不敢忘他当初的厚德。

独自悲叹，使人何其神伤啊，愤懑郁郁，何时方能了结？

注 释

❶ 骤进：急速行进。服：用，此指驾车或乘用。餧：通“喂”，此指饲养。妄：胡乱地。按，二句比喻贤士不肯苟合取容，随俗浮沉。

❷ 弃远：斥弃而疏远之。不察：不能明察贤愚善恶。愿忠：甘愿效忠。其：语助，无实义。焉：何；怎么。

❸ 宗漠：即“寂寞”之异体，止息貌；冷落孤独貌。绝端：断绝端绪，即断绝进身效忠之念。王夫之《楚辞通释》：绝端，谓一意隐遁，不思复进，念不萌而事无望也。窃：见前注。初：当初（指受信任时）。厚德：大德深恩，即上文所言“渥洽”。

❹ 伤人：使人伤痛。冯（píng）：楚方言，同“憑”（凭），充满，此指心中充满愤懑。郁郁：忧郁苦闷。何极：何有终极。按，以上部分，诗人感叹举世混浊，是非颠倒，君王昏庸，不辨忠奸，贤者斥弃在野，群小飞黄腾达，所以他萌发退隐山林之志。

【原 文】

霜露惨凄而交下兮，心尚幸其弗济。[1]

霰雪雰糅其增加兮，乃知遭命之将至。[2]

愿徼幸而有待兮，泊莽莽与野草同死。[3]

【译 文】

寒霜白露齐下，真是惨惨凄凄啊，内心还希望它难遂其意。

霰雪纷纷，越下越紧啊，方知惨命将至，朝不虑夕。

曾想侥幸还有转机而苦苦期待啊，漂泊无依，恐与野草同陷死地。

注 释

❶ 霜露：比喻群小对贤良的打击、诬陷。惨凄：形容这种打击、诬陷之严酷险恶。交下：交杂地落下来，犹言“霜露交加”，洪兴祖《楚辞补注》云：君政严急，刑罚峻也。朱熹《楚辞集注》云：霜露下而霰雪加，喻衰乱之愈甚也。按，洪、朱二说，终感牵强。尚：还；仍然。幸：希望。其：代称“霜露”。弗济：不能达成其事功，指群小达不到迫害贤良的目的（这是作者的希冀之词）。

❷ 霰（xiàn）：一种白色球状或圆柱状的固体降水物。霰雪：喻意同前，不过，承上连言“霰雪”在程度上比“霜露”更甚一层。霰雪雰（fēn）糅：比喻国家祸乱益深；或喻群小更加逞狂。雰：犹云“雰雰”，雪盛貌。糅：交杂貌。遭命：遭遇的不幸命运。

❸ 徼幸：同“侥幸”。有待：有所期待，此指期待君王改弦更张，弃旧图新。泊：漂泊；留止；羁旅。又，王夫之《楚辞通释》云：泊，疑洎字之误，及也。坐而偷安，日就危蹙，幸不可徼。势终萎败，此楚臣平日苟且之情也。一说，泊为“溥”之借字，广大义。莽莽：无涯际貌。

【原 文】

愿自直而径往兮，路壅绝而不通。①

欲循道而平驱兮，又未知其所从。②

然中路而迷惑兮，自压按而学诵。③

性愚陋以褊浅兮，信未达乎从容。④

窃美申包胥之气盛兮，恐时世之不固。⑤

【译 文】

我本愿自守直道而毅然前行啊，然而道路阻绝不通。

也想遵循正道而稳步前进啊，却又不知从何而行。

中途屡遭坎坷，使我迷惑不解啊，只得压抑愤懑之情去学《诗经》。

但因生性愚陋而且褊浅啊，确实没达到舒畅从容之境。

暗自赞美申包胥意气壮盛啊，恐怕他生于当世，也会感慨今昔不同。

注 释

❶ 自直：自己申辩原委曲直；或，自循直道。径往：直往；直行，一直走下去。或，直接前往。径：直。路：此指通于君王之路；或指诗人自己走的“直道”“正道”。一作“愿自往而径游”。壅：阻塞；障蔽。绝：断绝；阻断。

❷ 循道：遵循直道。平驱：平顺地驰驱。从：由；顺从；顺应；跟从。

❸ 然：犹“乃”。中路：中途；半路上。压按，当从一本作“厌塞”。朱季海《楚辞解故》：厌塞即猒塞，《方言》：厌、塞，安也。注：物足则定。是厌塞有安定之义，故王云弭情定志也。《广雅·释诂》：㦲寒，安也。理兼情志，故字又从心。《方言》所记，即出楚语，后人不达，故改作压按字耳。按，此说甚是。诵：此指《诗经》。

❹ 性：本性；生性。愚：愚钝。陋：此指目光短浅，见解鄙陋。褊（biǎn）：狭隘。浅：浅薄。信：的确；诚然；真正地。从容：舒缓自如。

❺ 窃：见前注。美：赞美；以之为美。申包胥：春秋时期楚国大夫，楚昭王十年，吴攻楚，破郢都，申包胥求救于秦，在秦廷痛哭七昼夜，勺饮不入口，

秦哀公终为其精诚所动，决定发兵援楚。此处引用申包胥的事例，主要是颂扬其爱国志行。气盛：爱国气概壮盛。盛：一作“包”。时世：时代。固：朱熹《楚辞集注》：固，当作同，叶通、从、诵、容韵。按，此因形近而讹。当从朱说。

【原 文】

何时俗之工巧兮，灭规矩而改凿！①

独耿介而不随兮，愿慕先圣之遗教。②

处浊世而显荣兮，非余心之所乐。③

与其无义而有名兮，宁穷处而守高。④

【译 文】

为何时俗如此善于诈巧啊，放弃规矩而任意改变措施。

唯独我光明正大不随流俗啊，但求服膺先圣的教言遗志。

处于混浊时世而显贵荣华啊，我认为并非快乐之事。

与其寡德无义而窃取名位啊，宁肯身处困境而求高洁自持。

注 释

❶ 时俗：见前注。工巧：见前注。灭：灭绝；引申为“放弃”。规：画圆形的工具。矩：画方形的工具。改：改变。凿：“错”之讹。闻一多先生《楚辞校补》云：案凿当为错，声之误也。（凿错二音古书往往相乱。《史记·晋世家》：出公名凿，《六国年表》作错，是其比。）古韵错在鱼部，凿在宵部。此本以错与上文固相叶，后人误改作凿，以与下文教、乐、高叶，则固字孤立无韵矣。《离骚》曰：固时俗之工巧兮，灭规矩而改错。《七谏·谬谏》曰：固时俗之工巧兮，灭规矩而改错。语意俱与此同，而字皆作错。《文选·思玄赋》注引此文作错，尤其确证。按，闻说极是，今从之。

❷ 独：独自；独独地。耿介：光明正大。随：随从世俗。慕：倾慕；慕求；效慕。先圣：泛指先世圣贤。遗教：遗训，指先圣流传下来的教言懿范。

❸ 浊世：混乱污浊之时世。显荣：显贵荣耀。乐：喜悦。

❹ 无义：不合正道；不合理不公正。名：此指名位。王夫之云：名，位也。穷处：处于困境。按，“穷处”，朱熹《楚辞集注》、洪兴祖《楚辞补注》皆作“穷处”，马茂元《楚辞选》作“处穷”。阙疑待考。守高：持守高洁。

【原 文】

食不媮而为饱兮，衣不苟而为温。①

窃慕诗人之遗风兮，愿托志乎素餐。②

蹇充倔而无端兮，泊莽莽而无垠。③

无衣裘以御冬兮，恐溘死不得见乎阳春。④

【译 文】

不苟且而食，虽饥犹饱啊，不苟且而衣，虽寒犹暖。

私意追慕诗人的遗风余韵啊，常愿寄托志节，绝不尸位素餐。

朝中群小无端地骄横自满啊，我却落魄颠踣，前途茫茫无边。

没有衣裘以御寒冬啊，自惧会忽然死去，见不到温暖的春天。

注 释

❶ 媮：同“偷”，苟且；马马虎虎地。食、衣：均为动词，吃饭、穿衣。苟：义同“媮”。

❷ 窃：见前注。诗人：指《诗经》各篇的作者。遗风：遗留下来的高风亮节。托志：寄托志节。素餐：“不素餐”之略文，指不白食俸禄而不做事。餐：闻一多先生疑为“飡”之讹。“飡”字与上下文之“温”“垠”“春”叶韵。按，闻说近是。

❸ 蹇（jiǎn）：通“謇”。楚方言，发语词。倔：通“诎”，“充倔（诎）”为自满失节貌。《礼记·儒行》：不充诎于富贵。一说，“倔”通“屈”，“充屈”乃指满心委屈。无端：无缘无故；或，无端涯；无尽头。泊：漂泊无定貌。又，留；住；置身于。莽莽：犹“茫茫”。垠：边际；尽头。

❹ 裘：皮衣。御冬：抵御冬寒。溘（kè）死：忽然死去。溘，忽然。阳春：和煦的春天。按，以上部分，诗人感叹国步维艰，自己时运不济，走投无路。但是仍然洁身自好，绝不随波逐流。

【原 文】

靓杪秋之遥夜兮，心缭悷而有哀。①

春秋逴逴而日高兮，然惆怅而自悲。②

四时递来而卒岁兮，阴阳不可与俪偕。③

【译 文】

暮秋的长夜万籁俱寂啊，心中的哀思缠绵不已。

年岁日益增高，往事逴逴迢远啊，使我不禁怅然悲凄。

四季递而来，一年将尽啊，人不可与流年并驾比翼。

注 释

❶ 靓：通“静”，寂静。杪（miǎo）秋：犹言“暮秋”“深秋”。杪：本指树梢，此处指“秋末”。遥夜：漫漫长夜。缭悷（liáolì）：此指忧思缭绕，委曲郁结。

❷ 春秋：此乃“年岁”之谓。逴逴（chuō）：遥远貌；此指愈走愈远貌，形容逝去的年岁已渐遥远。日高：一日比一日高。高：此指年高。义同“老”。然：犹“乃”。

❸ 四时：四季。递来：前后相接地来到。卒岁：终岁；一年已尽。阴阳：此指运行不息的日月（即时光）。俪偕：犹言比并、偕同。

【原 文】

白日晼晚其将入兮，明月销铄而减毁。[①]

岁忽忽而遒尽兮，老冉冉而愈弛。[②]

心摇悦而日幸兮，然怊怅而无冀。[③]

中憯恻之凄怆兮，长太息而增欷。[④]

【译 文】

灿烂骄阳渐渐暗淡沉落啊，团圞明月渐渐亏缺无光。

岁月忽忽即将终结啊，冉冉迫近暮年，心志愈加弛而不张。

本来自以为善而常存侥幸之心啊，然而只落得怊怅绝望。

内心悲恻而凄苦啊，长声叹息而唏嘘感伤。

注 释

❶ 白日：光辉灿烂的太阳。晼（wǎn）晚：夕阳的暗淡光景。入：没，指日落。销铄：减毁；亏缺。

❷ 岁：年岁；岁月。忽忽：迅速貌。遒尽：近于完结。遒："隤"之坏字，见前注。一说，遒训迫近。冉冉（rǎn）：渐渐。弛：松弛；松懈。

❸ 摇悦：《楚辞解故》引《方言》云：朓说，好也。又云：摇悦即朓说，本谓美好，亦或以为自好，语不殊耳。按，此说极是。一说：摇悦，心动而喜。日幸：日日怀着侥幸心理。怊（chāo）怅：犹惆怅。冀：希望。

❹ 中：心；心中。憯恻（cǎncè）：与"凄怆"皆为悲伤意。太息：长叹；浩叹。增（céng）：通"层"，重复；反复。欷（xī）："欷歔"之省文，叹息声；或，抽噎声。

【原 文】

年洋洋以日往兮，老嵺廓而无处。[①]

【译 文】

岁月洋洋无尽地流逝啊，我春秋已高却空虚无依。

事亹亹而觊进兮，蹇淹留而踌躇。②

国事虽在遽变，我却仍图进取啊，所以久留此地而踌躇难离。

注释

❶ 年：岁月；时光。洋洋：广大无边貌；此处形容岁月无尽无休地度过。日往：一天天地过去。老：年老。嵺廓：通“寥廓”，空虚貌；空旷貌。无处：无托身之地。处：留止；留处。

❷ 事：国事。亹亹（wěi）：前进不息貌；变化不止貌。觊（jì）：企图。进：进身效忠。蹇：见前注。淹留：久留。踌躇：犹豫不决；进退不由。按，以上部分，感叹年华易逝，世路坎坷，老而无成，壮志未酬。

【原文】

何泛滥之浮云兮，猋壅蔽此明月？①

忠昭昭而愿见兮，然露曀而莫达。②

愿皓日之显行兮，云蒙蒙而蔽之。③

窃不自料而愿忠兮，或黕点而污之。④

【译文】

为何浮云弥漫长天啊，迅速飘来将那明月遮掩。

我愿表达光明磊落的忠心啊，然而浓云蔽日，丹心难达于君前。

希望皓日显赫地运行啊，可是浮云蒙蒙蔽天。

我从不顾惜自身而愿效忠啊，有人却对我玷辱侮慢。

注释

❶ 何：为何。泛滥：此处形容浮云弥漫，宛如洪水之泛滥奔流。浮云：此喻

谗人群小。猋（biāo）：本指犬疾奔貌；此处形容浮云飘动迅速。壅蔽：阻挡；遮蔽。明月：喻贤士（包括作者自己）；一说，喻君。朱熹《楚辞集注》：言浮云之蔽月，以比谗贼之害贤也。洪兴祖《楚辞补注》：妨遮忠良，害仁贤也。夫浮云行则蔽月之光，谗佞进则忠良壅也。按，二句比喻群小进谗陷害忠良，阻断其进身效忠之路。

❷ 忠：忠心。昭昭：光明貌。见：同“现”，显现出来。雺（jīn）：按，“雺”，当作“霠”，《说文·云部》：霠，云覆日也。从云，今声。是“雺”为“霠”之坏字。一说，雺读 yīn。即“阴”之异文。曀（yì）：阴暗貌。达：此指忠忱上达于君。

❸ 皓日：光明的太阳，此喻君王。显行：光辉普照而显赫地运行，此喻君王明察。蒙蒙：云气弥漫貌。

❹ 不自料：不顾虑自身之困难与利害。料：一作“聊”，朱季海《楚辞解故》：《楚辞》自作“聊”，王注或曰“顾生”，或曰“顾老”，皆所以释“聊”。顾谓之聊，正是楚语，顾亦虑也。故宋玉又云“聊虑”矣。重言则曰聊虑。说甚是。黕（dǎn）：滓垢；污秽。点：玷污。

【原 文】

尧舜之抗行兮，瞭冥冥而薄天。①

何险巇之嫉妒兮，被以不慈之伪名？②

彼日月之照明兮，尚黯黮而有瑕。③

何况一国之事兮，亦多端而胶加。④

【译 文】

唐尧、虞舜志行高尚啊，冥冥高远，上薄云天。

为何险恶小人却嫉妒他们啊，给他们捏造“不慈”的恶言！

那日月普照大地啊，尚且有阴暗的斑点。

何况一国的大事啊，更有纷繁之绪，交互纠缠。

注释

❶ 尧舜：古帝唐尧、虞舜，是传说中的两个圣君。抗行：高尚的德行。瞭冥冥：高远貌。薄：迫近。

❷ 何：为何。险巇（xī）：艰难，此谓险恶小人。嫉妒：谓小人嫉妒贤良。被：加于其上。不慈：不慈爱。伪名：凭空捏造的不符合实际的坏名声。

❸ 彼：犹指示代词“那”。指称人与事物均可。此指尧、舜。日月：此喻尧、舜。尚：尚且。黯黮（àndàn）：昏暗不明；或谓云黑。瑕（xiá）：本指玉上之斑点，或喻人的缺点。

❹ 多端：繁多的端绪。胶加：纠葛；纠缠不清。一说，胶加即交加。

【原 文】

被荷裯之晏晏兮，然潢洋而不可带。①

既骄美而伐武兮，负左右之耿介。②

憎愠惀之修美兮，好夫人之忼慨。③

众踥蹀而日进兮，美超远而逾迈。④

农夫辍耕而容与兮，恐田野之芜秽。⑤

事绵绵而多私兮，窃悼后之危败。⑥

世雷同而炫曜兮，何毁誉之昧昧！⑦

【译 文】

披着荷叶裁制的轻柔短衣啊，它却空空荡荡，不能束系衣带。

君王自夸美善、自恃勇武啊，并对伪装耿介的近臣信赖。

君王憎恶忠而口讷的美德啊，却偏爱装腔作势的激昂慷慨。

群小细步踥蹀，日日进朝钻营啊，贤士只好远远地避开。

农夫停止耕作而慵懒闲散啊，恐怕会使田野荒芜，遍地蒿莱。

群小多私而害公，国事久已堪忧啊，暗自悲悼危亡命运将要到来。

世风日下，众口雷同，使人迷惑啊，小人的毁誉何其昏乱谲怪！

注释

❶ 被：同“披”。荷裯（dāo）：荷叶裁制的短衣。裯：袛（dī）裯之简称，短衣。一说，裯即单被。晏晏：轻柔貌。一说，鲜明貌。潢洋（huàngyáng）：空荡荡的样子，此处形容衣不称身。带：动词，系衣带。按，二句喻楚王好大喜功，只务虚名，华而不实。

❷ 骄美：夸耀自己美善。伐武：矜夸自己勇武。负：恃；倚仗。左右：亲信之近臣。耿介：光明正大；可引申为刚勇。

❸ 憎：憎恶。愠惀（wěnlún）：心地忠诚而拙于言辞。修美：此指品德美善。好（hào）：喜爱。夫人：犹言“彼人”，此指众谗人。忼慨：即“慷慨”，此处系指工谗之人巧言令色，善于发表激昂动听的议论。

❹ 众：此指群小。踥蹀（qièdié）：本谓小步行走貌；此喻奔走钻营貌。日进：一天天更加进身于朝廷之内。美：此谓贤士。超：犹“远”。逾迈：远行。

❺ 辍（chuò）：停止。容与：闲散自得貌。芜秽：此指田野荒芜。

❻ 事：国事。绵绵：久远貌。多私：多有私心而害公。悼：悲伤。危败：倾危败亡。

❼ 世：天下；世间。此指世人。雷同：雷声迸发，山鸣谷应，回声频传，彼此相同。此处喻群小沆瀣一气，彼此唱和，异口同声。炫曜：本指日光强烈，此谓迷惑，眼光迷离难辨是非。毁誉：毁谤与赞誉。昧昧：昏暗不明貌。

【原文】

今修饰而窥镜兮，后尚可以窜藏。①

愿寄言夫流星兮，羌倏忽而难当。②

卒壅蔽此浮云兮，下暗漠而无光。③

【译文】

当今如能临镜照影而修饰容颜啊，将来还能潜藏自保，避祸求生。

我愿托付流星致意君王啊，它却迅速流驶而难相逢。

君王终于被浮云壅蔽啊，下界四方也都昏暗不明。

注释

❶ 修饰：修饰容貌；此喻改弦更张，整饬内政。窥镜：照镜子；此喻认清自身之弊端，审度情势。窜藏：犹言“潜藏”，喻谨慎自保，此处有回避危难，得以自保之意。按，此为作者对当时形势的认识和对国君的希望，愿国君认清形势，整饬内政。

❷ 寄言：犹“寄语”“传语”，托人传达言词（致意）。流星：此喻可以信托之人。羌：楚方言，发语词。倏（shū）忽：迅疾貌。当：值；遇上。

❸ 卒：始终；终于。壅蔽：阻塞遮蔽。浮云：喻群小。下：天下，实指楚国。暗漠：昏暗貌。按，以上部分，痛斥谗人蔽君，颠倒黑白，败坏国事；并指责君王昏庸无道；同时表达作者忧国悯时之忠忱。

【原文】

尧舜皆有所举任兮，故高枕而自适。①

谅无怨于天下兮，心焉取此怵惕？②

乘骐骥之浏浏兮，驭安用夫强策？③

谅城郭之不足恃兮，虽重介之何益？④

【译文】

唐尧、虞舜都曾选贤举能啊，所以高枕无忧，自在安适。

天下众民对尧舜确无怨恨啊，尧舜心中何须忧虑国事？

乘着骐骥浏浏地自由驰骋啊，驾驭良马何用强策控制？

金城汤池诚然不足凭恃啊，虽有坚盔重甲又何益于事？

注释

❶ 尧舜：见前注。举任：举贤任能。高枕：高枕无忧。自适：安适自得。

❷ 谅：犹“诚”，确实。天下：指天下人。心：指尧舜之心。焉：安；何；

哪里。取：用；需。怵惕（chùtì）：恐惧警惕。

❸ 骐骥：见前注。浏浏：水流貌；此处形容顺利无阻。驭：驾驭。强策：强力之鞭策。按，二句喻贤士效忠，无须君王督责。

❹ 谅：见前注。城郭：内为城，外为郭。恃：凭恃；倚仗。重介：指坚厚之盔甲。益：利益；好处。

【原 文】

遭翼翼而无终兮，忳惛惛而愁约。①

生天地之若过兮，功不成而无效。②

愿沉滞而不见兮，尚欲布名乎天下。③

然潢洋而不遇兮，直怐愗而自苦。④

【译 文】

小心翼翼迂回不进而无结果啊，忧伤郁闷而穷愁潦倒。

人生天地之间如同过客啊，功名未就而事业无效。

本愿自身埋没而不求发达啊，但还想在天下扬名显耀。

既然空荡无依而无遇合之缘啊，简直是愚昧无知，自寻苦恼。

注释

❶ 遭（zhān）翼翼：小心谨慎，迂回不前之状。遭：迂回不前。无终：没有终极；没有尽头；无结果。忳（tún）：忧愁貌。惛惛（mèn）：通“闷”，郁闷。愁约：穷愁；或，被愁闷所纠缠，无法解脱。约：穷困；或，束缚。

❷ 天地：天地之间。若过：犹如过客。朱熹曰：若过，言如行所经历，不久留也。功：功业；功名。成：成就。效：效果；功用；结果。

❸ 沉滞：埋没。见：同“现”，显扬；发达。布名：扬名。布：传布。

❹ 潢洋：见前注。又，无着落的样子。遇：遇合。直：简直。怐愗（kòumào）：愚昧；迷乱。

【原 文】

莽洋洋而无极兮，忽翱翔之焉薄？①

国有骥而不知乘兮，焉皇皇而更索？②

宁戚讴于车下兮，桓公闻而知之。③

无伯乐之善相兮，今谁使乎誉之？④

罔流涕以聊虑兮，惟著意而得之。⑤

纷纯纯之愿忠兮，妒被离而鄣之。⑥

【译 文】

莽莽洋洋荒野无际啊，迅疾翱翔又向何处安栖？

国有骏马而不知驾乘啊，为何反而另求马匹？

宁戚在车下讴歌述志啊，桓公听后便深知其意。

没有伯乐那样善于相马的人啊，现在又让谁来品评骐骥？

惘惘地流泪，为国君忧虑啊，只有专心求贤，方能使人才会集。

纯纯精诚，愿为君王效忠啊，妒者却以各种手段横加障蔽。

注 释

❶ 莽洋洋：荒野辽阔貌。无极：没有尽头。忽："忽忽"之略文，迅疾貌。翱翔：鸟旋飞貌。焉：安；何处。薄：至；止。按，这是自况"无所依归"之词。

❷ 骥：见前注。此喻贤才。焉：何；为何。皇皇：同"遑遑"，匆遽不安貌。索：寻求；求取。

❸ 宁戚：春秋时卫国人，传说他曾经商于齐，在夜间喂牛时，敲击牛角而歌，自叹怀才不遇，齐桓公听后，发现他是人才，便起用他为卿。讴：歌唱。桓公：齐桓公，春秋前期齐国国君，曾称霸于诸侯。知之：知其心意。

❹ 伯乐：古人名，是相马专家。善相：善于相马（观察识别马之优劣）。谁使："使谁"之倒文。誉：当从一本作"訾"（zī）。洪兴祖《楚辞补注》：一作訾。訾，音赀，思也。亦通。按，訾训思，可引申为估量；品评。"訾"与上文

“知”为韵。按，二句比喻无人发现和重用贤才。

❺ 罔：通“惘”，怅惘，失意。聊虑：顾虑。著意：心志专一；非常用心。得之：求得贤才。

❻ 纷纯纯：十分诚挚地。纷：盛貌。纯：一作“忳”。愿忠：愿意效忠君国。另，愿，也有谨慎老实之意。妒：此指嫉妒者。被离：同“披离”，纷乱貌；分散貌。鄣：同“障”，阻碍。之：此指作者的效忠之路。

【原文】

愿赐不肖之躯而别离兮，放游志乎云中。①

乘精气之抟抟兮，骛诸神之湛湛。②

骖白霓之习习兮，历群灵之丰丰。③

左朱雀之茇茇兮，右苍龙之躍躍。④

属雷师之阗阗兮，通飞廉之衙衙。⑤

前轻辌之锵锵兮，后辎乘之从从。⑥

载云旗之委蛇兮，扈屯骑之容容。⑦

计专专之不可化兮，愿遂推而为臧。⑧

赖皇天之厚德兮，还及君之无恙。⑨

【译文】

但愿赐还不肖之躯而告别君王啊，意在纵情遨游于云天之上。

我要乘着抟抟屯聚的精气啊，随着湛湛群集的众神徜徉四方。

让习习飞动的白霓作为骖马啊，在众多的星神之间穿行来往。

左侧有朱雀茇茇飞舞啊，躍躍行进的苍龙在右侧卫护。

阗阗震响的雷神随从于后啊，衙衙而进的风神在前开路。

前面轻便的卧车金铃锵锵啊，辎重车辆从从地跟在后部。

车上树着云旗，舒卷自如啊，扈从车骑容容地相随，何等威武。

我对君王的诚心不可化解啊，终于还想进身行善，为君臣仆。

仰赖皇天的厚德隆恩啊，仍求佑护君王永无病苦。

注释

❶ 赐不肖之躯：赐还我这不贤之身。语意近乎“乞骸骨”。不肖：不贤。赐：赐还。放游：放怀遨游。志：托志；意在……乎：犹“于”。

❷ 精气：古代指充塞于天地间的一种元气（阴阳之气）。抟抟（tuán）：聚集貌。骛（wù）：追求；追随。湛湛（zhàn）：深厚貌；此指众多密集貌。

❸ 骖（cān）：古代在车辕两外侧驾车的马。此处作动词，指驾车。白霓（ní）：白虹。霓：副虹。习习：飞动貌。历：经过。群灵：此指众星之神。丰丰：众多貌。

❹ 朱雀：星座名，为南方七宿之总称。茇茇（bèi）：飞舞翻动貌。苍龙：星座名，为东方七宿之总称。躣躣（qú）：行进貌。

❺ 属（zhǔ）：连续跟随。雷师：雷神之称。阗阗（tián）：本指鼓声；此喻雷声。通：指在前面开道。飞廉：风神之称。衙衙（yú）：行进貌。

❻ 轻辌（liáng）：古代的一种轻便卧车。锵锵（qiāng）：车铃声。辎乘（zīshèng）：辎重车。从从（cōng）：与下文“容容”为互文，舒徐从容貌。

❼ 载：立着；树着。云旗：云霓之旗。委蛇（wēiyí）：舒卷自如貌。扈（hù）：扈从；侍卫；仪仗。屯骑：形容随侍之车骑盛多。容容：见前注。

❽ 计：心意。专专：专一；专诚。化：化解；变化；消除。遂：终于；终究。推：进，此指进身仕朝；或，推广。臧（zāng）：善；好；指自身做好事或与人为善。

❾ 赖：仰赖。皇天：见前注。厚德：深厚的恩德。还：仍然；还是。及君：佑及君王。无恙：无灾病，引申为无忧患或无缺失。按，以上部分，陈说作者的政治主张：选贤任能；慨叹自己怀才不遇；本想超脱尘俗，遨游天宇，但又不能忘怀君王，最后还是吁天佑王。